W0216617

CLOSER

Mason & Jackson

INA TAUS

FSC
www.fsc.org
MIX
Papier aus verantwortungsvollen Quellen
Paper from responsible sources
FSC® C105338

Bibliografische Information der Deutschen Nationalbibliothek:
Die Deutsche Nationalbibliothek verzeichnet diese Publikation in der Deutschen Nationalbibliografie; detaillierte bibliografische Daten sind im Internet über dnb.dnb.de abrufbar.

Impressum:
Copyright © 2017 Ina Taus
2. Auflage, September 2017

Alle Rechte, einschließlich das, des vollständigen oder auszugsweisen Nachdrucks in jeglicher Form, sind vorbehalten und nur mit schriftlicher Genehmigung Seitens der Autorin gestattet.

Lektorat & Korrektorat:
Forever by Ullstein, Berlin

Covergestaltung& Bildmaterial
Covergestaltung:
Front: © zeromedia.net, München, Back: © Vivien Summer
Umschlagbilder:
Front: © Fine Pic®, Back: © Jacob Miller, Unsplash

Herstellung und Verlag:
BoD – Books on Demand , Norderstedt

ISBN:
978-3-744-89296-4

Weil es egal ist, wen du liebst.
Wichtig ist nur, dass du liebst.

Kapitel 1

»Harper, bist du bald fertig?« Mit meiner Faust klopfe ich fest gegen die Badezimmertür, hinter der sich meine jüngere Schwester verkrochen hat. Sie verbringt Stunden vor dem Spiegel und sieht danach immer noch genauso aus wie zuvor. Zumindest meiner Meinung nach.

»Ja, bald«, höre ich sie von drinnen murren.

»Ich muss jetzt los, Harper. Wenn du mitfahren willst, komm bitte endlich in die Gänge.« Frustriert werfe ich einen Blick auf meine Armbanduhr. In zehn Minuten soll ich bereits bei meinem besten Freund vor der Tür stehen, da wir heute gemeinsam zur Schule fahren.

»Dann mach dich ohne mich auf den Weg. Ich frage Emily, ob Dan und sie mich mitnehmen können.« Ihre Stimme hat einen leicht gereizten Tonfall angenommen, dabei müsste ich derjenige sein, der wegen ihrer ständigen Trödelei wütend ist.

Ohne ihr eine Antwort zu geben, drehe ich mich um und gehe die Treppen nach unten. Nachdem ich eine gefühlte Meile durch unser riesiges Haus gewandert bin, komme ich endlich in der Küche an. Mein Rucksack steht bereits auf dem Tresen, an dem meine Mutter sitzt und in der heutigen Zeitung blättert.

»Möchtest du etwas frühstücken, Mason?«, fragt sie mich, ohne aufzusehen. Sie trägt eine schwarze Brille und hat ihre blonden Haare, die meinen ähneln, zu einem strengen Dutt hochgesteckt. Man könnte sie glatt mit einer Mathelehrerin verwechseln, wenn ihr Körper nicht in einem pinken Hausanzug stecken würde.

Ich schnappe mir einen Apfel und den Rucksack. »Keine Zeit, Mom. Ich muss los. Ethan und ich haben noch einiges wegen heute Abend zu besprechen.« Beim Gedanken an die Feier stiehlt sich ein Grinsen auf mein Gesicht.

»Wegen der Party?«, fragt sie nach.

»Ja, genau.« Mit meinen Gedanken bin ich bereits bei den letzten Punkten auf meiner To-do-Liste, die noch erledigt werden müssen.

»Dann lass dich nicht von mir aufhalten.« Ich gebe ihr einen Kuss auf die Wange und befinde mich schon im Flur, als meine Mutter laut nach mir ruft: »Mason?«

Weil ich – natürlich! – ein guter Sohn bin, gehe ich zu ihr zurück, anstatt durch das ganze Haus zu brüllen. Ich lehne mich gegen den Türrahmen und sehe sie abwartend an. Gerade so kann ich es mir verkneifen, mit dem Fuß ungeduldig auf und ab zu wippen.

»Nimm doch bitte den Tesla. Dein Range Rover muss heute zur Überprüfung in die Werkstatt.«

Ich zucke mit den Schultern. »Geht klar.« Zum Abschied winke ich ihr und gehe zurück in die Eingangshalle. Es dauert ewig, bis ich den richtigen Autoschlüssel aus der Schlüsseltasse gefischt habe. Mein Vater hat einen echten Autofetisch, aber wer bin ich, mich darüber zu beschweren? Immerhin kann ich mir jederzeit einen seiner zahlreichen Wagen ausleihen, um damit zur Schule zu fahren.

Der Tesla parkt direkt in der Einfahrt und somit erübrigt sich der Weg in die Garage. Wenigstens eine kleine Zeitersparnis. Die Kiesel knirschen unter meinen Füßen, als ich auf den Wagen zulaufe. Grinsend öffne ich die Tür und lasse mich auf den Fahrersitz gleiten. Ich verbinde mein Telefon mittels Bluetooth - die Zeit muss sein - und wähle mit zuckenden Mundwinkeln das Album aus, dass ich extra für die heutige Fahrt heruntergeladen habe. Feinster Gangsterrap. Eigentlich ganz und gar nicht mein Geschmack, aber ich weiß, wie sehr mein bester Freund diese Musikrichtung hasst. Und ich liebe es, ihn zu ärgern. Vor allem am frühen Morgen, denn Ethan ist absolut kein Morgenmensch. Genauso wenig wie ich, aber am letzten Schultag mache ich gerne mal eine Ausnahme.

Ich lege mein Telefon in die Mittelkonsole und starte den Wagen. Danach lasse ich die Fenster nach unten, um etwas von der warmen Morgensonne abzubekommen. Meine Laune wird von Sekunde zu Sekunde besser. Ich liebe letzte Schultage. Und das nicht nur wegen der abgefahrenen Party, die jährlich stattfindet. Obwohl die Schulabschlussfeier dieses Jahr schon etwas ganz Besonderes wird. Wie auch nicht? Schließlich habe ich sie zum größten Teil selbst geplant. Da ich nicht unbedingt der Typ für Gruppensport bin, habe ich mich als Schulsprecher aufstellen lassen und bin Leiter des Veranstaltungskomitees geworden. Natürlich nur, um meine

College-Bewerbung ein wenig aufzumotzen. Also war es ganz klar, dass ich diese Feier organisiere.

Ich lenke meinen Wagen auf den Gordon Drive. Normalerweise dauert die Fahrt zur Schule fünfzehn Minuten, da ich heute aber noch Ethan abhole, werde ich etwas länger brauchen. Vor mir fährt ein schwarzer SUV und ich beginne hektisch mit den Fingern auf dem Lenkrad zu trommeln, da er die Geschwindigkeitsbegrenzung nahezu unterbietet. Ich hasse Schleicher.

Dem Himmel sei Dank komme ich doch noch in der Broad Avenue an und halte vor dem Haus des Polizeichefs. Da sein Wagen nicht in der Auffahrt steht, ist er vermutlich bereits unterwegs.

Ich sehe mich um, als wäre ich das erste Mal bei Ethan zu Hause. Bin ich natürlich nicht. Wir kennen uns bereits unser halbes Leben. Doch heute stelle ich das erste Mal fest, dass Ethans Familie in einer ganz netten Umgebung lebt. Wobei ich unser Haus direkt am Strand diesem hier – umgeben von vielen anderen – vorziehe. Ungeduldig drücke ich auf die Hupe. Vielleicht hätte ich meinem Kumpel eine Nachricht schicken sollen, dass ich bereits auf dem Weg zu ihm bin.

Gerade als ich nach meinem Smartphone greifen will, lässt Ethan die Haustür hinter sich ins Schloss fallen und schlendert ohne Eile auf mich zu. Seine schwarzen Haare stehen in alle Richtungen ab, was aber ganz gut zu seinem heutigen Erscheinungsbild passt. Er trägt bunt karierte Shorts und ein – ist das Ketchup? – fleckiges T-Shirt.

Ich klappe die Sonnenblende nach unten und kontrolliere meine Haare im Spiegel. Ich habe sie nach hinten gekämmt, doch eine einzelne blonde Haarsträhne fällt mir immer wieder ins Gesicht.

»Hallo Prinzessin«, begrüßt Ethan mich, als er sich auf den Beifahrersitz fallen lässt. Sofort zieht er mich auf: »Bist du heute unzufrieden mit deiner Frisur? Hat der Fön gestreikt? Oder deine Schwester das Badezimmer blockiert?« So läuft das immer zwischen uns.

»Keine Panik, Dornröschen.« Es ist einfach zu offensichtlich, dass er verschlafen hat und nur deshalb in seine Klamotten vom Vortag gestiegen ist. »Hat eure Waschmaschine den Geist aufgegeben?« Ich drehe mich zu Ethan und grinse ihn an. »Oder verdient dein Alter als Polizeichef so schlecht, dass du deine T-Shirts mehrmals tragen musst?«

Ethan beginnt hektisch sein Shirt nach Flecken abzusuchen. »Mist«, flucht er. »Haben wir noch Zeit, damit ich mich umziehen kann?«, fragt er mit leicht panischem Tonfall. Natürlich kann der Kapitän unserer Footballmannschaft nicht besudelt zur Schule gehen. Dafür ist er viel zu eitel.

»Nope.« Ich starte den Wagen und fahre los. »Aber ich habe ein T-Shirt auf dem Rücksitz, das du dir ausleihen kannst.«

»Danke, Mann.« Doch seine Dankbarkeit hält nur so lange an, bis ich am Lautstärkeregler drehe und der Rapper wieder loslegt.

Ethan vergräbt seinen Kopf zwischen den Händen. »Womit habe ich das verdient?«, will er wissen.

»Sei froh, dass ich nicht darauf bestanden habe, *diesen* Typen für heute Abend zu engagieren.« Der entgeisterte Gesichtsausdruck meines besten Freundes lässt mich laut auflachen. »Verdient hättest du es, weil du mich einfach mit den irren Weibern aus dem Veranstaltungskomitee allein gelassen hast. Aber du musstest ja unbedingt mit Mia rummachen.«

Ethan und seine Freundin sind bereits seit über einem Jahr zusammen. Eigentlich hätte ich immer erwartet, dass er sich in eine blonde Cheerleaderin und Vorzeigebarbie verliebt. Mia ist jedoch das genaue Gegenteil. Schwarze Haare, schwarze Kleidung und ein Faible für Heavy Metal. Ehrlich gesagt ist sie ein ziemlich cooles Mädchen.

Ethan schaltet das Autoradio aus. »Dafür habe ich mich gestern schon entschuldigt«, mault er. »Das rechtfertigt noch lange nicht diesen Gehörkrebs, den du mir anhängen willst.«

Stimmt. Also versuche ich Ethan ein wenig aufzuheitern. »Dann freut es dich bestimmt zu hören, dass Mias Bruder heute Abend der DJ sein wird.«

Er streckt mir seine Hand hin und ich schlage ein. »Ja, Mann. Du hast es drauf. Wie viel verlangt er dafür?«

»Ich habe Miles versprochen, dass du ihm dabei hilfst, sein Zeug zum College zu bringen.« Ich bemerke, dass Ethan mich von der Seite aus ansieht, kann aber meinen Blick nicht von der Straße abwenden. »Das machst du doch bestimmt gerne für deinen zukünftigen Schwager, nicht wahr?«

Ethan boxt mir leicht gegen die Schulter. Es ist eigentlich mehr ein Knuffen als ein Schlag. »Ich sage ihm, du hilfst ebenfalls mit.«

Ich grinse vor mich hin. Natürlich habe ich Miles bereits angeboten zu helfen. So bin ich. Immer nett, immer höflich, und Ethan weiß das. Er dreht sich nach hinten und angelt nach dem T-Shirt, das ich ihm angeboten habe, während ich den Wagen auf den Parkplatz unserer Highschool lenke. Sobald das Auto steht, schnallt er sich ab und reißt das fleckige T-Shirt von seinem Körper. Mit schräg gelegtem Kopf starre ich auf seinen muskulösen Oberkörper. Ich bin nicht gerade ein Sportmuffel, aber einen eiförmigen Ball durch die Luft zu werfen, überlasse ich dann doch lieber Ethan und seinem Team. Außerdem würden mich die anderen vermutlich überrennen. Im Basketballteam wäre ich aufgrund meiner Größe besser aufgehoben als bei den aufgepumpten Footballern. Der Einfachheit halber bleibe ich aber dabei, regelmäßig am Strand zu joggen, dann muss ich in meiner Freizeit auch keine Bälle durch die Gegend schleudern.

»Alter, ein Poloshirt?« Ethan sieht mich anklagend an.

Das Shirt sitzt verdammt eng und ich muss laut auflachen, da mich der Anblick wirklich amüsiert. »Na ja, letzter Schultag. Passt doch, oder? Dann kannst du einen guten Eindruck hinterlassen, wenn du dir deine Report Card abholst.« Außerdem sieht er mit meinen Klamotten gleich viel besser aus. Ich krempele die Ärmel meines rot karierten Hemdes hoch, nachdem ich aus dem Wagen gestiegen bin.

Ethan kommt um das Auto herum und lehnt sich lässig dagegen. Er ist echt so ein Poser.

Ich stelle mich neben ihn und stütze meine Hand ebenso lässig auf der Motorhaube auf. Tja, ich wohl auch.

Mit leidendem Gesichtsausdruck murmelt Ethan: »Erinnere mich nicht an die Zeugnisse.«

»So schlecht?« Das kann ich mir ehrlich gesagt nicht vorstellen, so oft wie ich ihn abschreiben lasse.

Er verschränkt seine Arme vor der Brust. »Reden wir besser über ein anderes Thema.«

Ich zucke mit den Schultern. Wenn er darüber reden will, wird er schon zu mir kommen. Ich starre gedankenverloren auf unsere Schule. Eine Menge Schüler drängen sich bereits in die ebenerdigen Gebäude, die alle durch kleine Wege miteinander verbunden sind.

»Hast du mit deinem Dad gesprochen?«, lenke ich Ethan von der Zeugnisvergabe ab. Als Polizeichef unserer schönen Stadt Naples in Florida entgeht seinem Dad so gut wie nichts. Im Normalfall. Doch es wäre nett, wenn die Polizei heute Abend nicht am Pier auftauchen und die Party sprengen würde. Alkohol und Minderjährige vertragen sich in seinen Augen nicht besonders. Genervt fahre ich mir durch meine blonden Haare, da mir schon wieder dieselbe Strähne in die Stirn fällt.

Ethan deutet ein Nicken an. »Anfangs lief es nicht

besonders gut. Doch irgendwann hat er seine Meinung geändert.«

Klingt, als wäre es ein hartes Stück Arbeit gewesen, seinen alten Herrn weichzuklopfen. Aber ich bin froh, dass er ihn so weit gebracht hat. Es wäre schade, wenn wir die Party vom Strand in ein Privathaus verlegen müssten, nur um in Ruhe feiern zu können.

»Wie hast du es geschafft, ihn zu überzeugen?« Ich klopfe meinem besten Freund anerkennend auf die Schulter.

»Nicht ich. Bedank dich besser bei Dan.« Ethan wedelt mit seiner Hand in Richtung Schule. Mein Nachbar Daniel schlendert mit einem breiten Grinsen im Gesicht auf uns zu. Seine Hände hat er in den Hosentaschen vergraben. Durch diese Geste sieht er unschuldig aus, was er definitiv nicht ist. Seinen Weg pflastern einige gebrochene Mädchenherzen.

»Sprecht ihr über mich?« Er lässt seine Augenbrauen vergnügt auf und ab hüpfen. Würde ich auch tun, wenn heute *mein* letzter Tag an der Naples Highschool wäre. »Hoffentlich nur Gutes?«, möchte er wissen. Seine blauen Augen, die meinen ziemlich ähnlich sehen, funkeln vergnügt. Es fehlen nur noch die blonden Haare, um ihn zu einem richtigen Sunnyboy oder zu meinem optischen Zwilling zu machen.

»Immer doch. Wir tun nichts anderes, als über dich zu sprechen«, antworte ich.

Seufzend stützt er sich mit seiner Hand am

Wagendach ab und sieht mich dabei fröhlich an. Ihm kann heute vermutlich nichts die Laune verderben. »Erinnere mich übrigens daran, dass ich nie wieder mit meiner und deiner Schwester gemeinsam zur Schule fahre.«

Okay, die beiden gemeinsam könnten es bestimmt schaffen, ihm seinen letzten Schultag zu vermiesen. Dennoch verdrehe ich die Augen. »Soll ich dich in den Arm nehmen?«

Gespielt leidend greift er sich an sein Herz. »Lass nur. Nach dem Sommer hast du das Vergnügen, jeden Tag mit ihnen zur Schule zu fahren.« *Das* oder wir schicken sie mit einem eigenen Wagen los. Süffisant fügt er hinzu: »Du kümmerst dich doch immer so aufopferungsvoll um meine Schwester.« Ich starre auf den Boden und vergrabe meine Hände nun ebenfalls in den Taschen meiner Jeans. *So* würde ich das nicht nennen.

»Was ist jetzt eigentlich mit der Party?«, frage ich nach, um zurück zum Thema zu kommen.

Auch Ethan scheint sich wieder an unser eigentliches Gespräch zu erinnern. »Daniel ist unser Mann der Stunde. Oder eher sein Vater.« Ethan zwinkert Dan zu. »Ohne ihn könnten wir die Party vermutlich absagen.«

Ich sehe die beiden fragend an. »Wie kommt's?«

Ich hasse es, wenn die Jungs ewig um den heißen Brei herumquasseln. Manchmal sind die beiden echt schlimmer als Mädchen.

»Mr Baker hatte gestern ein kleines Telefonat mit

meinem Vater. Er wollte sicherstellen, dass unser Daniel seinen Highschool-Abschluss gebührend feiern kann«, klärt Ethan mich endlich auf. Soll so viel heißen wie: Dans Dad - der Bürgermeister von Naples, bester Freund und Geschäftsfreund meines alten Herren - hat beim Polizeichef angerufen und ihm klargemacht, dass sie heute besser keine Patrouille am Strand durchführen sollen. Ich strecke Dan die Faust hin und er boxt mit seiner dagegen.

»Bleibt nur noch die Frage, ob du deinen Teil des Plans ebenfalls umgesetzt hast?« Abwartend sieht Dan mich an.

Am liebsten würde ich mir selbst auf die Schulter klopfen, denn: Ja, das habe ich. Meinem Vater gehören zahlreiche Brauereien und Destillerien in ganz Amerika, und ich habe es geschafft, ihn zu überreden, uns ein paar Getränke für die Party zur Verfügung zu stellen. Gratis, versteht sich. Ich musste nur erzählen, wie schwer es mich trifft, dass mein Freund und Nachbar Daniel bald aufs College geht. Gespielt trauriger Blick inklusive. Vielleicht hat er sich bei meinen Erzählungen daran erinnert, dass er auch einmal jung und nicht so … businessmäßig war.

Meine Mundwinkel wandern nach oben. »Natürlich. Das Zeug wird später direkt an den Strand geliefert.«

Ich gehe ein paar Schritte in Richtung Schule. Über meine Schulter hinweg werfe ich meinen Freunden einen fragenden Blick zu.

»Kommt ihr? Je schneller wir uns unsere Zeugnisse abholen, desto eher können wir wieder verschwinden und alles für die Party vorbereiten.«

Kapitel 2

»Mason, wo bist du bloß mit deinen Gedanken?«, will meine Freundin Emily wissen. Mein Blick ist auf die untergehende Sonne am Horizont gerichtet und ich genieße das leise Meeresrauschen.

»Nirgendwo«, antworte ich, während ich meinen Kopf schüttele. Das ist nicht einmal gelogen. Ich bin nur irgendwie … abgedriftet, während ich in die Flammen des Lagerfeuers vor mir und dann auf den Ozean gestarrt habe. Ich liebe es, einfach dazusitzen, um das Meer und die Wellen zu beobachten. Gedankenverloren lasse ich eine Handvoll Sand durch meine Finger rieseln.

Emily lehnt sich zurück und kuschelt sich dichter an meinen Oberkörper. Ich hauche ihr einen kurzen Kuss in den Nacken und bemerke die leichte Gänsehaut auf ihrer Haut. »Baby, du solltest dir etwas anziehen.«

Sie dreht sich zu mir um und verdreht ihre Augen. »Du bist immer so um mein Wohl bedacht«, spottet sie, bekommt aber zeitgleich rote Wangen. Mit meinem Finger fahre ich über ihre nackten Schultern, da sie nur ein trägerloses Top trägt.

»Ich weiß, wir sind auf einer Party und du willst gut aussehen«, flüstere ich in ihr Ohr, »aber eine Jacke über deinem Top wird daran nichts ändern.«

Emily ist das hübscheste Mädchen unserer Schule, und sie gehört zu mir. Und das schon … immer, wenn ich so darüber nachdenke. Wir sind miteinander aufgewachsen, denn sie ist *mein* Mädchen von nebenan. Und Dans Schwester. Bei meinem ersten Date mit Emily war er noch nicht besonders von unserer Verbindung angetan. Mittlerweile hat er sich damit arrangiert. Wäre auch verdammt unangenehm, hätte er das nach zwei Jahren noch immer nicht geschafft.

»In Ordnung«, murmelt sie leise. Ich greife hinter mich und ziehe ihre vollgestopfte Tasche zu uns heran. Ehrlich. Wie groß kann so ein Teil eigentlich sein?

»Was hast du da alles drin?«, will ich von ihr wissen. »Sieht aus, als hättest du dich für einen Campingurlaub ausgerüstet.« Emilys Kichern lässt mich meine Augen verdrehen. Gott sei Dank kann sie mich nicht sehen, denn sonst würde sie sich bestimmt fürchterlich aufregen. Dieses Geräusch verursacht bei mir regelmäßig eine Gänsehaut. Eine der unangenehmen Sorte.

»So viel habe ich gar nicht mit«, rechtfertigt sie sich. »Nur die Dinge, die man bei einer Strandparty so braucht.«

Außer einem guten Drink fällt mir persönlich gerade nichts weiter ein. Da ich keine Ahnung habe, was ich sagen soll, schiebe ich Emilys braune Locken beiseite und knabbere an ihrem Hals.

»Eine Decke zum Beispiel«, klärt sie mich mit heiserer Stimme auf.

»Aha«, murmele ich gegen die nackte Haut. »Eine Decke also.« Ich kann erahnen, woran sie beim Einpacken gedacht hat. Emily ist immer vorbereitet.

Auf wirklich alle Eventualitäten. Um ehrlich zu sein, ist sie nahezu perfekt. Sie ist in der Schule genauso engagiert wie ich, wenn nicht sogar ein wenig mehr. Vielleicht kämpfen wir im nächsten Jahr um den Titel des Schulsprechers. Auch wenn ich mich ärgern würde, wenn sie gewinnt, könnte ich ihr nicht böse sein. Ich bewundere den Ehrgeiz, der in ihr steckt. Vielleicht passen wir deshalb so gut zusammen.

Emily rückt ein bisschen von mir ab, um sich ihre Jacke anzuziehen. Als plötzlich die Musik lauter wird, springt sie sofort auf und strahlt mich an. »Gehen wir tanzen? Ich liebe diesen Song.«

Ich höre etwas genauer hin, komme aber nicht darauf, wie das Lied heißt. Es gefällt mir nicht einmal besonders gut.

»Geh doch mit deinen Freundinnen«, mache ich einen Gegenvorschlag und deute zu einigen Mädchen an der Bar, bei denen auch meine kleine Schwester Harper steht.

»Was machst du in der Zwischenzeit?«, erkundigt sich Emily beiläufig. Sie zieht fragend eine Augenbraue in die Höhe. Warum sie - oder wohl eher Frauen im Allgemeinen - immer so genau wissen wollen, was man macht, werde ich niemals verstehen. Wenn dazu dann auch noch Fragen kommen wie »Woran denkst du gerade?« oder »Fühlst du das Gleiche wie ich?«, schrillen bei mir alle Alarmglocken. Man kann meines Wissens darauf nur die falsche Antwort geben. Dasselbe gilt für ihre harmlose Frage von gerade eben. Was will sie hören? Dass ich mich aufmache und ihre

Schulfreundinnen auschecke? Einen Moment denke ich über die Konsequenzen nach, die mich ereilen, wenn ich jetzt wirklich sage, was ich denke. Aber ich kann mich nicht zurückhalten. Ich *muss* die Worte einfach aussprechen.

»Ach, ich dachte, ich schaue mal, was die anderen Mädchen zu bieten haben.« Ich stehe auf, klopfe mir den Sand von meiner Hose und habe Mühe, ein lautes Lachen zurückzuhalten. Mit zuckenden Mundwinkeln ziehe ich Emily zu mir. Sie schmiegt ihr Gesicht an meine Brust.

»Die Frage war blöd«, murmelt sie. »Und ich wollte auch gar nicht eifersüchtig sein.« Das will sie nie, ist es aber dann doch immer wieder.

»Du hast auch keinen Grund dazu«, flüstere ich in ihre braunen Locken und meine es ernst. Emily und ich sind seit knapp zwei Jahren ein Paar, und ich habe niemals ein anderes Mädchen angefasst. »Ich gehe zu den Jungs. Was denkst du denn?«

Als ich mich von ihr löse, gebe ich ihr einen Kuss auf die Nasenspitze und ziehe sie hinter mir her zur Bar. Meine Schwester hat uns allem Anschein nach schon eine Weile beobachtet, denn sie sieht uns mit schräg gelegtem Kopf entgegen. »Ihr zwei seid so ekelhaft glücklich.«

Harper tut nur so, als würde sie den Gedanken an Emily und mich abscheulich finden, dabei liebt sie es, dass wir oft zusammen unterwegs sind.

»Bist du etwa neidisch?«, frage ich und nehme ihr den Becher, den sie in der Hand hält, weg. Ich rieche daran und bin mit mir zufrieden, denn wie erwartet befindet sich Alkohol, genauer gesagt Cola-Rum, darin. Mit ihren siebzehn Jahren ist sie viel zu jung dafür. Belustigt über meine eigene Doppelmoral schwenke ich grinsend das hochprozentige Gesöff in meiner Hand.

Harpers Augenbrauen wandern weit nach oben. »Wäre es mir zu verdenken? Wegen dir sehe ich meine beste Freundin viel zu selten.«

Da ich gerade ihr Getränk exe, verschlucke ich mich höllisch. Keine gute Idee, gleichzeitig zu lachen und zu trinken. »Wegen mir ist Em überhaupt nur jeden Tag bei uns.« Das beleidigte Gesicht, das meine Schwester zieht, würde mir richtig zu Herzen gehen, wenn sie mit ihren Worten recht hätte. Aber alle hier wissen, dass es nicht so ist. Emily und Harper kleben so oft aufeinander, dass ich mich hin und wieder frage, wer mit wem eine Beziehung führt.

»Jaja«, murrt sie und verschränkt ihre Hände vor der Brust. In ihren blau-grauen Augen spiegelt sich das Licht der zahlreichen Fackeln wider, die in regelmäßigen Abständen auf dem gesperrten Strandabschnitt verteilt sind. Kurz sehe ich in Richtung der Flammen, um sicherzugehen, dass sich keiner meiner Schulkollegen im betrunkenen Zustand selbst in Brand steckt. Wäre schade, denn dann würde sich die Feier schneller auflösen, als mir lieb ist. Denn ich mag Partys! Ich mag auch den Strand und ich liebe den Naples Pier. Vor allem nachts. Es gibt für mich nichts Schöneres, als mich in der Dunkelheit in den Sand zu setzen und die

Wellen dabei zu beobachten, wie sie immer näher und näher kommen.

Offensichtlich hat Harper bemerkt, dass das Gespräch für mich beendet ist, und nutzt die Chance, indem sie meine Freundin packt, um sie hinter sich her zur provisorischen Tanzfläche zu ziehen. Für mich ist das okay. Ich wollte sowieso ein paar Minuten für mich. Emily wirft mir über ihren Rücken hinweg entschuldigende Blicke zu, doch das braucht sie nicht, denn ich fühle mich nun seltsam erleichtert.

Es vergeht bestimmt eine Stunde, in der ich die ganze Szenerie um mich herum aufsauge. Tanzende Körper. Lächelnde Gesichter. Und wir alle freuen uns auf ein paar freie Wochen.

Als jemand gegen meine Schulter tippt, drehe ich mich um. Ethan, der sich hinter der Bar positioniert hat, lehnt sich etwas abgekämpft zu mir herüber. Ich bin froh, dass ich im Vorfeld genug gearbeitet habe, um den Abend nun einfach genießen zu können.

»Na, wen hast du ausgecheckt?«, fragt er mich mit einem wölfischen Grinsen. Ich ignoriere seine Frage und nehme ihm das Bier, das er mir entgegenstreckt, aus der Hand. Gierig setze ich es an meine Lippen.

»Gutes Zeug«, lobe ich meinen besten Freund.

»Finde ich auch«, meint er grinsend. »Sag deinem Dad unseren herzlichen Dank für die edle Spende.«

»Werde ich ausrichten.« Auch wenn mein Vater die meiste Zeit einen Stock im Arsch hat, wenn es um seine Firma geht, hat es doch auch gute Seiten, der Erbe eines Alkohol-Imperiums zu sein. Es gibt Schlimmeres, als sein Geld mit der Herstellung von Bier und Spirituosen zu verdienen.

»Wow, Emily geht ja heute ab«, meint Ethan und zeigt zur Tanzfläche.

Nicht wirklich interessiert daran, was vor dem DJ-Pult vor sich geht, zucke ich mit den Schultern. »Soll sie doch.«

»Bist du eigentlich gar nicht eifersüchtig auf die anderen Typen, die sie förmlich mit den Augen ausziehen?«

Mit hochgezogenen Augenbrauen blicke ich zu meinem Kumpel. Sehe ich nur im Entferntesten eifersüchtig aus? Anscheinend versteht er meine stumme Frage nicht, da er mich seinerseits immer noch erwartungsvoll anblickt. »Echt jetzt? Darauf möchtest du ernsthaft eine Antwort?«

Er nickt. Scheiße. Anscheinend ist es ihm wirklich wichtig.

Ich stelle mich etwas aufrechter hin und räuspere mich einige Male. »Nein, bin ich nicht.«

Ethans Gesichtsausdruck zeigt absolutes Unverständnis. »Aber wieso?«

Etwas irritiert über den Verlauf unseres Gesprächs, nehme ich zuerst einen weiteren Schluck von meinem Bier. »Ich weiß, dass Emily mich nie betrügen würde. Sie liebt mich, und wir verbringen gerne Zeit miteinander.« Nachdem ich die Worte ausgesprochen habe, bemerke ich, wie überheblich sie klingen. Zurücknehmen werde ich das Gesagte aber trotzdem nicht.

Mit einem Stirnrunzeln drehe ich mich nun doch kurz zu meinem Mädchen um. Lächelnd tanzt sie immer noch mit ihren Mitschülerinnen, und ich beobachte sie dabei. Es tummeln sich einige Jungs in ihrer Nähe, doch Emily würde mich bestimmt nicht betrügen. Sie ist nicht der Typ, der sich auf Heimlichkeiten einlässt. Das hoffe ich zumindest. Außerdem passt es doch ganz gut mit uns.

»Dein Selbstvertrauen hätte ich auch gerne«, sagt Ethan und lenkt damit meine Aufmerksamkeit wieder zurück zu ihm.

»Das hat viel weniger mit *Selbst*vertrauen als mit Vertrauen zu tun«, murmele ich leise.

Ethan lacht laut und greift nach seiner Freundin, die sich gerade an ihm vorbeidrücken will. Er zieht Mia für einen Kuss an sich heran. »Honey, denkst du nicht auch, dass Emily und Mason irgendwann mal genug voneinander haben werden, weil sie andauernd aufeinandersitzen?«

Ethan sieht mich herausfordernd an, aber ich werde den Teufel tun und mich hier rechtfertigen. Er liegt mit seiner Behauptung nicht zu hundert Prozent richtig, aber auch nicht ganz falsch. Ja, Emily und ich verbringen viel Zeit miteinander, aber so gut wie nie allein. Wenn Emily bei mir zu Hause ist, hat sie meistens Dan dabei. Sie hängt dann mit meiner Schwester ab und ich mit ihrem Bruder. So wie wir es auch schon früher getan haben, als wir ausschließlich Freunde waren.

»Niemals«, meint Mia lachend. »Die sind doch so typische Highschool-Sweethearts. Eines dieser ekelhaften Vorzeigepärchen.« Der sanfte Tonfall, mit dem sie spricht, nimmt ihren Worten die Schärfe, deshalb kann ich nicht böse sein, dass sie uns so sieht. Viel eher amüsiert es mich, dass Em und ich auf andere so wirken.

Mia macht sich von Ethan los und teilt weiter Bierflaschen an unsere Mitschüler aus. Als sie sich nach unten bückt, sieht er mit lüsternem Blick auf ihren Po. Mich lässt der Anblick eher kalt. Es ist viel interessanter für mich, das Etikett von der Bierflasche zu zupfen, als Mädels auf den Hintern zu glotzen.

»Hast du nicht Angst, dass du Emily irgendwann mal nicht mehr liebst?«, fragt er mich.

Dass ich nicht mal sicher bin, ob ich Emily überhaupt liebe, behalte ich wohl besser für mich. Ich meine, ich mag sie unglaublich gerne und ich hab sie gern um mich. Vielleicht weiß ich einfach gar nicht, was Liebe ist. Aufgrund meiner eigenen Gedanken verdrehe ich die Augen. Natürlich weiß ich, wie Liebe sich anfühlt. Ich liebe meinen Vater, meine Mutter und meine Schwester. Und Emily liebe ich auch. Punkt.

»Wieso stellst du mir plötzlich diese ganzen Fragen? Geht es dir so bei Mia?«, weiche ich aus.

»Keine Ahnung. Ich denke nicht.« Er beugt sich zu mir nach vorne und flüstert: »Und falls es mal nicht mehr so läuft, kann ich mich ja wieder dem Cheerleader-Team widmen.«

Auch wenn ich nicht glaube, dass es so weit kommt, strecke ich ihm meine Faust entgegen. Sofort schlägt er mit seiner dagegen. »Dito.«

»Alter, als hättest du jemals ein anderes Mädchen außer Emily angefasst.«

Ich zucke mit den Schultern. Damals, als die anderen Jungs anfingen mit Mädchen auszugehen, um ein wenig zu experimentieren, habe ich die Abende lieber zu Hause verbracht und Harpers Pyjamapartys mit meiner Anwesenheit ruiniert oder auf meiner Playstation gespielt. Ich war sozusagen ein Spätzünder. Als Dan und Ethan meinten, ich solle auch mal Mädchen aufreißen, war ich dann der Meinung, es wäre ganz gut, wenn ich anstatt auf meiner Playstation an Emily herumspiele. Was ich ja auch bis heute tue. Wo liegt also das Problem?

»Ich bin eben vergeben und absolut zufrieden mit meinem Beziehungsstatus.« Bis heute habe ich es nicht bereut, mich im Gegensatz zu Dan und Ethan nicht durch die halbe Klassenstufe geschlafen zu haben.

Die Ungläubigkeit steht Ethan ins Gesicht geschrieben. »Alter, du bist Schulsprecher, Jahrgangsbester und siehst gut aus. Außerdem bist du echt *nett.*« Das letzte Wort betont er abfällig, als wäre es etwas Schlechtes. »Die Mädels würden sich dir reihenweise an den Hals schmeißen, wenn du es zulassen würdest.« Tun sie auch so, aber ich weise sie immer höflich ab, denn: Ich bin vergeben und habe nicht vor, mit Emily Schluss zu machen.

»Sagt der Star des Footballteams.« Ethan tut gerne so, als wäre er immer noch der größte Aufreißer der Schule, aber eigentlich ist er ein guter Kerl. Er mag

Mia und würde sie bestimmt nicht betrügen, aber er kann die blöden Sprüche einfach nicht lassen. Wir wissen das alle, also lassen wir ihn einfach weiter Unsinn quatschen.

»Schon gut. Schon gut.« Er streckt seine Arme in die Luft, als würde er sich ergeben.

»Hey, Baby«, raunt mir plötzlich Emily ins Ohr. Sie schlingt ihre Arme um mich und drückt sich kurz an meinen Körper. Aber nur so lange, bis ich ihre Hände von mir löse, damit ich mich zu ihr umdrehen kann.

»Hey Ethan«, begrüßt sie dann auch meinen Freund. Er hebt nur kurz die Hand und macht sich gleich darauf wieder an die Arbeit, um Getränke an unsere Mitschüler zu verteilen.

Manchmal ärgert es mich, dass mein bester Freund und meine Freundin so gar nichts miteinander anzufangen wissen, aber das liegt mehr an ihm als an ihr.

In der Gruppe mit Dan, Harper, Mia und Miles ist es kein Problem, gemeinsam etwas zu unternehmen, aber sobald sich unsere Treffen auf Ethan, Emily und mich beschränken, wird es ... komisch. Manchmal frage ich mich, ob es daran liegt, dass sie mich dann teilen müssen, aber diese Theorie kommt mir nicht besonders schlüssig vor.

»Genug getanzt?«, frage ich Emily.

»Noch lange nicht.« Sie macht einen Schmollmund und sieht mich bittend an. »Kommst du mit?«

Zuerst will ich ablehnen, damit ich mich weiter

mit Ethan unterhalten kann, da der aber das Feld geräumt hat, habe ich nichts Besseres zu tun.

»Na gut«, seufze ich gespielt theatralisch und lasse mich von ihr zu der tanzenden Menge ziehen. Ich muss es ihr ja nicht zu leicht machen.

Sobald wir zwischen den schwitzenden Körpern stehen, legt Emily ihre Arme um meinen Nacken und beginnt mit mir zu schunkeln. Sie muss sich ein bisschen auf ihre Zehen stellen, denn sie ist verdammt klein. Um ihr zu helfen, gehe ich ein bisschen in die Knie. Zärtlich streiche ich ihr eine ihrer braunen Haarsträhnen aus dem Gesicht. In Momenten wie diesen erinnert Emily mich oft an eine Elfe, da sie so ebenmäßige Gesichtszüge hat. Sie streckt sich und ich komme ihr entgegen, damit sie ihre Lippen sanft auf meine legen kann.

»Willst du dann nach Hause gehen?« Mit ihrer Frage reißt sie mich aus meiner stummen Bewunderung. Verwirrt blinzele ich ein paar Mal, bis ich den Sinn ihrer Worte endlich erfasse. So lange sind wir doch noch gar nicht hier. Ich habe mich noch nicht mal mit Dan unterhalten. Da betreibe ich den ganzen Aufwand für seine Abschlussparty und dann kann ich ihn nirgendwo entdecken.

»Nein, eigentlich nicht«, weise ich sie ab. Um meine Worte abzumildern, füge ich hinzu: »Nicht ohne Harper. Ich möchte nicht, dass sie nachts betrunken und alleine den Strand entlangläuft.« Ich sehe mich um. Wenn sie wieder einen Becher in der Hand hält, werde ich mir auch den schnappen. »Wo ist sie überhaupt?«

Emily lächelt mir verschwörerisch zu. »Vorhin war sie eine Zeit lang verschwunden, und als sie wiederkam, hatte sie jemanden dabei.« Sie hält kurz inne. Ich nehme an, um meine volle Aufmerksamkeit zu bekommen. »Sie hat einen Jungen kennengelernt.«

Damit habe ich jetzt nicht gerechnet. Bisher hat sich meine Schwester nicht sonderlich für Jungs interessiert. Möglicherweise liegt dieses Spätzünder-Ding unserer Familie in den Genen.

»Wie soll das gehen? Unsere Highschool ist nicht so groß, um plötzlich eines Tages ein neues Gesicht zu entdecken, das man bisher nicht kannte.« Die Worte fühlen sich falsch an, obwohl sie aus meinem Mund kommen. Vielleicht ist ihr ja jemand aus einem anderen Jahrgang aufgefallen, den sie bisher nicht auf ihrem Radar hatte.

Seufzend hebt Emily den Kopf, damit sie mir besser in die Augen sehen kann. »Das nicht. Aber anscheinend gibt es einen neuen Jungen in der Stadt. Er ist heute mit seinen Eltern angekommen und wird sein letztes Schuljahr hier absolvieren.«

»Und wie kommt er auf die Party?«

Emilys Wangen leuchten. Bestimmt freut sie sich, dass sie mir den neuesten Tratsch erzählen darf. Normalerweise gebe ich nichts auf das Gerede der Mädels, da sie alle Geschichten immer unnötig aufbauschen, aber dieses Mal interessiert es mich, was sie zu sagen hat. »Er hat von seiner Cousine davon erfahren und dachte sich, er könnte so neue Leute kennenlernen.«

Ich frage mich, woher Emily ihre Infos hat. Sie war gerade mal eine Stunde allein auf der Tanzfläche. »Und das alles hast du auf der Party herausgefunden?«

Sie wird meine Fragen vermutlich als Eifersucht auslegen. Aber ich möchte nur wissen, wer der Typ ist, der sich an meine Schwester ranschmeißt. Immerhin wäre er ihr erster Freund.

»Nein, das wusste ich bereits vorher, weil er zufällig Mias Cousin ist.«

Spätestens jetzt möchte ich den Typ kennenlernen. Nicht weil ich Angst habe, dass er schlechter Umgang sein könnte, sondern einfach, weil Mia und auch ihr Bruder Miles wirklich cool sind. Beide haben einen Hang zu schwarzem Haarfärbemittel und dunklen Klamotten. Vielleicht liegt dieses Faible ja in der Familie und der neue Typ sieht ebenfalls so aus.

»Interessant«, ist jedoch alles, was ich dazu sage, weil ich mich frage, ob Ethan in den letzten Tagen etwas in die Richtung erwähnt hat. Oder Mia selbst. Aber ich war so mit den Vorbereitungen für die Party beschäftigt, dass ich nicht wirklich zugehört habe, wenn mir jemand etwas erzählt hat. Zu verdenken wäre es mir nicht. Ich hatte wirklich Stress wegen der Feier. Fackeln und der ganze restliche Dekomist zaubern sich nicht von alleine an den Strand.

»Komm mit. Ich stelle ihn dir vor«, meint Emily und zieht mich über die Tanzfläche.

Kapitel 3

»Wenn mir noch jemand den Ellbogen in den Körper rammt, gehe ich nach Hause«, knurre ich leise.

Em und ich sind bestimmt eine Stunde von der Bar zur Tanzfläche und wieder zurück getingelt, aber meine Schwester bleibt verschwunden. Und mit ihr der neue Typ.

Obwohl ich mir langsam Sorgen um Harper mache, ist meine Laune im Moment so weit abgekühlt, dass ich unbedingt ein paar Minuten für mich brauche, bevor ich die Suche fortsetze.

»Geh doch bitte mal zu Mia und frag, ob sie ihren Cousin oder Harper gesehen hat«, bitte ich Emily. Schmollend schiebt diese ihre Unterlippe vor. Sie sieht nicht so aus, als hätte sie in naher Zukunft vor, meine Hand loszulassen.

»Und was machst du?«, will sie von mir wissen.

»Etwas erledigen.« Das, was ich immer tue, wenn meine Stimmung auf den Nullpunkt zugeht. Mich an den Strand setzen und auf die Wellen starren.

»Und was?«

Ich weiß, sie meint es nicht böse, aber langsam wird mir ihr Verhör zu viel. Um weiteren Diskussionen vorzubeugen, ziehe ich sie schwungvoll zu mir und presse meine Lippen hart auf ihre. Sie keucht erschrocken auf, wird aber in derselben Sekunde noch weich in meinen Armen und lässt sich auf den Kuss ein. Als ich mich von ihr löse, wirkt sie außer Atem.

»Baby, ich verschwinde nur kurz auf die Toilette. Keine Sorge«, lüge ich. Dann nehme ich sie an der Schulter und drehe sie in die Richtung, in die sie verschwinden soll. Doch sie setzt sich erst in Bewegung, als ich ihr einen Klaps auf den Po gebe. Natürlich könnte ich sie mitnehmen, um mit ihr gemeinsam die Wellen zu beobachten, aber das würde wenig Sinn ergeben. Ich brauche ein paar Minuten für mich, und Emily an meiner Seite hätte genau den gegenteiligen Effekt.

Seufzend nehme ich den Weg in die entgegengesetzte Richtung, weiter weg von der Party. Ich gehe ein paar Schritte und ziehe meine Schuhe sowie die Socken aus. Meine Hosenbeine schlage ich auf, und so wandere ich eine halbe Meile, nahe am Wasser, den Strand entlang, bis die Stimmen meiner Mitschüler endlich leiser werden. Wenn ich noch weiter in diese Richtung gehen würde, käme bald unser Haus in Sichtweite.

Doch statt meinem Zuhause sehe ich einige Meter von mir entfernt jemanden im Sand sitzen. Ich steuere direkt auf die Person zu und je näher ich komme, desto sicherer werde ich, dass es ein Junge ist. Einer, den ich nicht kenne. Die Vermutung liegt also nahe, dass es sich um Mias Cousin handelt.

Er zuckt leicht zusammen, als ich mich wortlos neben ihn in den Sand falle lasse.

»Hast du meine Schwester im Sand vergraben und überlegst nun, ob du dich anschließend für den Freitod entscheidest?« Ein normales Hallo wird meiner Meinung nach manchmal einfach überbewertet.

Der Fremde lacht leise auf, richtet seinen Blick aber weiterhin geradeaus auf die Wellen. »Es tut mir leid, dich enttäuschen zu müssen, aber ich bin hier ganz alleine. Keine Leichen.«

Unbekümmert zucke ich mit den Schultern. »Das ist gut, denn sonst hätte ich dir die Entscheidung abgenommen und dich ertränkt. So ist es einfacher. Mein Name ist übrigens Mason. Und wenn mich nicht alles täuscht, bist du der Neue.«

»Das oder ein Massenmörder, der dich nur in Sicherheit wiegen will«, kommt sofort seine schlagfertige Antwort.

Als er sich das erste Mal zu mir umdreht, atme ich scharf ein. Ich bin mir sicher, ich starre ihn dämlich an, aber er ist wirklich der schönste Mensch, den ich bisher getroffen habe. Obwohl es dunkel ist, erhellen der Mond und die Lichter der Häuser hinter uns den Strand. Was mir meine Musterung natürlich erleichtert. Er hat eine unheimlich schön geschwungene Nase, ein hübsches Gesicht, das durch das Lächeln, das er mir gerade schenkt, noch … gutaussehender wird. Seine braunen Augen funkeln belustigt, als er mir seine Hand entgegenstreckt. »Jackson.«

Ich schlage ein und halte sie womöglich eine Sekunde länger, als ich es sonst tun würde. Vielleicht drücke ich auch ein klein wenig fester zu als im Normalfall. Bevor ich wieder sprechen kann, muss ich ein paar Mal schlucken.

»Freut mich, dich kennenzulernen. Denke ich …«

Scheiße, Mason. Bekomm dich mal wieder ein, rede ich mir gut zu. *Nur weil ein Junge besser aussieht als du, musst du dich nicht so aus dem Konzept bringen lassen.* Ich atme einige Male tief durch, um wieder zu meinem mir angeborenen Selbstvertrauen zurückzufinden. »Außer du stellst dich anstatt als zu schlagfertig plötzlich als zu ehrlich heraus!«

Immerhin könnte er ja wirklich ein Massenmörder sein, der mich nur in Sicherheit wiegen will. Ich werde den Gedanken auf jeden Fall mal im Hinterkopf behalten.

»Ich kann dich beruhigen, ich habe Harper nur nach Hause begleitet.« Er macht eine wedelnde Bewegung mit seiner Hand. »Sie war ein klein wenig aufgedreht und auch ein bisschen betrunken.«

Ich greife in meine Hosentasche und ziehe mein Smartphone heraus. »Nicht, dass ich dir nicht glaube, aber ich will sichergehen, dass es ihr gut geht«, erkläre ich Jackson, während ich die Nummer meiner Mutter wähle. Immerhin geht es um meine kleine Schwester. Es kann sein, dass ich ihr gegenüber einen etwas zu ausgeprägten Beschützerinstinkt habe, aber ich liebe sie nun mal, auch wenn ich eher auf die Firma meines Vaters verzichten würde, als das jemals zuzugeben.

»Ich würde es genauso machen«, erwidert er ernst.

Nach dem dritten Klingeln nimmt meine Mom ab. »Mason, alles in Ordnung?«, keucht sie atemlos in den Hörer. Sie ist eine dieser Mütter, die sich große Sorgen machen, wenn ihre Kinder nachts unterwegs sind und würde jederzeit in einen Wagen springen, um uns abzuholen. Musste sie auch bereits einige Male.

»Ich wollte nur sichergehen, dass Harper gut nach Hause gekommen ist«, komme ich sofort zum Grund meines Anrufes.

Ganz deutlich höre ich das erleichterte Ausatmen meiner Mutter durch die Leitung. »Ja, sie ist vor zwanzig Minuten zurückgekommen.«

Ich nicke Jackson dankbar zu. »Okay. Bis später, Mom.«

Ich will bereits auflegen, da höre ich noch ein aufgeregtes: »Mason?«

»Ja?«

»Sag, wenn ich dich abholen soll, in Ordnung?«

Ich kann mir ein kurzes Lachen nicht verkneifen. »Geht klar. Aber bleibt nicht wegen mir wach. Ich habe es ja nicht weit nach Hause.«

Sie wird sich nicht daran halten, wenn ich mich nicht täusche. Vielleicht sollte ich sie nicht zu lange warten lassen und mich auf den Weg nach Hause machen. Ich verstaue mein Telefon wieder in der Tasche.

»Sorry, Alter. Das gluckenhafte Gehabe liegt bei uns in der Familie«, entschuldige ich mich, für den Fall, dass er etwas mehr von meinem Gespräch mitbekommen hat. Mit einer beiläufigen Geste streicht er sich eine blonde Haarsträhne aus dem Gesicht. Wir haben annähernd die gleiche Haarfarbe.

»Wäre mir gar nicht aufgefallen.« Spielerisch zwinkert er mir zu.

Okay, er hat definitiv meine Mutter durch das Smartphone gehört. Sie hat nicht wirklich leise gesprochen, deshalb sollte es mich nicht wundern.

Zwischen uns breitet sich eine Art einvernehmliches Schweigen aus, es ist aber keineswegs unangenehm. Gemeinsam sitzen wir da und starren auf die Wellen, die langsam auf uns zurollen. Ich sauge die erfrischende Nachtluft in meine Lungen, während ich den Kopf in den Nacken lege und zu den Sternen hinaufsehe.

Ich liebe es hier. Jackson scheint es genauso zu gehen, denn er sieht ebenfalls nicht die Notwendigkeit, etwas zu sagen. Aus dem Augenwinkel betrachte ich ihn. Für ihn muss das alles neu sein. Hier am Strand zu sitzen und die Stille zu genießen. Außer er kommt aus einer Stadt, die ebenfalls am Meer liegt. Es würde mich interessieren, wo er vorher gewohnt hat.

»Du bist also neu hier?« Die Frage kommt einfach aus mir heraus, ohne dass ich lange darüber nachdenke.

Er schüttelt seinen Kopf. »Kommt jetzt *das* Gespräch?«

Ich wende ihm sowohl mein Gesicht als auch meine völlige Aufmerksamkeit zu. »Was meinst du? Das, in dem der Bruder dem potentiellen Freund der Schwester auf den Zahn fühlt?«

Er schnauft leise durch die Nase. »Nicht ganz. Ich meinte eher das, in dem der Neue ausgefragt wird, damit man mit den neu erworbenen Infos bei der nächsten Party auftrumpfen kann.« Sofort muss ich an Emily denken, denn genau das hat sie vor gar nicht so langer Zeit getan.

Ich vergrabe meine nackten Zehen im Sand. »Mir gefällt, wie du denkst. Aber nein, keine Sorge. So bin ich nicht. Alle Erkenntnisse fallen unter den Mantel der Verschwiegenheit. Wenn du es willst.«

»Gut.« Dann sagt er nichts mehr. Ist das Gespräch jetzt beendet oder wartet er auf meine erste Frage? Jackson verwirrt mich.

»Ich komme mir echt blöd vor, dich jetzt einfach auszuhorchen«, murmele ich.

»Dann mache ich das eben«, meint Jackson mit einem Lächeln, für das vermutlich jedes Mädchen an der Highschool töten würde. Meine Schwester eingeschlossen. »Gehst du noch zur Schule oder verbringst du deinen letzten Sommer hier, bevor du aufs College gehst?«

Auch wenn ich mich bereits aufs College freue, muss ich noch ein Jahr in Naples bleiben. »Ich bin im Senior Year. Und du?«

Er zwinkert mir zu. »Ich auch.« Also ist er vermutlich ebenfalls um die achtzehn Jahre alt. »Wie ist eure Highschool so?«, möchte er gleich wissen.

»Keine Ahnung. Ich nehme an, wie jede andere auch.«

Ich habe mein ganzes Leben hier verbracht, also kann ich seine Frage nicht beantworten. Mir fehlen die Vergleichsmöglichkeiten.

»Gibt es die typischen Grüppchen? Wenn ich mir euer Haus so ansehe, gehört ihr bestimmt zu den coolen Kids?« Ich muss mich zurückhalten, um nicht laut zu lachen.

»Eigentlich dachte ich immer, dass ich wegen meinem guten Aussehen und meiner Schlagfertigkeit beliebt bin, aber dass es an meinem Zuhause liegt, ist mir neu.«

Leicht boxt er mir gegen die Schulter. »Du weißt, was ich meine. Hängen die Cheerleader nur mit ihresgleichen ab und die Footballer vermöbeln die Klassenbesten?« Jackson beginnt mit einem Faden an seinem schwarzen T-Shirt zu spielen.

Ich muss grinsen. »Nein, auf keinen Fall. Mein bester Freund ist Kapitän des Footballteams und hat mich noch nie verprügelt.« Außerdem würde er mich nie schlagen, denn sonst würde ich zurückhauen und ihn nicht mehr abschreiben lassen.

»Wolltest du mir jetzt auf subtile Weise klarmachen, dass du klug bist?«

Oh mein Gott. Mir wird klar, dass die Unterhaltung mit Jackson das absolut Beste an meinem heutigen Tag ist. Ich muss ihn unbedingt in unseren Freundeskreis integrieren. Sollte nicht allzu schwer werden, da seine Cousine ebenfalls dazugehört.

»Hat es funktioniert?«

Er macht eine Teils-teils-Geste mit seiner Hand.

»Und wie sieht es bei dir aus?«, frage ich ihn. »Muss ich mich vor Konkurrenz fürchten?«

»Das verrate ich dir jetzt noch nicht, sonst wird es doch langweilig.« Kurz leckt er sich über seine Lippen.

»Vermutlich zermürbt mich die Angst bis zum

Schulanfang.«

»Das war mein Plan«, antwortet er belustigt.

Es würde ein wenig Spannung in meinen Alltag bringen, wenn er mich schulisch herausfordern würde. Oder auf sportlicher Ebene. Also stelle ich meine nächste Frage. »Bist du Sportler?«

»Nicht wirklich. Hin und wieder gehe ich laufen, aber sonst beschränke ich mich darauf, faul herumzusitzen.«

Ich strecke ihm meine Hand hin und er schlägt seine dagegen. »Du wirst mir immer sympathischer.«

Ich sehe ihn von oben bis unten an. Er ist nicht wie Ethan der typische Muskelprotz, aber ich bin mir sicher, dass er in seiner Badehose eine gute Figur macht. Kurz schließe ich die Augen. Verdammt nochmal. Es sollte mich nicht kümmern, wie er in seiner Badehose aussieht.

»Ebenso.«

Mir fällt auf, dass auch er mich mustert, was mir ziemlich unangenehm ist.

Schnell stehe ich auf und putze mir den Sand von der Hose. Eine Sekunde bin ich versucht, ihm die Hand hinzuhalten und ihm beim Aufstehen zu helfen. Stattdessen bücke ich mich nach meinen Schuhen.

»Wieso musstest du im letzten Schuljahr umziehen?«, nehme ich unser Gespräch wieder auf.

Auch Jackson steht nun auf. »Wegen meinem Dad. Er hat einen besseren Job angeboten bekommen.« Er zieht seine Schultern hoch.

»Und nun seid ihr hier.« Ich gehe los und Jackson folgt mir ganz ohne Aufforderung. Nicht, dass es mich stören würde.

»Sieht ganz so aus.«

»Ist es schwer, von zu Hause wegzugehen?«, frage ich. Ich würde alles hier vermissen, aber das würde mich nicht davon abhalten, dennoch meine Sachen zu packen und ein neues Leben anzufangen. Zum Beispiel am College.

»Ja. Ich musste … jemanden zurücklassen.«

Oh, er hat – oder hatte? – also eine Freundin. Ich hoffe, er lässt sich nicht auf Harper ein, solange er nicht über die andere hinweg ist. Das hätte sie nicht verdient.

»Eine Fernbeziehung kam nicht in Frage?« Hey, auch wenn ich ihn nett finde, vergesse ich nicht, dass ich mich um die Gefühle meiner Schwester sorge.

»Nein, dafür ist die Distanz einfach zu groß.«

Ich nicke verstehend, wobei ich keine Ahnung habe, wie weit er nun von seinem alten Zuhause entfernt wohnt. Aber wenn man mich fragt, ist bereits eine Stunde Fahrtzeit verschwendete Zeit. Deshalb wohnt meine Freundin auch im Haus nebenan.

»Jetzt musst du mir nur noch erzählen, woher du kommst, und du hast alle wichtigen Fragen hinter dich gebracht.« Wir gehen weiter den Strand entlang. Immer weiter weg von der Party.

»Boston.«

»Wow«, entfährt es mir. »Ich möchte nach der

Highschool unbedingt dort studieren. Also, genauer gesagt, in Harvard.« Bei dem Gedanken an meinen großen Traum muss ich lächeln. Seit Jahren arbeite ich darauf hin, dass sie mich dort annehmen. Deshalb mache ich auch die Sache mit dem Veranstaltungskomitee und lasse mich als Schulsprecher aufstellen.

»Und ich will wieder nach Massachusetts zurück. Das MIT, Harvard oder die Boston University sind meine Favoriten.« Da hat er sich ebenfalls eine ganze Menge vorgenommen.

Jackson ergreift meinen Unterarm und ich zucke leicht zusammen. Ich habe nicht mit seiner Berührung gerechnet, deshalb schlägt mein Herz nun schneller. »Scheiße. Erschreck mich doch nicht so«, murre ich und greife mir an die Brust.

Er sieht nicht im mindesten schuldbewusst aus, lässt mich aber los. Er zeigt stumm auf ein großes Gebäude. Ich brauche einige Sekunden, bis ich feststelle, dass es mein Elternhaus ist.

»Oh mein Gott. Jetzt hast du meine Schwester und mich heimgebracht.« Als ich peinlich berührt meine Augen schließe, taucht ein Bild vor meinen Augen auf. Emily. Verdammt. Eigentlich wollten wir gemeinsam nach Hause gehen. Ich habe ihr nicht mal gesagt, dass ich nicht mehr auf der Party bin.

»Scheint so«, sagt Jackson, der von meinem Dilemma nichts mitbekommt.

»Wo wohnst du eigentlich?«

Er verzieht sein Gesicht, als hätte er Schmerzen. »Ehrlich gesagt bin ich mir nicht so sicher.«

Erstaunt sehe ich ihn an. »Wie das?«

»Na ja, ich weiß, wie das Haus aussieht und den Namen der Straße ebenfalls, aber ich habe keine Ahnung, wie ich von hier« – er deutet mit seiner Hand unbestimmt in eine Richtung – »nach dort komme.« Die Hände wandern in seine Hosentaschen.

»Oh«, ist alles, was mir dazu einfällt. Stumm starre ich auf den Zaun, der unser Haus vom Strand trennt. »Wenn du mir deine Adresse nennst, kann ich dich hinbringen.«

Toll. Meine Stimme klingt genauso dämlich wie an dem Tag, als ich Em um ein erstes Date gebeten habe.

Er steigt von einem Bein auf das andere. »Wieso nicht?«, antwortet er dann. »3695 Gordon Drive.«

Anerkennend nicke ich ihm zu. »Nette Gegend.« Seine Familie hat offenbar auch jede Menge Kohle, wenn sie sich ein Haus in unserer Nähe leisten können. Nicht, dass es für mich wichtig wäre.

Ich führe ihn vom Strand weg, zu der Straße hin. Kurz setze ich mich auf den Boden und ziehe meine Schuhe wieder an. »Ist nur zehn Minuten von hier entfernt.«

Er lächelt mich dankbar an und wir schlendern gemeinsam weiter. Erneut verfallen wir in angenehmes Schweigen. Bei Emily habe ich immer das Gefühl, etwas sagen zu müssen.

Ich schlage mir gegen die Stirn und murmele: »Verdammt«

»Was ist los?«

Wie konnte ich Em schon wieder vergessen? Kurz zuvor habe ich doch noch an sie gedacht, und keine fünf Minuten später habe ich sie wieder völlig aus meinem Gehirn verbannt.

»Ich hätte Emily nach Hause bringen sollen.«

»Die beste Freundin deiner Schwester?«

Irritiert sehe ich Jackson an. »Ja, genau.«

Etwas verlegen greift er sich in den Nacken und reibt darüber. Schon wieder. Ich frage mich, ob er das immer tut, wenn ihm ein Thema unangenehm ist. »Harper hat sie mir vorgestellt.«

»Okay.« Ich weiß nicht, wie ich sein Verhalten deuten soll. Mag er sie? Oder mag er sie nicht, will es aber nicht laut aussprechen?

»Sie sieht nett aus«, sagt Jackson, sichtlich bemüht, unverfänglich Small Talk zu betreiben.

»Ist sie auch«, gebe ich kurz angebunden zurück. Sonst wäre sie nicht meine Freundin. Ich verstehe nicht, wieso es sich eigenartig anfühlt, mit Jackson über Emily zu sprechen. Bin ich eifersüchtig, weil er Konkurrenz sein könnte?

Während wir zu Jacksons Haus laufen, fühlt sich die Stille, die sich über uns ausgebreitet hat, nicht besonders gut an. Ganz im Gegenteil.

»Wir sind da«, sage ich erleichtert, weil ich jetzt gleich umdrehen und nach Hause verschwinden kann.

»Genau.« Jackson starrt auf den Boden. »Ich …« Er bricht ab und lacht laut los. »Danke fürs Nachhausebringen.«

Ich klopfe ihm auf die Schulter. »Sorry, Mann.

Den Gutenachtkuss heben wir uns für das nächste Mal auf.«

Verlegen kratzt er sich am Hinterkopf. Ich hoffe, er weiß, dass ich scherze.

»Nur, wenn du darauf bestehst«, zieht er mich auf. Ich wusste, dass wir den gleichen Humor haben. Grinsend wende ich mich von ihm ab und schlage den Weg nach Hause ein.

»Bis bald«, rufe ich ihm zu und winke, ohne mich nochmals umzudrehen.

Als ich zu Hause in meinem Bett liege, erinnere ich mich endlich wieder an Emily. Ich kann nicht fassen, dass ich sie schon wieder vergessen habe. Mein schlechtes Gewissen bringt mich dazu, nicht nur ihr, sondern auch Dan eine WhatsApp-Nachricht zu schicken.

Kapitel 4

Emily und ich liegen immer noch schwer atmend im Bett. Wir haben uns gerade wieder versöhnt, nachdem sie ganze fünf Tage kein Wort mit mir gesprochen hat. Ehrlich gesagt hätte ich nicht damit gerechnet, dass sie die Sache mit dem Schweigen so lange durchzieht. Em war ernsthaft der Meinung, ich hätte sie mit einem anderen Mädchen betrogen. Dass ich auf die Anschuldigung hin nur meine Augen verdreht habe, hat die Sache nicht besser gemacht. Dabei ist sie doch die einzige Frau, mit der ich jemals geschlafen habe.

»Sollen wir duschen gehen?«, frage ich und hauche ihr einen Kuss auf die Stirn. Ich fühle mich ziemlich verschwitzt, nachdem ich zunächst den ganzen Vormittag mit Ethan am Strand und den größten Teil des Nachmittags mit Em drinnen verbracht habe.

»Gerne.« Sie krabbelt aus dem Bett und ich folge ihr. Als sie nackt in mein angrenzendes Badezimmer gehen will, halte ich sie zurück, indem ich meine Arme von hinten um sie schlinge.

»Regendusche?«, flüstere ich in ihr Ohr. Mein Badezimmer ist zwar nett, aber wir haben noch ein zweites auf dieser Etage, und das ist ziemlich abgefahren. Außerdem ist die Duschkabine dort viel größer als bei mir. Als meine Eltern das Haus gekauft haben, dachten sie wohl nicht, dass ihre Kinder mal mehr Platz für gewisse Aktivitäten brauchen könnten.

Ich gebe ihr das T-Shirt, das ich zuvor getragen habe, und Emily schlüpft hinein.

»Hast du gerade heimlich daran gerochen?« Ich zupfe mit meinen Fingern am Kragen des Shirts herum. Das Rot auf Emilys Wangen verrät sie sofort, doch sie bleibt stumm. Abwartend sehe ich sie an. »Und?«

»Es riecht nach dir und dem Meer«, wispert sie. Meine kleine Elfe sieht dabei so süß aus, dass ich sie nochmals in meinem Arm halten muss. Fest drücke ich sie an meine Brust. Nach einer kleinen Ewigkeit bin ich bereit, sie loszulassen. Ich ziehe mir meine Boxershorts an und greife nach ihrer Hand. Gemeinsam verlassen wir mein Zimmer und stolpern über meine Schwester und … Jackson.

»Na, hattet ihr Spaß?«, fragt Harper und sieht belustigt auf unsere halbnackten Körper. Für sie ist es nach zwei Jahren keine Besonderheit, uns in so einer Situation zu erwischen. Für Jackson allerdings absolutes Neuland.

»Hat sich zumindest so angehört«, meint er bissig. Ich kann mir nicht helfen, aber sein Tonfall lässt vermuten, dass er dezent angepisst ist. Fragend sehe ich ihn an, doch er wendet den Blick demonstrativ ab. Emily beginnt am T-Shirt herumzuzupfen, so dass es über ihren Brüsten spannt. Ich lehne mich weiter zu ihr.

»Lass das«, murmele ich ihr ins Ohr und Em lässt sofort die Hände sinken.

Harper stößt Jackson mit dem Ellbogen an.

»Daran musst du dich bei den beiden gewöhnen. Die sind immer so.«

Ich sehe an die nächstbeste Wand, denn mir wird die ganze Begegnung ein wenig peinlich. Also hebe ich meine Hand und winke leicht. »Hallo Jackson!«

Echt jetzt? Was war das denn? Wo kann ich meinen Kopf gegenhämmern?

Eilig füge ich hinzu: »Mit dir hätte ich gar nicht gerechnet.« Ich denke, allen Anwesenden ist klar, dass ich nicht gerade zur Entspannung dieser peinlichen Situation beitrage.

»Ach nee«, antwortet er sarkastisch. Tief atmet Jackson durch und drückt mir ein Stück Papier in die Hand. »Ich wollte dich zu meiner Willkommens-Einweihungs-was-auch-immer-Party einladen.«

»Oh, danke. Ich komme gerne.« Etwas verhalten lächele ich ihn an. Ich habe nicht damit gerechnet, dass wir uns so schnell wiedersehen. Seine Gesichtszüge werden ein wenig weicher und er wirkt plötzlich gar nicht mehr so stinkig wie noch vor ein paar Sekunden. Auf einer Skala von eins bis zehn sind wir jetzt schätzungsweise bei acht. Vielleicht wünsche ich mir das aber auch nur.

Jackson und ich sehen uns lange in die Augen. Ich bin einfach nicht fähig, meinen Blick abzuwenden. Erst als Emily mir auf den Zeh tritt, kann ich mich von ihm lösen.

»Aua«, beschwere ich mich. Ich schüttele leicht den Kopf und sehe sie aus verengten Augen an. Mein bester *Was-zur-Hölle-soll-das?*-Blick.

Ihre Augen weiten sich auf diese *Kannst-du-dir-das-nicht-denken?*-Art. Es dauert einige Sekunden, bis mir klar wird, was sie von mir erwartet.

»Kann ich Em mitbringen?«, frage ich Jackson. Ich hoffe, sie ist jetzt beruhigt. Vorsichtshalber mache ich einen Schritt zur Seite, damit sie mich nicht nochmals tritt.

»Natürlich.« Jackson lächelt sie höflich an. Danach sieht er zu mir und lässt seinen Blick über meinen nackten Oberkörper schweifen. Alle Härchen darauf stellen sich bei seiner Musterung auf. Ich liebe diese angenehme Art der Gänsehaut.

Duschen! Ich muss dringend ins Badezimmer. Einfach weg von hier. Gerade als ich Emily weiterziehen will, beginnt Harper zu plappern.

»Es wird eine Grillparty!«

Natürlich ist Emily sofort begeistert. »Sollen wir was mitbringen?«, will sie wissen.

Jackson hört endlich damit auf, mich anzustarren, und richtet stattdessen seinen Blick gegen die Decke. »Ich wollte Burger machen. Dafür werde ich alles besorgen. Wenn ihr aber noch etwas anderes möchtet, Steaks oder Salate, wäre es toll, wenn ihr es mitbringen könntet.«

Em klatscht fröhlich in die Hände und sieht glücklich zu Harper. »Dann können wir gemeinsam etwas kochen.« Es wundert mich, dass sie sofort so motiviert ist. In letzter Zeit habe ich das Gefühl, sie lebt eher davon, Speisen zuzubereiten, als diese tatsächlich zu essen.

Während Harper und Emily irgendetwas über Schichtsalate quasseln, wende ich mich lieber Jackson zu. Dieses Mal sieht er mich ganz normal an. Vielleicht habe ich gerade zu viel in seinen Blick hineininterpretiert. Was das zu bedeuten hat, versuche ich zu verdrängen. »Hast du viele Leute eingeladen?«

Er macht wieder eine So-lala-Geste mit seiner Hand. »Meinen Cousin Miles. Meine Cousine Mia. Ihren Freund. Deine Schwester. Dich. Deine *Freundin.*« Das letzte Wort betont er irgendwie anders, aber es kann auch sein, dass ich alles, was er sagt, einfach zu genau analysiere. Ich frage mich, woran das liegt. An ihm oder an der Tatsache, dass er immer eigenartig wird, wenn die Sprache auf Emily kommt? Ob er auf sie steht? Verdenken könnte ich es ihm nicht.

Wahrscheinlich denke ich einfach zu viel über seine Worte nach.

Komm mal wieder klar, Mason, schimpfe ich mit mir selbst.

»Cool. Dann kenne ich ja alle Leute auf deiner Party. Mias Freund, Ethan, ist mein Kumpel. Wird bestimmt großartig.«

Emily greift nach meiner Hand und verschränkt ihre Finger mit meinen. Ich habe nicht mal gemerkt, dass wir uns losgelassen haben.

»Das denke ich auch.« Anscheinend ist die Essensdiskussion abgehakt. »Wollen wir duschen gehen?« Liebevoll sieht sie mich an. Die Lust darauf ist mir jetzt eigentlich vergangen, aber ich kann schlecht nein sagen.

»Ja«, antworte ich, sehe aber nicht Emily, sondern Jackson an. »Bist du dann später noch da?«, frage ich ihn. »Wir könnten eine Runde zocken, wenn du Lust hast.« Ich hauche Em einen Kuss auf die Wange. »Du willst doch bestimmt noch mit Harper wegen der Party quatschen«, sage ich zu ihr.

Wenig dezent deutet sie mit ihrem Kopf zu Jackson. »Meinst du nicht, Harper und Jackson wollen vielleicht ein bisschen Zeit zu zweit verbringen?«

Ich kratze mich verlegen am Hinterkopf. Der Gedanke war mir noch gar nicht gekommen. »Sorry, ich wollte mich nicht aufdrängen«, entschuldige ich mich bei den beiden.

»Kein Problem.« Harper lächelt mich an. »Du bist bestimmt noch eine Weile mit Emily beschäftigt. Ich nehme Jackson einfach mit in mein Zimmer und ihr kommt nach.«

»Ist das okay?«, frage ich Jackson. Immerhin entwerfen wir hier Pläne, obwohl wir keine Ahnung haben, wie er den Rest des Tages verbringen will.

»Ist in Ordnung.« Seine Stimme klingt neutral, doch seine Augen funkeln, als er seinen Kopf ein Stückchen anhebt, um mir besser ins Gesicht sehen zu können. Jackson ist ein wenig kleiner als ich, was auch nicht besonders schwierig ist. Immerhin bin ich fast eins neunzig. Doch im Gegensatz zu Emily ist er immer noch riesig. Vielleicht ist er einen halben Kopf kleiner als ich und somit genauso groß wie meine Schwester. Ich muss zugeben, dass er gut mit Harper zusammenpassen würde. Vom optischen Standpunkt aus gesehen.

»Geh schon mal vor, Baby. Ich habe noch was zu erledigen.« Kondome holen, um genau zu sein.

»Hoffentlich tauchst du dieses Mal auch wirklich auf«, murmelt Emily und geht in Richtung Badezimmer. Den Seitenhieb habe ich definitiv verdient.

Wortlos drehe auch ich mich um und gehe zurück in mein Zimmer. Die Tür lasse ich offen, deshalb höre ich Jackson leise zischen: »Was meint sie damit? Gehen die immer gemeinsam duschen?«

Ich bleibe wie angewurzelt stehen. Lauschen gehört sich nicht, aber ich möchte wissen, was sie über Em und mich tuscheln. Außerdem muss er doch damit rechnen, dass ich ihn noch hören kann. Schließlich habe ich nicht das Stockwerk verlassen, sondern bin nur vom Flur in mein Zimmer gegangen.

»Nein, sie hatten seit der Party am Wochenende Stress. Mason ist einfach verschwunden, ohne sich zu verabschieden. Sie dachte, er hätte sie betrogen. Jetzt hat er eine Menge gutzumachen.«

Jackson räuspert sich einige Male. »Das hat er doch nicht. Ich meine, Emily betrogen?« Er weiß doch, dass ich mit ihm nach Hause gegangen bin, wieso stellt er also diese Frage?

»Nein. Mason würde so etwas nicht machen.« Harpers Stimme wird immer leiser. Vermutlich gehen die beiden zurück in ihr Zimmer.

»Keine anderen Frauen?«, will Jackson wissen.

»Nein, niemals. Weder Mason noch Emily hatten jemals Interesse an anderen.« Danach höre ich die Zimmertür ins Schloss fallen.

Warum möchte Jackson all diese Dinge über meine Beziehung wissen?

Wie ferngesteuert verlasse ich den Raum, um Emily nicht länger als nötig warten zu lassen. Ich zucke zusammen, als ich sie nackt im Badezimmer vorfinde. Sie ist gerade dabei, in die Dusche zu steigen.

»Was musstest du holen?«, fragt sie, während sie einen Finger unter das laufende Wasser hält.

Scheiße. »Kondome.«

Sie wirft über ihren Rücken hinweg einen Blick auf meine leeren Hände. »Wo sind sie?«

»Waren aus«, lüge ich, während ich aus meinen Boxershorts steige.

»Ich verstehe sowieso nicht, wozu wir die noch brauchen.« Em beginnt an den Armaturen herumzudrehen, bis das Wasser die richtige Temperatur hat. »Wir leben monogam, hatten noch nie einen anderen Partner und ich nehme die Pille.«

Ich stelle mich hinter Emily in die Dusche und küsse ihren Nacken. »Unregelmäßig. Und ich stehe nicht auf Teenagerschwangerschaften.«

»Schon gut.« Sie dreht sich zu mir um und schlingt ihre Arme um meinen Hals. »Ich auch nicht. Und wenn ich mir in Zukunft einen Wecker stelle und die Pille immer zur selben Uhrzeit nehme?«, fragt sie.

»Dann können wir vielleicht nochmal über das

Thema sprechen. Aber ich will aufs College.« Ich stupse gegen ihre Nase. »Und du auch.«

Sie strahlt mich an. »Ich freu mich darauf, wenn wir gemeinsam an der Columbia studieren können.« Sofort wende ich meinen Blick ab, damit sie nicht sehen kann, dass ich eigentlich ganz andere Pläne habe. Genauso sehr, wie ich nach Harvard will, will Em an die Columbia. Und sie erwartet, dass wir eines Tages gemeinsam dort studieren. Doch das wird nicht passieren. Was das allerdings für unsere Beziehung bedeutet, versuche ich zu ignorieren.

»Ja«, murmele ich und dränge sie ein Stückchen zurück, bis das Wasser über unsere Köpfe läuft und es uns unmöglich macht zu sprechen.

Kapitel 5

»Mason?«, schreit meine Mutter die Treppe hinauf. Man könnte meinen, wir hätten Kameras in unserem Haus, da sie genau den Moment abpasst, in dem Emily und ich mein Zimmer verlassen. Hätten sie damals ein kleineres Haus gekauft, müssten wir jetzt nicht immer alle so brüllen.

»Ja?«, rufe ich daher in der gleichen Lautstärke zurück.

»Kommst du mal runter?«

Eigentlich wollte ich jetzt endlich eine Runde mit Jackson zocken, aber was tut man als liebender Sohn nicht alles für seine Mutter.

»Komme gleich.« An Emily gewandt, sage ich: »Du kannst ruhig schon mal zu Harper und Jackson gehen, Baby.« Ich schiebe sie in Richtung Harpers Zimmer.

Mir fällt gerade das erste Mal auf, wie oft ich meine Freundin eigentlich irgendwo hinschicke, ohne selbst mitzukommen. Aber sie scheint sich nicht daran zu stören. Was wiederum mich ziemlich ärgert. Ich mag es lieber, wenn man mir sagt, wenn ich mich wie ein Idiot verhalte. Emily tut das viel zu selten.

Danach stapfe ich nach unten. Mein Vater steht vor einem großen Spiegel und bindet sich eine seiner zahlreichen Krawatten um. Etwas irritiert bleibe ich auf der untersten Treppenstufe stehen.

»Ähm, Dad? Hat Mom mich gerade gerufen oder

hast du eine Stimmbandoperation hinter dir?«

Mit leicht erhobenen Mundwinkeln geht mein Vater auf mich zu und wuschelt mir durchs Haar. Das macht er, seit ich ein kleiner Junge bin. Manche Angewohnheiten kann man seinen Eltern echt nur schwer wieder abgewöhnen.

»Nicht doch«, motze ich. »Die habe ich eben erst gestylt.« Er zwinkert mir zu, als wüsste er genau, was ich die letzten Stunden mit Em getrieben habe. Vielleicht tut er das auch. Schließlich war er auch mal jung. Mit seinem Kopf nickt er zur Küche.

»Deine Mom holt ihre Handtasche und bringt dir die Listen vom Lieferservice.«

»Geht ihr aus?« Die Frage hätte ich mir sparen können, da es offensichtlich ist.

Mein Dad sieht das anscheinend genauso, denn er antwortet: »Gut kombiniert, Sherlock.«

Keine Sekunde später höre ich bereits das Klappern der High Heels meiner Mutter. »Schick, schick«, lasse ich sie wissen und pfeife leise. Sie hat sich richtig herausgeputzt. Ihre blonden Haare sind zu Locken gedreht und sie trägt ein enganliegendes schwarzes Kleid. Sie sieht aus wie meine Schwester. Nur ein bisschen älter.

»Was habt ihr vor?«, frage ich.

Mein Dad schnaubt belustigt. »Ich dachte, wir gehen eine Runde joggen.«

Ich verdrehe meine Augen. Ich wollte eigentlich eher wissen, wo sie hingehen und mit wem. »Das mit den Scherzen solltest du öfters üben. Du bist etwas eingerostet.«

Meine Mutter stößt mich mit dem Ellbogen an. »Sei nicht so frech zu deinem alten Herrn.« Mit einem Lächeln im Gesicht überreicht sie mit ungefähr zehn Speisekarten. »Wir gehen mit den Bakers aus.« Natürlich unternehmen sie etwas mit unseren Nachbarn. Emilys und Dans Eltern treffen sich fast genauso oft mit meiner Mom und meinem Dad wie Harper und ich mit dem Baker-Nachwuchs.

Mein Dad sieht immer noch ungläubig zwischen meiner Mutter und mir hin und her. »Alt?«, fragt er dann.

»Deine verzögerten Reaktionen sprechen jedenfalls dafür.«

Nun klappt ihm auch noch der Mund weit auf.

»Sie werden Mom für deine junge Geliebte halten«, ziehe ich ihn weiter auf. So beleidigt, wie er gerade aussieht, wirkt Dad gleich um einiges jünger. Auch wenn er schon wieder in einem seiner steifen Anzüge steckt. Manchmal frage ich mich wirklich, ob er auch welche zum Schlafen trägt. Jogginghosen besitzt er meines Wissens nämlich nicht. Ich ignoriere Dads schockierten Gesichtsausdruck und wende mich meiner Mutter zu. »Ich nehme an, Dan und Emily essen ebenfalls bei uns?«

Mom sieht ein kleines bisschen schuldbewusst aus. »Das habe ich zumindest Alice angeboten.«

Also alles wie immer. Natürlich verstehen Dan, Em, Harper und ich uns nur so gut, da unsere Mütter von klein auf darauf geachtet haben, dass wir uns mehrmals pro Woche sehen. Ich will meinen Eltern nichts Böses unterstellen, aber unsere

Nachbarn betreiben ein riesiges Im- und Exportunternehmen und – wie könnte es anders sein – vertreiben auch die Waren meines Vaters ins Ausland. Natürlich waren unsere Eltern überglücklich, als Emily und ich ein Paar wurden und damit einer künftigen Bennett-Baker-Familienfusion so gut wie nichts mehr im Wege stand.

Ich drücke die Speisekarten an meine Brust. »Ich rufe Dan gleich an und frage, was er essen möchte. Und viel Spaß.« Zum Abschied küsse ich meine Mom auf die Wange und nicke meinem Dad zu.

»Euch auch«, höre ich ihre Stimmen hinter mir, da ich mich bereits wieder auf dem Weg nach oben befinde.

Ich gehe direkt ins Zimmer meiner Schwester. Natürlich ohne zu klopfen. Jackson, Harper und Emily sitzen auf den Boden und –

»Nicht euer Ernst?«, entweicht es mir. Sowohl Harper als auch meine Freundin halten jeweils eine Hand von Jackson und bearbeiten seine Fingernägel mit Feilen. Jackson sieht nicht unbedingt erfreut aus. Harper und Emily lächeln selig. Ich deute mit dem Finger auf Jackson.

»Er ist doch keine Puppe.« An ihn gewandt sage ich: »Jacks?« Ich versuche krampfhaft zu überspielen, dass ich gerade seinen Name abgekürzt habe, indem ich sofort weiterspreche. »Wo hast du deine Eier gelassen?«

Er seufzt leise auf. »Vielleicht bei meinen Schuhen an der Haustür?« Da will ich ihm jetzt gar nicht widersprechen.

»Sieht ganz danach aus.« Ich räuspere mich. »Emily, Harper. Wenn ihr eure Finger von dem armen Jungen lasst, dürft ihr entscheiden, was wir heute essen.« Ich weiß, ich mache gerade einen großen Fehler, aber irgendwie muss ich die beiden Möchtegern-Kosmetikerinnen doch davon abhalten, auch noch seine Nägel zu lackieren. Sofort stürzen die beiden auf mich zu und reißen mir die Speisekarten, die ich ihnen gut sichtbar entgegenstrecke, aus den Händen.

»So, und jetzt schnell in mein Zimmer«, fordere ich Jackson auf, der mit dankbarem Gesichtsausdruck aufspringt und mir folgt.

»Für Dan müsst ihr auch etwas bestellen. Sagt ihm, dass er dann rüberkommen soll.« Eigentlich müsste ich das nicht extra erwähnen. Wir haben genug solcher Abende gemeinsam verbracht.

»Geht klar, Baby«, antwortet meine Freundin und winkt mir, genauso wie Harper, fröhlich zu.

Ich lege Jackson meine Hände auf die Schultern und schiebe ihn aus dem Raum. »Danke«, flüstert er.

Nachdem ich die Tür hinter uns geschlossen habe, winke ich ab. »Kein Problem.« Danach tätschele ich seine Wange. »Ich lasse dich nie wieder mit ihnen allein, bis du weißt, wie du mit ihnen umgehen musst.«

Jackson sieht mich so schockiert an, dass ich lachen muss.

»Nur ein Scherz. Sie sind nicht so schlimm.« Meistens.

Ich führe Jackson in mein Zimmer und kicke die

Tür mit dem Fuß ins Schloss. Gott sei Dank habe ich nach der Dusche das Fenster geöffnet und mein Bett gemacht. Es wäre mir peinlich, wenn Jacks die zerknüllten Laken gesehen hätte.

Er sieht sich interessiert um. Sein Blick schweift über mein Bett hinweg zu meinem Sofa, über den Couchtisch, auf dem mein Laptop steht, bis hin zu meinem Flachbildfernseher. Daneben habe ich ein Regal voll mit DVDs und Spielen für meine Konsolen. Danach dreht Jackson sich ein bisschen und sein Blick fällt direkt auf meinen Schreibtisch, auf dem bis auf mein Skizzenblock nichts herumliegt. Jackson schlendert darauf zu und nimmt ihn in die Hand.

Verdammt. Nervös trete ich von einem Fuß auf den anderen. Bisher haben nicht viele Menschen meine Zeichnungen zu Gesicht bekommen. Eigentlich nur Emily, Harper und meine Eltern. Meine Hand zuckt und ich bin kurz davor, ihn aufzuhalten, aber ihm den Block aus der Hand zu schlagen, wäre irgendwie kindisch.

Zögerlich gehe ich auf ihn zu. Jackson blättert einige Seiten um, bis er bei einem Porträt von Emily hängen bleibt. Die Zeichnung zeigt sie schlafend auf ihrem Bett.

»Das ist großartig.« Fast ehrfürchtig streicht er mit seinen Fingern darüber. »Du bist wirklich talentiert.«

»Es ist nur ein Bild«, wehre ich ab, obwohl mein Herzschlag sich bei seinen Worten ungefähr verdreifacht.

Jackson sieht zu mir hoch und beißt sich auf die

Unterlippe. »Es ist viel mehr als das.« Nach einer kurzen Pause fügt er hinzu: »Ich wusste nicht, dass Emily deine feste Freundin ist.« Seine Stimme klingt ein bisschen anklagend.

Ich verschränke meine Arme vor der Brust. »Und ich wusste nicht, dass diese Information wichtig für dich ist.« Mit einem abschätzigen Blick betrachte ich ihn. Er soll ruhig merken, dass mir seine Worte zu denken geben.

»Ist es auch nicht.« Er sieht mir nicht in die Augen, während er mit mir spricht. Gedankenverloren blättert er einige Seiten weiter, bis er plötzlich stoppt. »Ich … Sind das …« Er tippt ein paar Mal wild auf die beiden Jungs, die ich heute am frühen Morgen skizziert habe. Als ich wach wurde, hatte ich das Bedürfnis, den Abend des letzten Schultages auf meine Art festzuhalten. Das habe ich getan.

Ich muss einige Male schlucken, bevor ich eine Antwort zustande bekomme. »Ja. Das sind wir.« Wir sitzen auf der Zeichnung gemeinsam im Sand und ich habe versucht einzufangen, wie Jacks mich angelächelt hat, als ich irgendeinen Müll gelabert habe, den er anscheinend witzig fand. Aber ich denke, ich hab es nicht gut hinbekommen, denn dieses strahlende Lächeln auf Papier zu bringen, ist fast unmöglich.

Jacksons Hand wandert in seinen Nacken und er reibt sich darüber. »Darf ich … meinst du, du würdest mir das schenken?«

Ich denke kurz darüber nach, sehe aber keinen

Grund, warum ich ihm seine Bitte abschlagen sollte. Außer dem einen, dass ich es liebe und es eigentlich gar nicht weggeben möchte. »Wieso nicht?«

Ich nehme ihm den Block aus den Händen und löse das Blatt vorsichtig, obwohl es mir schwerfällt. Ich kann jederzeit ein neues Bild malen, also ist es okay, dass er es bekommt.

Andächtig nimmt er das Stück Papier entgegen. Danach hebt er seinen Kopf und lächelt mich an. »Danke. Immerhin bist du so etwas wie mein erster Freund hier.«

Ich muss mir fast ans Herz greifen, weil mich seine Worte aus der Bahn werfen. Jackson ist einfach total – ich gehe eine ganze Menge Adjektive in meinem Kopf durch, finde jedoch nicht das passende.

»Hey, was macht ihr da?«, höre ich Dans Stimme. Erschrocken gehe ich einen Schritt zurück und merke erst in diesem Moment, wie nahe Jackson und ich beieinanderstehen. Das Gefühl, mich rechtfertigen zu müssen, versuche ich zu unterdrücken.

»Kannst du nicht klopfen?« Ich drehe mich zu ihm um. »Oder klingeln?«, frage ich etwas zu forsch.

»Die Haustür war nicht versperrt, also bin ich einfach hoch. Ihr wusstet doch, dass ich komme.« Man kann nicht den Hauch eines schlechten Gewissens in seiner Stimme hören. Und wenn ich ehrlich bin, hat er auch keinen Grund dazu. Ich gehe auch, ohne anzuklopfen, bei den Bakers ein und aus.

»Alles okay. Und um auf deine Frage zu

antworten: Ich hab Jackson mein Zimmer gezeigt. Wir wollten eine Runde zocken.« Wie ein Idiot deute ich auf meine Konsolen, als ob Dan nicht genau wüsste, wo sie stehen. »Kennt ihr euch eigentlich schon?«

Verneinend schüttelt Dan den Kopf und kommt näher. Höflich streckt er meinem Gast die Hand hin. »Ich bin Daniel. Masons Nachbar.«

Jackson nickt. »Und auch Emilys Bruder, oder? Freut mich, dich kennenzulernen. Mein Name ist Jackson.« Er ergreift die dargebotene Hand und schüttelt sie.

»Genau.« Danach stehen wir uns alle ein wenig unbeholfen gegenüber und schweigen.

»Jackson ist vor kurzem hergezogen«, versuche ich ein Gespräch in Gang zu bringen. Ich klatsche mir mit der Hand gegen die Stirn und habe dadurch die volle Aufmerksamkeit auf mich gezogen. »Und ist Mias und Miles' Cousin.«

»Ihr seht euch gar nicht ähnlich«, meint Dan an Jackson gewandt.

»Liegt wahrscheinlich daran, dass die beiden ihre Haare immer schwarz färben und Bandshirts mit unaussprechlichen Namen tragen«, murmele ich. In meinem Kopf taucht ein Bild der Geschwister auf: Beide lachen herzhaft, während ich versuche, den Bandnamen Mötley Crüe betrunken auszusprechen.

»Vermutlich«, meint Dan und fährt sich durch seine verstrubbelten braunen Haare. Manchmal frage ich mich, ob er überhaupt eine Bürste besitzt. Sofern ich es beurteilen kann, stehen die Frauen aber auf den Mopp auf seinem Kopf.

»Sollen wir nach unten gehen?«, frage ich. Es fühlt sich komisch an, mit Dan und Jackson hier oben zu sein und krampfhaft zu versuchen, die beiden miteinander bekannt zu machen. Harper und Emily quatschen genug für uns alle, da wird die seltsame Stimmung zwischen uns bestimmt nicht weiter auffallen. Vielleicht fühle auch nur ich mich unwohl. »Harper und Em haben Abendessen bestellt«, füge ich unnötigerweise hinzu. Langsam frage ich mich, wie ich das letzte Schuljahr als Jahrgangsbester abschließen konnte. Vermutlich hatte ich wegen meiner verkümmerten Sozialkompetenzen einfach viel Zeit zu lernen, weil es eh niemand mit mir aushält.

Dan schnaubt, da ihm auch auffällt, dass ich mich eigenartig verhalte. »Ich weiß. Darum bin ich hier.«

»Weißt du schon, was es gibt?«, will ich wissen, während ich bereits den Raum verlasse.

Dans Antwort kommt sofort. »Nope.«

Jackson bleibt den ganzen Weg nach unten verdächtig still. »Ich sollte dann wohl besser nach Hause gehen«, sagt er leise, als wir in der Eingangshalle ankommen.

Ich wirbele zu ihm herum. Er steht auf der letzten Treppenstufe und sieht aus, als würde er sich nicht wohl fühlen. Hat er etwas falsch verstanden? Oder fühlt er sich ausgeschlossen? Falls ja, dann will ich das nicht.

»Spinnst du? Die Mädels haben bestimmt für dich mitbestellt.« Ich gehe zu ihm zurück und lege ihm einen Arm um die Schulter, um ihn in die Küche führen zu können.

»Da seid ihr ja«, begrüße ich sie. »Was gibt's zu futtern?« Harper und Emily sitzen nah beieinander und haben ihre Köpfe einander zugewandt. Bestimmt haben sie wieder *wichtige* Gespräche geführt.

»Noch gar nichts. Aber der Lieferant sollte bald kommen.«

Ich gehe zu Emily und beiße ihr leicht in den Hals. »Wenn du nicht aufpasst, esse ich irgendwann dich«, raune ich ihr zu. Die Türglocke ertönt im nächsten Moment und ich halte sie fest, als sie sich an mir vorbeidrängen will. »Harper schafft das ganz gut alleine.«

»Ich komme mit«, murmelt Dan und folgt meiner Schwester zu Tür. Emily schmiegt sich an meinen Körper und schiebt ihre Hände unter mein T-Shirt. Über ihren Kopf hinweg beobachte ich Jackson dabei, wie er den Küchenboden mit großem Interesse mustert.

Wenn er sich unwohl dabei fühlt, Em und mich beim Fummeln zu beobachten, sollte ich es ihm leichter machen, indem ich nicht dauernd an meiner Freundin klebe. Ich schiebe Em ein kleines Stück von mir weg. »Mach es nicht unnötig spannend.«

Sie steht auf und wippt auf ihren Füßen vor und zurück, um mich weiter hinzuhalten. Unschuldig klimpert sie mit den Wimpern. »Würde ich niemals machen.«

»Pizza«, schreit Dan in diesem Moment. »Wohnzimmer.«

Wir gehen zu Harper und Dan, die die sieben Kartons auf dem Couchtisch gestapelt haben.

»Kommt noch jemand?«, frage ich. Es würde mich nicht wundern, wenn Ethan und Mia auch jede Sekunde durch die Tür stürmen.

Jackson lacht leise. »Sieht nach einer Pizzaorgie aus.«

»Nein, wir wollten ein bisschen Auswahl«, erklärt Emily mir. Jackson ignoriert sie einfach.

Ich ziehe meine Augenbraue in die Höhe. »Und dann knabberst du an deinem Stück eine Stunde herum.« Bei meinen Worten zuckt sie leicht zusammen. In dieser Sekunde beschließe ich, Emily heute genauer zu beobachten. Seit einiger Zeit habe ich einen Verdacht, und ich hoffe, er bestätigt sich nicht.

Ich deute auf die Couch, die dem Fernseher gegenübersteht. »Setzt euch.«

Jackson und Dan lassen sich darauf fallen, während Harper und Emily sämtliche Pizzaschachteln öffnen. Ich schnappe mir die Fernbedienung und quetsche mich zwischen die beiden Jungs.

»Was sollen wir uns ansehen?«

»Völlig egal.«

Na gut. Ich wähle die erstbeste Serie auf Netflix aus, die mich anspricht, und lehne mich zurück. Harper reicht mir eine Pizzaschachtel. Ich stelle sie auf meinem rechten und Jacksons linkem Bein ab.

»Teilen?«, frage ich ihn, während ich mir bereits ein Stück mit Salami nehme.

»Gerne.« Er greift sofort zu. Emily und Harper bleiben auf dem Boden vor uns sitzen, was recht praktisch ist, da meine Freundin mir immer wieder verschiedene Pizzen reicht und ich so jede einmal probieren kann. Ganz im Gegensatz zu ihr. Sie knabbert an einem Stück Paprika, das sie von ihrer Pizza gepflückt hat. Den Rand hat sie zur Seite geschoben, und nun ist sie dabei, die kleine Ecke in tausend Teile zu rupfen.

Irgendwann lehnt sich Emily gegen mich - satt kann sie wirklich nicht sein - und drückt mein Bein näher an Jacksons heran. Da er nicht zurückzuckt, scheint es ihn nicht unbedingt zu stören, dass wir uns berühren. Und mich auch nicht. Es fühlt sich sogar irgendwie angenehm an. Anders, als wenn ich Emily berühre … aber dennoch gut.

Nachdem wir so ziemlich alle Pizzen gekostet und auch einige Folgen der Serie geschaut haben, beginnt Emily zu gähnen. Sie dreht sich zu mir um und stützt ihr Kinn auf meinem Knie ab. »Wollen wir dann schlafen gehen?«

Unschlüssig wiege ich meinen Kopf ein paar Mal hin und her, denn ich habe keine Lust, mit Emily nach Hause zu gehen. Ehrlich gesagt habe ich keine große Lust darauf, die Nacht *überhaupt* mit Emily zu verbringen, doch das kann ich natürlich nicht sagen.

»Eigentlich wollte ich noch einen Film sehen.«

Harper kichert leise. »Ich schätze, Dan wird heute nicht mehr mitgucken.« Mit ihrer Hand deutet sie auf meinen Kumpel.

»Wann ist der denn eingepennt?«, fragt Jackson. Er lehnt sich leicht über meinen Oberkörper, um den schlafenden Dan besser betrachten zu können. Es macht mich nervös, dass sowohl Emily als auch Jackson fast an mir kleben.

»Die Müdigkeit liegt wohl in der Familie«, ziehe ich Emily auf und stupse gegen ihre Nase. Dann sehe ich fragend zu Jackson. »Willst du auch schon ins Bett?«

Er zieht sein Handy aus der Hosentasche und checkt die Uhrzeit. »Müde bin ich noch nicht. Wenn es euch nicht stört, bleibe ich noch.«

Aufmunternd nicke ich ihm zu.

»Ich schreibe nur meiner Mom eine Nachricht, dass ich bei euch bin.«

Ich halte Jackson meine Hand hin und er schlägt ein.

»Und was ist mit mir?«, fragt Em schmollend.

»Du hast vier Möglichkeiten, Baby«, zähle ich ihr auf. »Du könntest bei Harper, im Gästezimmer oder zu Hause in Ruhe schlafen. Oder du legst dich in mein Bett und lebst damit, dass der Fernseher und das Licht an bleiben.« Es wäre eine Premiere, denn ich habe Em noch nie bei mir übernachten lassen. Wir verbringen fast jeden Tag miteinander, da brauche ich sie nicht auch noch nachts um mich herum. Wenn sie allerdings darauf besteht, dass wir die Nacht gemeinsam verbringen, schlafe ich bei ihr.

»Wieso geht ihr in dein Zimmer?«, will Emily wissen. Ich versuche zu verbergen, dass mich ihre Frage nervt. Wieso muss sie immer alles so genau wissen?

»Damit wir deinen Bruder nicht wecken«, antworte ich ihr geduldiger, als ich mich fühle.

Harper stößt Em mit dem Ellbogen an und klatscht in die Hände. »Pyjamaparty!«

Em legt den Kopf schief. »Deine Schwester hat entschieden.« Ob sie ebenfalls von der Idee begeistert ist, kann ich nicht wirklich sagen. Sie sieht aber nicht abgeneigt aus.

Jackson scheint unserem Gespräch nicht gefolgt zu sein, da er auf seinem Handy herumtippt. »Du kannst auch hier schlafen«, biete ich ihm an. »Das Gästezimmer ist frei.«

Er zuckt leicht zusammen. Ob ich ihn erschreckt habe oder ob es an meinem Angebot liegt, weiß ich nicht. Immerhin kennen wir uns noch nicht besonders gut, also würde ich verstehen, wenn er ablehnt. Mit schräg gelegtem Kopf sieht er mich an.

»Ich … Ja, gerne. Danke.« Er sieht mir fest in die Augen und ich erwidere seinen Blick.

»Lass uns noch kurz die Pizzaschachteln wegräumen«, meint Harper und zwingt mich mit ihren Worten förmlich dazu, sie anzusehen.

»Ich wollte sowieso in die Küche, um Wasser zu holen. Da nehme ich die Kartons gleich mit«, sage ich. Während ich aufstehe, beginnt Em die Schachteln aufeinanderzustapeln.

»Ich helfe dir«, kommt es von Jackson, der bereits vor der Couch steht und danach greift. Ich reiche Emily meine Hand, um ihr aufzuhelfen.

»Gute Nacht. Schlaf gut«, verabschiede ich mich von meiner Freundin und gebe ihr einen keuschen Kuss auf die geschlossenen Lippen. Grinsend gehe ich zu Jackson und klopfe ihm auf die Schulter. »Los geht's.«

In der Küche angekommen öffne ich den Kühlschrank. »Stell die Pizzareste einfach auf den Tresen«, rufe ich Jackson zu. Ich werde sie morgen wegräumen, denn im Moment habe ich keine große Lust dazu.

»Danke.«

Eigentlich bin ich es, der sich bedanken müsste. Scheiße, jetzt ist er auch noch netter als ich. Ich schnappe mir das Wasser und gehe auf ihn zu. »Was wollen wir für einen Film ansehen?«, frage ich und führe ihn durch das Haus. Während wir zur Treppe wandern, lösche ich ein Licht nach dem anderen.

»Horror«, kommt es sofort, wie aus der Pistole geschossen.

Mit einer Hand greife ich mir an die Brust. »Willst du mich umbringen?«

Es gibt für mich nichts Schlimmeres als Horrorfilme. Also, ich habe keine Angst, aber … Na gut, doch. Ich fürchte mich dabei beinahe zu Tode. Schadenfroh grinst Jackson mich an.

»Wieso? Hast du etwa Angst?«, fordert er mich heraus. Wenn ich jetzt verneine, muss ich mir bestimmt einen Gruselfilm ansehen. Dessen bin ich mir voll bewusst, dennoch lüge ich.

»Nein.«

»Das glaube ich dir nicht«, meint er und zwinkert mir zu. Ich wusste es. Wieso kann ich nicht einmal meinen Mund halten? Es wäre doch nicht schlimm, einmal nicht der coole Typ zu sein, der alles unter Kontrolle hat.

»Na gut, na gut.« Ich strecke meine Hände in die Luft. »Ich werde zitternd auf meinem Bett liegen und mich unter der Decke verkriechen.« Aber für ihn würde ich es tun.

Jackson muss sich einige Male räuspern. »Auf dem Bett?«, fragt er.

Verdammt. »Natürlich. Ist bequemer. Ähm. Außer ... ich meine ... Ist das ein Problem? Wir können auch auf der Couch fernsehen, aber die ist ziemlich klein, und ohne mein Bettzeug, in das ich mich kuscheln kann, schaffe ich keinen Horror-Streifen.« Verlegen kratze ich mich am Hals.

Beruhigend greift Jackson nach meinem Unterarm und streicht leicht darüber. Das zweite Mal an diesem Tag wandert über meinen Körper eine leichte Gänsehaut. Muss wohl am Gedanken an den Gruselfilm liegen.

»Für mich ist das kein Problem«, sagt er während er in mein Zimmer geht. Ich folge ihm stumm und beobachte, wie er sich sofort aufs Bett schmeißt. Das Wasser stelle ich auf dem Nachttisch ab.

»Auf welcher Seite liegst du immer?«, fragt Jackson mich.

»Dort, wo du es dir gerade bequem machst«, erkläre ich ihm.

Er streckt mir seine Zunge entgegen. »Okay, dann bewege ich mich keinen Zentimeter weg.«

Kopfschüttelnd gehe ich zu meinem Couchtisch und hole die Fernbedienung. »Und ich dachte echt, du bist nett.«

Fröhlich zwinkert er mir zu. »Da täuschst du dich aber.«

Grinsend gehe ich zu ihm zurück und setze mich neben ihn. Er schüttelt gerade *mein* Kissen auf und lehnt sich dagegen, also mache ich dasselbe mit dem zweiten.

Es dauert eine Weile, bis ich einige Horrorfilme gefunden habe. Da mich bereits das Lesen der Beschreibungen nervös macht, wähle ich den erstbesten Fünf-Sterne-Film in der Datenbank aus und lasse ihn loslaufen.

Nach einer Weile wird mir klar, dass ich besser auf die Inhaltsangaben geachtet hätte, denn … ich scheiße mir vor Angst fast in die Hosen. Jackson sitzt die ganze Zeit fast regungslos neben mir, doch ich zucke alle paar Sekunden zusammen. Belustigt dreht er sich nach einer Weile zu mir um.

»Du hast nicht übertrieben, was deine Angst vor Horrorfilmen betrifft. Wenn du immer so schreckhaft bist, machen deine Freunde bald einen großen Bogen um dich.«

Ich greife nach meiner Decke und ziehe sie bis zur Nasenspitze hoch. »Emily hält mich sonst immer im Arm, dann fällt es weniger auf«, antworte ich ihm grinsend. »Außerdem kann ich meine Zuckungen vor den anderen auf sie schieben. Dann ist mein Ruf nicht gefährdet.«

Jackson lässt sich laut lachend zurück auf das Kissen fallen und breitet seine Arme aus. »Wenn du willst, kann ich dich im Arm halten.«

Ich winke ab. »Lass mal.« Ich lehne mich zurück und beobachte Jackson aus dem Augenwinkel. Er konzentriert sich wieder auf den Film, doch alles, woran ich denken kann, ist sein Angebot. Hat er die Frage wirklich ernst gemeint, oder wollte er nur einen Scherz machen?

Seine Hand hat er auch nach einer Ewigkeit noch ausgestreckt. Vielleicht waren es aber auch nur fünf Minuten. Und wieso liegt er so ruhig neben mir, während ich gerade vollkommen durcheinander bin? Regelmäßig leckt er sich mit der Zunge über die Lippen und ich frage mich, wieso er das tut. Hat er Durst? Ob ich ihn fragen soll, ob er etwas trinken will? Oder ist Jackson einfach die Luft hier drin zu trocken? Als Kind hatte ich mal einen Luftbefeuchter, da ich lange unter Husten gelitten habe. Vielleicht sollte ich den holen.

»Ich kann dich denken hören«, murmelt Jackson plötzlich. Er dreht sich zu mir und sieht mir in die Augen. »Und es macht mich nervös, dass du mich anstarrst.«

»Ich starre nicht«, versuche ich mich rauszureden.

»Weißt du was? Ich glaube, ich gehe jetzt nach Hause.«

Schnell greife ich nach seiner Hand, um ihn davon abzuhalten, einfach zu verschwinden. »Nein, bleib. Ich reiße mich schon zusammen. Wir sind nur zwei Jungs, die gemeinsam einen Film anschauen. Alles cool. Alles easy.«

Demonstrativ schaue ich zurück zum Fernseher und zucke leicht zusammen, als ich bemerke, dass meine Hand immer noch auf seiner liegt. Aber ich lasse ihn nicht los. Und er mich ebenfalls nicht.

Kapitel 6

»Mason?«, reißt mich die schrille Stimme von Emily aus meinen Träumen. Ich hasse es, wenn sie mich weckt, obwohl ich ausschlafen könnte. Blind taste ich nach ihrer Hand und ziehe sie über meinen Oberkörper.

»Hör auf damit.« Was zum Teufel kann man denn falsch machen, während man schläft?

»Mache doch gar nichts«, murmele ich in das Kissen. »Sei ein bisschen netter zu mir.« Ich wache nie in guter Stimmung auf, doch wenn man mich zu früh weckt, bin ich den ganzen Tag unerträglich. Das sollte sie doch wissen. Immerhin kennen wir uns bereits unser ganzes Leben.

Sie schnaubt leise aus. »Das hatte ich vor, aber du liegst leider nicht mit mir in deinem Bett.«

Erschrocken reiße ich die Augen auf. »Was?«

Emily steht mit verschränkten Armen vor mir. Aber wenn sie vor mir steht, wer liegt dann …?

Jackson! Oh. Mein. Gott.

Sofort schleudere ich die Hand, die ich wenige Minuten noch über meinen Körper drapiert habe, unsanft von mir.

»Was tust du?«, murmelt er in meinen Nacken, während er noch ein Stückchen näher rückt. Sein Atem beschert mir eine Gänsehaut und ich bereue es, ihn mit meinem ruppigen Verhalten geweckt zu haben.

»Die Frage ist eher, wieso du halb auf mir liegst?« Ich versuche zu ignorieren, wie gut es sich anfühlt, ihn in *meinem* Bett zu haben, mit dem Wissen, dass ich es bin, an den er sich kuschelt. So etwas habe ich bei einem Jungen noch nie gefühlt.

Sofort rückt er ein Stück von mir ab und ich muss mich zusammenreißen, um nicht enttäuscht aufzustöhnen. Ich drehe mich zu ihm um und beobachte, wie er sich verschlafen mit seinen Handballen über die Augen reibt.

»Keine Ahnung. Ich habe geschlafen und dich im Schlaf wohl für jemand anderen gehalten. Sorry«, entschuldigt er sich bei mir.

Ich frage mich, für wen er mich gehalten hat. Seine Exfreundin?

»Jackson hatte bis vor kurzem eine Beziehung«, erkläre ich Emily in der Hoffnung, dass sie mich erstens nicht mehr so böse ansieht, und zweitens, um mehr über das Mädchen zu erfahren, mit dem Jackson zusammen war. »Du hängst doch auch immer wie ein Äffchen auf mir.« Ich sehe zu Jackson, während Emily antwortet: »Aber nur, wenn wir in meinem Bett schlafen.«

Das musste natürlich kommen. Ich weiß, es klingt komisch, wenn man nach einer zweijährigen Beziehung die Freundin nicht bei sich schlafen lässt. Doch mein Bett ist mein sicherer Hafen. Dorthin kann ich mich zurückziehen, wenn wir mal wieder viel zu häufig aufeinandersitzen. Ähnlich, wie es auch der Strand für mich ist. Sie weiß das und hat es bisher auch respektiert. Ich verdrehe meine Augen und hoffe, Jackson versteht, dass ich keine Lust auf ein morgendliches Drama habe.

»Wieso schläft er überhaupt in deinem Bett? Mich lässt du das doch auch nicht«, lautet ihre nächste Frage. Überrascht reißt Jackson seine Augen auf, doch ich achte nicht länger auf ihn, da ich mich wieder Em widme. Dieses Problem zu klären, hat jetzt Vorrang. Ich seufze laut.

»Ich nehme mal an, dass wir während des Films eingeschlafen sind.« Danach zeige ich zum Beweis auf den Fernseher. »Schau, der läuft noch.«

Mit ihrem Blick folgt sie meiner Hand. Sie sieht aber nicht im Geringsten beruhigt aus. Gähnend setze ich mich auf und reibe mir über meinen nackten Bauch.

»Und wieso trägst du nur deine Boxershorts?«, fragt sie mich. Gute Frage! Ich sehe mich um und finde meine Jeans und mein T-Shirt auf dem Boden. Ich drehe mich wieder zu Jackson um, der ein belustigtes Schnauben von sich gibt.

»Alter, das müsstest du doch wissen.« Er schüttelt seinen Kopf und wendet sich dann Emily zu. »Mitten in der Nacht wurde er wach, hat sich die Klamotten vom Leib gerissen, irgendeinen Müll gebrabbelt und hat kurz darauf bereits wieder schnarchend neben mir gelegen.«

Empört sehe ich ihn an. »Ich schnarche nicht«, verteidige ich mich. Emily hat sich bisher nie beschwert.

»Tust du wohl.« Jackson setzt sich ebenfalls auf. Im Gegensatz zu mir trägt er noch seine Klamotten. Sie sehen jedoch etwas zerknittert aus.

»Wieso darf ich nicht in deinem Bett schlafen?«, schreit Emily plötzlich und ich zucke zusammen, da ich nicht mit so einem Ausbruch gerechnet habe. Anklagend zeigt sie mit ihrem ausgestreckten Finger auf Jackson.

»Emily, jetzt wird es wirklich lächerlich.« Wo verdammt nochmal liegt ihr Problem? Ich habe die Nacht mit einem Kumpel im selben Bett verbracht. Keine große Sache.

»Was?«, fährt sie mich an.

»Deine Eifersucht. Sie hat soeben einen neuen Höhepunkt erreicht.« Ich sage die Worte ganz langsam zu ihr, weil ich will, dass sie endlich begreift, was sie mit ihrem Verhalten tut. Sie macht unser Zusammensein nahezu unerträglich für mich, weil ich das Gefühl habe, mich immer für irgendetwas entschuldigen oder rechtfertigen zu müssen.

Em dreht sich um und läuft zur Zimmertür. Sofort springe ich auf, um sie einzuholen. Ich bekomme sie an der Schulter zu fassen und halte sie zurück.

»Warte«, bitte ich sie und drehe sie zu mir um. »Jackson ist ein Freund. Wir sind eingeschlafen und nur deshalb hat er hier gepennt. Wäre ich noch wach gewesen, hätte ich ihn rausgeschmissen. Okay?« Ich sehe ihr fest in die Augen, doch sie schüttelt meinen Arm ab und greift nach der Türklinke.

»Em, bitte«, flehe ich und es ist mir gerade völlig egal, dass ich mich vor Jackson zum Idioten mache.

»Nein«, zischt sie. »Du hast gerade eine Grenze überschritten. Dein Bett war immer tabu. Und wenn das für mich gilt, dann auch für alle anderen. Dein Verhalten kotzt mich an.«

Emilys Brust hebt und senkt sich aufgrund ihrer hastigen Atemzüge schnell. Fassungslos sehe ich sie an und weiß im ersten Moment nicht, wie ich reagieren soll. Doch dann werde ich wütend.

»Und weißt du, was mich ankotzt?«, stelle ich eine rein rhetorische Frage. »Dass du in letzter Zeit aus allem ein Drama machst. Habe ich dir in den letzten Jahren einen Grund gegeben, an mir zu zweifeln?«

Emily steht einfach da und sagt gar nichts. Vermutlich weiß sie auch nicht, was sie darauf antworten soll. Ich bin vielleicht manchmal ein ziemlicher Arsch, aber ich habe mir wirklich nie etwas zu Schulden kommen lassen. Ich lege meine Hand auf ihren Hinterkopf und ziehe sie zu einem schnellen Kuss an mich heran. »Bekomm dich endlich wieder in den Griff«, bitte ich sie.

Unsere Worte waren von beiden Seiten nicht mit Bedacht gewählt, aber ich werde das Gefühl nicht los, dass wir endlich einmal Klartext miteinander reden müssen, wenn das zwischen uns wieder so werden soll, wie es zu Beginn unserer Beziehung war.

»Mason …«, haucht sie, und ich kann die Tränen in ihren Augen erkennen.

Ich schüttele meinen Kopf. »Lassen wir es für den Moment gut sein. Wir reden später noch einmal.«

Emily nickt und verlässt mit gesenktem Kopf mein Zimmer. Ich schließe die Tür hinter ihr und lehne mich mit der Stirn dagegen.

»Scheiße«, murmele ich, denn genauso fühle ich mich im Moment.

So bleibe ich bestimmt fünf Minuten stehen. Als ich mich umdrehe, ziehe ich erschrocken die Luft ein, da Jackson unmittelbar vor mir steht.

»Sorry«, entschuldige ich mich. »Du hättest das nicht mitbekommen sollen, aber irgendwie läuft es gerade nicht besonders rund bei uns.« Ich schüttele meinen Kopf. »Sie ist so verdammt eifersüchtig.«

Jackson greift nach meiner Schulter, doch ich schüttele seine Hand ab und bücke mich nach meinem T-Shirt, das ich mir schnell überziehe. Ich durchquere mein Zimmer, um ein wenig Distanz zwischen uns zu bringen. Erschöpft lasse ich mich auf meinen Schreibtischstuhl fallen. Jackson scheint sich allerdings nicht daran zu stören.

»Man sieht doch, dass sich da schon eine Menge aufgestaut hat. Vermutlich hat sich das jetzt einfach entladen«, redet er mir gut zu. Aber das habe ich nicht verdient. Ethan würde mir den Arsch aufreißen, wenn er wüsste, wie ich mich gerade verhalten habe. Ich reibe mit beiden Händen über mein Gesicht.

»Ich mag es nicht, wenn ich mich so … irrational aufführe.«

»Liebe ist irrational.«

»Ich bin mir nicht sicher, ob ich Emily noch liebe«, spreche ich das erste Mal die Worte laut aus, die mich schon lange Zeit quälen. Die Liebe hat sich in den letzten Monaten verwandelt. Die Leidenschaft, die ich eine Zeit lang gefühlt habe, ist verloren gegangen. Wurde nach und nach durch etwas anderes ersetzt.

Jackson nickt. »Darf sie deshalb nicht bei dir im Bett übernachten?«

»Nein … irgendwie habe ich das Gefühl, wenn sie sich zu sehr an das alles hier gewöhnt«, ich wedele unbestimmt mit meiner Hand im Zimmer herum, »fällt es ihr zu schwer, mal loszulassen, wenn wir auf unterschiedliche Colleges gehen.«

Als ich die Worte laut ausspreche, merke ich erst, wie richtig sie sind. Das ganze Gerede von wegen Rückzugsort ist doch nur eine große Lüge, die ich ihr und mir selbst auftische, um es ihr leichter zu machen, mich loszulassen, wenn ich nach Harvard gehe und sie später auf die Columbia. Ich weiß wirklich nicht, wie das zwischen uns weitergehen soll, wenn eine so große Entfernung zwischen uns liegt. Einerseits möchte ich Emily nicht verlieren, andererseits auch nicht meine Träume für sie aufgeben. Und ich weiß nicht, ob ich der Typ für Fernbeziehungen bin. Für Emily, mein Mädchen von nebenan, könnte ich es zumindest versuchen. Oder ich schaffe es noch irgendwie, sie zu überreden, ebenfalls nach Massachusetts zu gehen.

Jacksons Mund klappt weit auf. »Du weißt schon, dass das absoluter Blödsinn ist. Ihr seid zwei Jahre zusammen. Da wird es ihr so oder so schwerfallen. Egal ob sie in deinem Bett schläft oder nicht.«

Frustriert fahre ich mir durch die Haare. »Du hast recht. Außerdem habe ich ja auch Sex mit ihr in diesem Bett.« Jackson zuckt aufgrund meiner Worte etwas zusammen. »Vielleicht sollte ich nachher zu Emily gehen und ihr sagen, dass es mir leid tut und sie ab jetzt immer bei mir schlafen kann. Ich meine, ich schlafe ja auch in ihrem Bett. Es ist kein Wunder, dass sie mir immer Affären andichtet. Wahrscheinlich denkt sie, ich verbringe die Nächte, in denen ich sie nach Hause schicke, mit anderen Mädchen.« Ich stehe wieder auf und gehe durch mein Zimmer. »Dabei gab es immer nur sie.«

Jackson schaut mich mit schräg gelegtem Kopf an, sagt aber kein Wort. Ich gehe auf ihn zu und umarme ihn kurz.

»Danke. Mit Dan konnte ich nie über die Sache reden und Ethan schien mir nicht der Richtige für diese Art von Gespräch zu sein.« Bei meinem besten Freund habe ich immer das Gefühl, dass er Emily nicht leiden kann und sie mir deswegen ausreden würde.

»Schon gut.« Jacksons Stimme klingt leicht belegt. »Ich gehe jetzt auch besser nach Hause.«

Er sieht aus, als wäre ihm unser Gespräch unangenehm. Verdammt. Ich habe Jackson erst zweimal gesehen und belaste ihn jetzt schon mit meinen Problemen. Es würde mich nicht wundern, wenn ich ihn erst wieder am ersten Schultag sehe, weil er genug von mir hat.

»Ich bringe dich nach unten«, biete ich ihm an, obwohl es mir falsch vorkommt, ihn jetzt gehen zu lassen. »Vielleicht erwische ich ja auch noch Emily.«

Gerade als ich meine Zimmertür öffnen will, legt Jackson seine Hand auf das Holz. »Hättest du mich wirklich rausgeschmissen? Mitten in der Nacht?«, will er wissen und sieht mich von unten herauf an. Irgendetwas in seinem Blick lässt mich die Wahrheit aussprechen.

»Nein.«

»Sicher?«

»Absolut, denn du bist vor mir eingeschlafen.« Ich habe ihn eine ganze Weile angesehen, nachdem er während des Films weggedöst war. Wer zum Teufel schläft während eines Horrorfilms ein?

Verlegen senkt er den Blick. »Damit hätte ich nicht gerechnet.« Seine Wangen färben sich leicht, als wüsste er ganz genau, dass ich ihn gestern Nacht betrachtet habe. Oder wie oft meine Hand gezuckt hat, da ich so verdammt kurz davor war, ihm seine Haare aus der Stirn zu streichen. Ich könnte ihn nun bestimmt aus dem Gedächtnis zeichnen. Angefangen bei seinen Augenbrauen, die einen viel dunkleren Farbton als seine Haare haben, weiter über die perfekt geschwungene Nase bis hin zu seinen Lippen. Oh mein Gott. Es wundert mich, dass nicht den ganzen Tag lang irgendwelche Mädchen daran hängen, weil sie so perfekt sind.

Ich greife nach der Klinke und drücke sie nach unten. »Ich auch nicht, Jacks.«

Gemeinsam verlassen wir mein Zimmer und gehen die Stufen nach unten, wo er in seine Schuhe schlüpft. Vor der Haustür verabschiede ich mich mit einem Handschlag.

»Wir sehen uns beim Barbecue.«

»Ich bin der, der die Burger wendet.« Er sieht ein bisschen verlegen aus.

»Ich bin der, der sie isst«, antworte ich grinsend, drehe mich um und schlage ihm die Tür vor der Nase zu. Vielleicht war der Abschied etwas zu abrupt angesichts dessen, was ich fühle, wenn ich mit ihm zusammen bin. Ich schlucke den Kloß, der sich in meinem Hals bildet, nach unten.

Als ich an mir runtersehe, stelle ich fest, dass ich immer noch nichts außer meinen Boxershorts und einem T-Shirt trage, also gehe ich zuerst nach oben, springe unter die Dusche und mache mich für den Tag fertig. Dabei verbiete ich mir jeden Gedanken daran, was es bedeuten könnte, dass ich gerne Zeit mit Jackson verbringe. Und dass ich ihn stundenlang betrachte, während er schläft.

Mit klopfendem Herzen lasse ich mich in mein Bett fallen. Eine ganz schlechte Idee. Es riecht nach Jackson und ich schnuppere wie ein Idiot daran.

Ich will das alles nicht. Alles war in Ordnung, oder zumindest okay, bevor Jackson hier aufgetaucht ist.

Es dauert lange, bis ich mich bereit fühle, runter in die Küche zu gehen. Meine Mutter und meine Schwester sitzen am Küchentisch, als ich hereinkomme. Wir haben auch ein Esszimmer, aber die meiste Zeit treffen wir uns hier für die Mahlzeiten. Ich frage mich sowieso, für was wir dieses riesige Haus brauchen, denn ich käme auch mit weit weniger Zimmern zurecht.

Ich bleibe kurz im Türrahmen stehen und betrachte meine Mutter und meine Schwester, die sich irgendwelche Modekataloge ansehen. Mein Vater ist bestimmt in der Arbeit. Irgendeiner muss doch etwas tun, um die noble Hütte zu bezahlen.

»Morgen«, begrüße ich sie. Harper hält inne, als sie meine Stimme hört, sieht jedoch nicht auf. Ganz im Gegensatz zu meiner Mutter. Die dreht sich zu mir um und funkelt mich böse an. Scheiße, die haben bestimmt mit Emily gesprochen.

»Du siehst aus, als hätte ich vergessen, den Hamster zu füttern«, versuche ich einen eher schlechten Scherz zu machen.

Harper murmelt: »Wir haben keinen Hamster«, und straft mich danach weiterhin mit Missachtung. Ich gehe zur Kaffeemaschine und drücke fast verzweifelt an den Knöpfen herum, bis ich endlich mein Lebenselixier in der Hand halte und nach einem freudigen Aufseufzen einen großen Schluck davon nehme.

»Was hast du mit Emily gemacht? Das arme Mädchen kam den Tränen nahe die Treppe herunter und ist, ohne sich zu verabschieden, nach Hause gegangen.« Ich stehe immer noch mit dem Rücken zu meiner Mutter, doch sie konnte sich wohl nicht mehr länger zurückhalten.

»Euch auch einen guten Morgen«, sage ich nochmals, als ich mich umdrehe. »Und schön, dass ihr sofort annehmt, dass ich der Grund für ihren fluchtartigen Abgang bin.« Ich gehe zu ihnen und setze mich.

»Bist du es nicht?«, will meine Mutter wissen.

Natürlich, bin ich das. Also antworte ich: »Doch. Irgendwie schon.« Ich stelle meine Kaffeetasse ab und spiele gedankenverloren mit dem Henkel. Wäre Emily nicht ungefragt in mein Zimmer gekommen, müsste ich mich jetzt nicht rechtfertigen. Sie hat also ebenfalls Schuld.

»Was ist passiert?«, will Harper wissen. Für meine Schwester ist es schlimm, wenn Emily und ich uns streiten, denn sie möchte nicht zwischen die Fronten geraten. Das ist der Nachteil daran, dass ich mit ihrer besten Freundin zusammen bin.

»Sie hatte mal wieder einen völlig unnötigen Eifersuchtsanfall.« Abwechselnd sehe ich zu meiner Mutter und zu meiner Schwester, in der Hoffnung, dass sie mir zustimmen. Es kann doch nicht nur mir auffallen, wie unvernünftig Emily sich manchmal aufführt. »Ich weiß nicht, was ich noch machen soll. Mir ihren Namen auf die Brust tätowieren lassen?« Ich verstecke mein Gesicht hinter meinen Händen.

»Ich weiß, du willst das jetzt bestimmt nicht hören, aber vielleicht solltet ihr ein bisschen mehr Zeit miteinander verbringen?«

Noch mehr als jetzt schon? Schallend beginne ich zu lachen, doch ich verstumme schnell, da die Worte außer mir niemand lustig findet.

»Das … Mom! Das war doch ein Witz, oder?« Entgeistert schüttele ich meinen Kopf. Fällt denn hier niemandem auf, dass Emily und ich bereits mehr aufeinandersitzen, als gut für uns ist? »Wir verbringen jetzt schon zu viel Zeit miteinander. Hast du mal darüber nachgedacht, dass das das Problem sein könnte?«

Stumm bitte ich Harper um Hilfe, doch die ist gerade damit beschäftigt, in ihrem Katalog zu blättern, um mich nicht ansehen zu müssen. Also rede ich weiter auf meine Mutter ein.

»Ich will doch auch mal ein bisschen Zeit mit meinen Freunden verbringen. Alleine! Zum Beispiel mit Ethan.« Oder Jackson. »In einem Jahr gehe ich aufs College, dann ist das doch nicht mehr möglich«, versuche ich ihr mein Dilemma klarzumachen. Mir kommt ein seltsamer Gedanke. »Fühlst du dich einsam? Ist Dad zu wenig zu Hause?«, frage ich meine Mutter. »Überträgst du deine eigenen Probleme auf uns?« Immerhin sitzt sie den ganzen Tag allein zu Hause. Ich greife nach ihrer Hand und streichele sie sanft. »Ehrlich, du kannst es mir sagen, wenn es so ist.«

»Mason.« Sie klingt empört. »Wie kommst du auf diese Schlussfolgerung? Bei deinem Vater und mir ist alles in Ordnung.«

Meine Hand wandert zu meinem Hals, in der Hoffnung, dass ich irgendwie die Enge, die sich in mir bildet, loswerden kann. Der Gedanke daran, vielleicht Tag und Nacht bei Emily zu sein, löst Beklemmungen in mir aus. Natürlich unternehme ich gerne etwas mit ihr. Sonst wäre sie nicht meine Freundin. Aber doch nicht ausschließlich.

»Hallo? Du hattest gerade eben diese absurde Idee, ich solle noch mehr Zeit mit ihr verbringen. Ist doch ganz klar, dass ich nach einem Grund suche, warum du solche Ratschläge gibst.«

Fest klatscht sie mit ihrer Handfläche auf den Tisch. »Jetzt reicht es aber.«

Okay. Vielleicht bin ich wirklich über das Ziel hinausgeschossen und war nicht besonders nett. Die Augen meiner Mutter funkeln, als sie weiterspricht.

»Du sollst auch nicht rüberlaufen und sie bitten, bei dir einzuziehen. Nur vielleicht mal öfters etwas mit ihr alleine unternehmen. So wie ich das sehe, macht ihr das viel zu selten.«

Ich weiß nicht, was ich darauf antworten soll. Leider hat sie mit ihrem Vorwurf recht.

»Okay«, gebe ich mich geschlagen. »Ich gehe jetzt nach nebenan und bitte Emily zuerst um Verzeihung und danach darum, den Tag mit mir alleine zu verbringen.« Vielleicht tut es uns ja wirklich gut. Dennoch kann ich mir den Nachsatz »Oder den Rest ihres Lebens« nicht verkneifen.

Meine Mutter verdreht ihre Augen. Etwas, das ich eigentlich gar nicht von ihr gewöhnt bin. »Jetzt tu nicht so, als würden wir dich mit ihr zwangsverheiraten wollen. Du bist mit Emily ausgegangen und hast eine Beziehung mit ihr angefangen.«

Natürlich war es meine Entscheidung, Emily zu meiner festen Freundin zu machen, aber meine Mom kann nicht abstreiten, dass sich sowohl die Bakers als auch meine Eltern sehr darüber gefreut haben und im Hintergrund bereits anfingen, Pläne zu schmieden. Eigentlich sollte ich davon gar nichts wissen, doch eines Abends habe ich unsere Eltern bei einem Gespräch belauscht, wie toll es wäre, wenn Emily und ich heiraten und die zwei Unternehmen zu einem großen machen würden. Ich frage mich, ob es möglich wäre, diese absurden Familien- und Firmen-Fusionspläne auf Dan und Harper zu übertragen. Ich meine, wieso gerade Emily und ich? Nur weil wir zufällig ein Pärchen sind? Das ist doch scheiße. Es muss doch auch möglich sein, weiterhin miteinander Geschäfte zu machen, ohne dass ich mein Leben wegwerfe, indem ich meine Highschool-Freundin eheliche.

»Jaja«, murre ich. »Mein Fehler.« Danach gehe ich zur Hintertür und steige in meine Flipflops. Draußen lehne ich mich kurz gegen die Hausmauer und atme tief durch. Ich habe wirklich keine Ahnung, wieso der heutige Morgen zur reinsten Katastrophe für mich wurde.

Es dauert eine Weile, bis ich endlich wieder ruhiger bin. Die Diskussion hat mir zugesetzt. Auch wenn ich nach außen hin immer so wirke, als würde mir das alles nichts ausmachen, nimmt es mich trotzdem mit. Mit beiden Händen reibe ich mir fest über das Gesicht. Danach fühle ich mich endlich gut genug, um nach nebenan zu gehen.

Ich mache mir nicht die Mühe, zu klingeln, sondern stapfe einfach nach hinten in den Garten. Gerade als ich über die Terrasse nach drinnen huschen will, nehme ich eine Bewegung aus dem Augenwinkel wahr.

Emily sitzt mit dem Rücken zu mir am Pool und hält ihre Beine ins Wasser. Sie sieht so verletzlich und hilfsbedürftig aus, dass ich mich sofort schlecht fühle. So richtig mies. Ich meine, dieses Mädchen liebt mich so sehr, dass ihre Angst, mich zu verlieren, sie zu einer eifersüchtigen Zicke macht.

»Hey, Baby«, begrüße ich sie. Ich ziehe meine Flipflops aus und setze mich neben sie, lasse meine Füße ins Wasser gleiten. »Es tut mir leid wegen heute Morgen. Ich war übernächtigt, müde und habe einfach überreagiert. Du wolltest dich nur zu mir ins Bett legen, um zu kuscheln, und dann lag da bereits jemand.« Ich lege meinen Arm um ihre Schulter und ziehe sie zu mir heran. »Verzeihst du mir?«, will ich von ihr wissen.

»Das müsste ich doch dich fragen«, flüstert sie. »Ich war blöd, Mason.« Sie lacht leise. »Eifersüchtig auf einen Jungen zu sein … Das war wirklich nicht meine Glanzstunde. Es tut mir leid!«

Ich gebe ihr einen Kuss auf den Scheitel. »Übrigens ist die Anti-Bett-Regel ab heute aufgehoben.«

Mit einem Ruck hebt Em ihren Kopf und ich erkenne Erstaunen in ihrem Blick. »Für mich?«

Für alle, dennoch nicke ich nur.

»Wieso hattest du diese Regel überhaupt?«

»Keine Ahnung. Vielleicht wollte ich einen Ort, der einfach nur mir gehört«, lasse ich sie die lahme Ausrede hören, die ich mir jahrelang selbst aufgetischt habe. »Dabei ist es doch so schön, morgens gemeinsam mit jemandem aufzuwachen.« Wieso ich jetzt Jacksons Bild vor Augen habe, kann ich mir nicht erklären. Ich schüttele meinen Kopf, um diesen Gedanken zu verdrängen.

»Das heißt, wir schlafen ab jetzt wirklich gemeinsam in deinem Bett?« Emily klingt hoffnungsvoll, doch ich muss ihr klarmachen, dass ich auch noch ein bisschen Freiraum brauche.

»Nicht immer, Baby.« Entschuldigend zucke ich mit den Achseln. »Aber öfters«, verspreche ich ihr. »Und heute werden wir den ganzen Tag miteinander verbringen. Nur du und ich. Was meinst du?«

Das strahlende Lächeln auf dem Gesicht meiner Freundin macht fast dem von Jackson Konkurrenz. »Nichts lieber als das.«

Ich lege meine Hände an ihr Gesicht und gebe ihr einen zärtlichen Kuss.

Kapitel 7

Beeindruckt gehe ich neben Emily die lange Einfahrt entlang. Nach dem Streit mit meiner Mutter hatte ich Jacksons Einladung für den Abend völlig verdrängt. Gott sei Dank wollte Emily ebenfalls herkommen, nachdem wir den Großteil des Tages zu zweit verbracht hatten.

Ich habe Jackson ja schon mal bis zu seinem Briefkasten begleitet, aber mir war nicht klar, wie genial das Anwesen eigentlich liegt. Es befindet sich so ziemlich am Ende der Gordon Street, die zum Meer, oder besser gesagt, zum Gordon Pass führt. Staunend umrunden wir das Haus. Dahinter befindet sich ein kleiner Garten, inklusive Pool. Ethan, Miles und Mia sind bereits hier und ich nicke ihnen kurz zu, mache dann aber einige Schritte auf das Wasser zu. Das Haus hat einen direkten Zugang zum Meer, das an dieser Stelle allerdings ziemlich tief sein muss. Man kann nur über einen Steg hinein, an dem ein Motorboot ankert.

Aber Jackson muss nicht traurig sein, weil er sich nicht direkt an den Strand legen kann, denn wenn er die Straße überquert und das Haus seiner gegenüberliegenden Nachbarn passiert, ist er sofort am selben Strandabschnitt, an dem ich jeden Tag jogge. Und an dem ich ungefähr eine halbe Meile von hier entfernt wohne.

Ethan kommt grinsend auf mich zu und nimmt mir die Schüssel mit dem Kartoffelsalat meiner

Mutter ab, die ich über den eingelegten Steaks balanciere. Natürlich habe ich mich auch bei ihr für mein Verhalten heute früh entschuldigt. Ich hätte einfach gleich zu Emily gehen sollen, anstatt meine schlechte Laune an meiner Mom auszulassen. Ich war wirklich nicht besonders nett zu ihr.

»Mit dir hätte ich hier nicht gerechnet«, meint mein bester Freund grinsend. Genau. Da war noch was. Ethan weiß noch nichts von der aufkeimenden Freundschaft zwischen Jackson und mir. Er nickt auch Dan, Harper und Emily kurz zu. Wir sind zwar alle in einer Clique, doch Ethan ist mehr mit Miles, Mia und mir unterwegs als mit den anderen.

Ich zwinkere ihm zu. »Ich mit dir schon. Zeigst du mir, wohin ich das Zeug bringen muss?«

Anstatt mich durch den Garten zu führen, deutet er nur mit dem Kopf zu einem Tisch. »Salate und alle fertigen Sachen dorthin, die Steaks zu Jackson.« Suchend sehe ich mich nach unserem Gastgeber um, denn bis jetzt war ich damit beschäftigt, jeden Winkel des Grundstücks neugierig zu betrachten. Gerade als ich Jacks hinter dem Grill entdecke, fragt Ethan: »Woher kennst du Jackson?«

Obwohl wir uns diese Woche jeden Tag gesehen haben, wollte ich meinem besten Freund noch nichts von der Begegnung zwischen Jackson und mir erzählen. Ich hätte eigentlich mit seiner Frage rechnen müssen, fühle mich nun aber seltsam unvorbereitet. Außerdem habe ich wirklich keinen Schimmer, wie ich ihm davon erzählen soll, ohne dass es so aussieht, als hätte ich es ihm absichtlich verheimlicht.

Gerettet werde ich von unserem Gastgeber, der strahlend auf uns zukommt. Sein Outfit bringt mich leise zum Lachen, da er eine weiße Grillschürze und eine Kochmütze über einer Badehose trägt. Und ich hatte recht. Jacks macht darin eine gute Figur. Zu gut.

»Von der Abschlussparty am Freitag«, raune ich Ethan zu, ohne den Blick von Jackson abzuwenden.

»Hey, Bro«, begrüße ich ihn mit einem Nicken. Mehr wäre auch mit den Steaks, die ich immer noch in den Händen halte, nicht möglich. Nicht, dass ich ihn umarmen möchte oder so. Bestimmt nicht. Jacks klopft mir auf die Schulter.

»Schön, dass du da bist.«

Danach begrüßt er Dan, Emily und Harper, die ein Stückchen hinter uns stehen und sich bereits mit Mia und Miles unterhalten. Ethan sieht mich fragend an und deutet mit dem Kopf zu unserem Gastgeber. Ich weiß, dass ihm meine kurze Antwort nicht gereicht hat. Er will mehr wissen. Ich gehe ein Stückchen zur Seite.

»Wir sind bereits Kumpels. Haben uns am Strand getroffen. Gestern war er bei uns«, fasse ich den Status unserer Vertrautheit kurz für Ethan zusammen.

»Alter, wir haben uns jeden Tag gesehen. Dachtest du nicht, es wäre erwähnenswert, dass du jemand Neues in unseren Freundeskreis geschleust hast?« Das Grinsen auf Ethans Gesicht nimmt seinen Worten die Schärfe. Trotzdem bekomme ich ein schlechtes Gewissen. Ethan und ich hängen so oft miteinander ab und ich schaffe es trotzdem nicht, ihm von der Begegnung am Strand zu erzählen.

Ich schüttele den Kopf. »Das hat Jacks von ganz alleine geschafft.« Er hatte meine Hilfe nicht nötig, um sich in unsere Gruppe einzugliedern.

»Jacks, ha?«, kommt es von Ethan.

»Was habe ich gemacht?«, fragt Jackson, der sich zu uns umdreht, als er seinen Namen hört.

»Dich hier integriert«, erkläre ich ihm. Er wendet sein Gesicht ab, doch ich kann die leichte Röte auf seinen Wangen gut erkennen. Hat er ein Durchblutungsproblem oder mache ich ihn nervös? Und fällt das nur mir auf oder auch den anderen?

»Die Burger«, ruft er im nächsten Moment laut aus und stürmt zurück zum Grill.

»Ich bringe ihm mal die Steaks«, sage ich zu niemand Bestimmtem. »Fangt nicht ohne mich zu trinken an.«

Ohne Mia und Miles offiziell zu begrüßen, gehe ich zu Jackson. »Hey«, sage ich und zeige auf das Fleisch. »Steaks. Harper und Emily dachten, wir würden sonst verhungern.«

Belustigt schüttelt er den Kopf. »So wie gestern mit den vielen Pizzen?«

»Genau. Daran musst du dich in Zukunft gewöhnen.« Er wendet die Burger auf dem Grill und mir läuft das Wasser im Mund zusammen. Das Fleisch lege ich auf den Beistelltisch.

»Das schaffe ich bestimmt.«

»Kann ich dir helfen?«, biete ich an. Ich ziehe mir mein Shirt über den Kopf, da es so nahe beim Grill extrem heiß ist. Jackson starrt mich einfach an. Ich räuspere mich ein paar Mal, bis er mir wieder ins Gesicht sieht. »Was soll ich tun?«

Seine Stimme klingt leicht rau, als er endlich spricht. »Du könntest mir die Teller mit den Brötchen reichen und ich lege das Fleisch darauf.«

»Guter Plan.« Schweigend bereiten wir das Essen vor und ich trage es gleich zu dem Tisch, an dem bereits meine Freunde sitzen. Nachdem ich die ersten drei Teller abgestellt habe, wiederhole ich das Ganze noch einmal, bis jeder etwas hat.

»Willst du auch drüben am Tisch essen?«, will ich von Jacks wissen, als ich wieder neben ihm stehe.

»Eigentlich schon, aber ich denke, ich bleibe beim Grill, damit die Steaks nicht anbrennen.« Er sieht mit seiner Entscheidung nicht glücklich aus.

»Dann leiste ich dir hier Gesellschaft. Was möchtest du auf deinen Burger?«, frage ich.

»Überrasch mich.« Schulterzuckend schnappe ich mir zwei Teller und gehe zurück zu meinen Freunden.

Ethan sieht mit großen Augen zuerst die Burger, dann in mein Gesicht. »Na, da hast du dir ja was vorgenommen«, spottet er.

»Mir gehört nur einer davon. Der andere ist für Jackson.« Ich greife nach Salat, gerösteten Zwiebeln und Tomaten, und lege die Sachen in den Burger. Danach quetsche ich Ketchup darauf. Ich hoffe, Jackson schmeckt meine Kreation. Immerhin hat er die Zutaten besorgt, also muss er es auch mögen.

Emily rückt ein Stück zur Seite. Vermutlich, damit ich mich zu ihr setzen kann.

»Bleib ruhig sitzen, Baby. Ich esse gemeinsam mit Jackson beim Grill. Immerhin ist es seine Party und er steht dort ganz alleine.«

Kurz nickt sie, wendet sich dann aber wieder ihrem Burger zu. Sofern man das, was sie tut, essen nennen kann. Sie zupft kleine Stückchen vom Brot und Fleisch herunter und verteilt sie über ihren Teller. Wenn ich richtig liege, wandern nur die Beilagen in ihren Mund. Auch gestern hat sie nur ein Stück Pizza zu sich genommen. Wenn überhaupt. Denn den Rand hat sie liegen gelassen, den Teig genau wie jetzt zerpflückt und nur das Gemüse gegessen. Ich sehe zu Dan, der seine Schwester ebenfalls mit gerunzelter Stirn beobachtet.

»Vielleicht sollten wir noch ein paar Leute einladen, damit wir das ganze Zeug nicht umsonst mitgebracht haben«, schlägt Mia vor.

»Meinst du, dass das Jacksons Eltern recht ist?«, fragt Dan, und auch ich bin skeptisch. Wir können doch nicht einfach jemand einladen, ohne den Gastgeber zu informieren.

»Die sind nicht da.« Miles sieht nicht von seinem Burger auf, während er spricht.

Emily greift nach zwei Gläsern und füllt sie mit Wasser. Eines davon reicht sie mir. »Ich könnte ja mal in meiner WhatsApp-Gruppe den Mädels aus meinem Jahrgang schreiben, ob jemand Hunger hat.« Sie lehnt sich zu ihrem Bruder und stupst ihn mit ihrem Kopf gegen die Schulter. »Vielleicht ist ja jemand für dich dabei.«

Harper, die gerade von ihrem Getränk nippt, verschluckt sich und bekommt einen Hustenanfall.

»Oder für Miles.«

Der zuckt nur mit den Schultern, was meine Schwester gar nicht wirklich mitbekommt, denn sie sieht mit gequältem Gesichtsausdruck zu Dan herüber. Der konzentriert sich jedoch auf seinen Burger und nimmt sie gar nicht wahr.

»Oder für Jackson«, fügt Ethan hinzu.

»Nein«, mischt sich Emily ein. Sie verzieht keine Miene. »Der gehört bereits Harper.«

Auch ich habe gerade an meinem Glas genippt und verschlucke mich nun höllisch. Ethan springt auf und klopft mir ein paar Mal auf die Schulter.

»Alles okay?«, fragt er und sieht mir fest in die Augen.

Dankbar nicke ihm zu. Danach sehe ich zu Emily. »Weiß er schon von seinem Glück, verkuppelt zu werden?«, frage ich mit kratziger Stimme.

»Natürlich nicht, aber das klappt schon«, erklärt sie mir. Ich weiß nicht, ob es nur mir so geht, aber ich finde es nicht richtig, über Jacks zu reden, solange er ein paar Meter von uns entfernt steht und sich nicht am Gespräch beteiligen kann.

»Na, da bin ich aber gespannt«, murmelt Mia leise, schüttelt aber leicht den Kopf, als ich sie fragend ansehe. Auch Miles sieht eher skeptisch aus, sagt aber nichts. Seufzend greife ich nach den vorbereiteten Tellern und gehe über den Rasen zurück zu Jackson.

»Die anderen wollen ein paar Leute anrufen, damit das Essen nicht verkommt.« Ich reiche Jacks seinen Teller.

»Gut so. Solange nicht zu viele Leute auftauchen, ist das völlig okay«, stimmt er zu. Mit dem Handrücken wischt er sich über die Stirn, auf der sich ein paar Schweißperlen gesammelt haben. »Ich muss nachher unbedingt in den Pool springen.«

Ich hebe mein Bein, das in Jeans steckt. »Ich habe gar keine Badehose mit. Um ehrlich zu sein, habe ich nicht damit gerechnet, dass ihr einen Pool habt.« Mit meiner Hand, in der ich immer noch einen Teller halte, deute ich zum Wasser.

»Habt ihr doch auch und ihr wohnt direkt am Strand.«

Verlegen fahre ich mir durch die Haare. »Erwischt.«

Jackson wendet die Steaks auf dem Grill. »Ich kann dir eine Badehose leihen, wenn du willst.« Unsicher sieht er mich an.

»Danke. Darauf komme ich auf jeden Fall zurück.«

Jackson schließt die Klappe des Grills und geht auf mich zu. Fragend sehe ich ihn an.

»Der Burger?«

»Steht auf dem Beistelltisch.«

»Oh. Sorry.« Als er sich nach vorne beugt, kann ich seinen nackten Rücken betrachten. Jackson ist ziemlich schmal, trotzdem spricht mich seine Figur mehr an als zum Beispiel Ethans Muskeln. Ertappt zucke ich zusammen. Scheiße. Wieso denke ich über die Körper anderer Männer nach? Ich schüttele meinen Kopf, um diese Gedanken sofort zu vertreiben.

Jackson dreht sich zu mir um und beißt herzhaft in seinen Burger. Der angewiderte Gesichtsausdruck, den er keine Sekunde später zur Schau stellt, bringt mich zum Lachen.

Gespielt böse sieht er mich an. »Das ist nicht witzig. Du hast da Tomaten rauf gegeben.«

Etwas verlegen stelle ich meinen Teller neben seinem ab. »Ich wusste nicht, dass du die nicht magst«, entschuldige ich mich.

Jackson beachtet mich nicht, sondern hantiert ungeschickt an seinem Burger herum, um die rote Scheibe rauszufischen. Mit ausgestreckter Hand hält er sie mir wie ein ekelhaftes Insekt entgegen. Anstatt sie entgegenzunehmen - ehrlich, ich habe keine Ahnung, was in diesem Moment in mich fährt –, neige ich meinen Kopf nach unten und öffne meinen Mund, damit ich sie direkt essen kann. Meine Lippen berühren dabei leicht seinen Finger und ich glaube, genau in diesem Moment erleide ich einen kleinen Herzinfarkt. Mein Herz rast unnatürlich schnell und ich fühle mich schwindlig. Wahrscheinlich aufgrund der Scham, die ich wegen meines Verhaltens empfinde.

Nervös richte ich mich auf. Jackson blickt mich mit weit aufgerissen Augen an. Ich spähe über seinen Rücken, ob irgendjemand meinen Totalausfall mitbekommen hat, doch alle sind mit dem Essen beschäftigt.

Ohne ein Wort greife ich nach meinem Teller und beginne, den Burger in mich hineinzuschaufeln. Jackson steht immer noch nahezu regungslos vor mir, bis er sich aus seiner Starre löst und seinen Burger weiterisst. Ach du Scheiße. Ich weiß nicht, wem von uns beiden meine Aktion peinlicher ist. Das anhaltende Schweigen entspannt die Situation jedenfalls nicht.

»Hey, Jungs«, flötet Emily nach einer Weile. Sie schlingt ihre Arme von hinten um mich und streichelt sanft meinen nackten Bauch. Jacksons Blick brennt sich in meinen.

»Ich übernehme mal den Grill, damit ihr in Ruhe essen könnt.« Dans laute Stimme lässt mich zusammenzucken, da ich nicht mit ihm gerechnet habe.

»Nicht nötig«, bringe ich mich rauer Stimme hervor. »Bin bereits fertig. Ich kann das machen.« Ich weiß nicht, ob ich im Moment auch nur einen einzigen weiteren Bissen essen kann. Meine Kehle fühlt sich wie zugeschnürt an.

»Ich wollte dir doch eine Badehose leihen«, meint Jackson.

Emily schlängelt sich um meinen Körper herum, bis sie vor mir steht. »Wenn ich gewusst hätte, dass man hier baden kann, hätte ich für uns Schwimmsachen eingepackt.«

Ich schiebe Em ein Stückchen von mir weg. »Er hat bestimmt nicht daran gedacht«, verteidige ich

Jackson automatisch. »Und du gehst doch sowieso nie ins Wasser.« Ich frage mich, wieso sie überhaupt Badesachen besitzt.

Emily scheint nicht besonders glücklich zu sein, da sie mit fest aufeinandergepressten Lippen zu mir aufsieht. »Aber ich hätte mich auf die Liege legen und dich beobachten können.«

Wieso enden in letzter Zeit neunzig Prozent aller Gespräche mit Emily in einer Diskussion? Anscheinend war die Theorie meiner Mutter falsch. Wenn wir mehr Zeit miteinander verbringen, wird nicht automatisch alles besser. Allerdings ... Solange Emily und ich unter uns sind, streiten wir auch nicht. Und das ist etwas, was mir wirklich zu denken geben sollte. Aber ich kann doch nicht wie ein Einsiedler leben und nur noch Zeit mit ihr verbringen.

»Das kannst du doch so auch.« Ich verschränke meine Arme vor der Brust und sehe Em mit hochgezogenen Augenbrauen an. Hoffentlich versteht sie, dass ich keinen Bock darauf habe, das Thema weiter zu erörtern.

Sie öffnet den Mund, um etwas zu erwidern, doch ich wende mich Jackson zu und sehe ihn flehend an. »Können wir bitte reingehen, um die Badehose zu holen?«

Schon als ich die Worte ausspreche, drehe ich mich um und gehe zum Haus. An der Tür kicke ich meine Schuhe von den Füßen und warte auf Jackson.

»Bei Emily und dir läuft es nicht besonders gut, oder?«, flüstert Jackson, während er die gläserne Terrassentür aufschiebt.

»War das heute Morgen noch nicht klar?«, frage ich zurück. Immerhin hat er unseren Streit live miterlebt. Normalerweise reißen wir uns vor anderen besser zusammen, denn wir haben es mehr als einmal erlebt, dass die ganze Schule sich für unsere Auseinandersetzungen interessiert. Vor ein paar Monaten haben wir uns mal auf dem Schulparkplatz gestritten. Keine Stunde später machte bereits das Gerücht unserer Trennung die Runde und zahlreiche Mädchen haben mir wie selbstverständlich ihre Nummern zugesteckt. Auch ein Junge aus dem Footballteam hat Emily noch am selben Tag in der Mittagspause gefragt, ob sie mit ihm ausgehen will. Nachdem ich Em allerdings in der Mensa vor allen geküsst hatte, wurde schnell klar, dass es sich nur um ein Gerücht handelte und wir offensichtlich immer noch zusammen waren.

»Hätte ja auch eine Ausnahme sein können.« Jackson geht zügig durch den Raum, doch ich bleibe stehen und sehe mich um.

»Sieht gemütlich aus.«

»Nicht zu vergleichen mit eurem … Palast.« Bei dem letzten Wort dreht er sich zu mir und ich sehe, wie sein rechter Mundwinkel leicht nach oben wandert.

»Wir wohnen sehr großzügig.« Warum auch immer füge ich noch hinzu: »Mein Vater leitet eine große Firma.« Eine glatte Untertreibung. Das Wort Imperium wäre viel passender.

»Was macht dein Dad denn so?«, will Jackson wissen. Er winkt mich zu sich und gemeinsam gehen wir durch einen hellen Flur, bestimmt in Richtung seines Zimmers.

»Alkohol.«

»Gibt es in der Küche. Aber brauchst du wirklich zuerst etwas zu trinken, bevor du mir antworten kannst?« Er klingt ein wenig eingeschnappt.

Ich greife nach Jacksons Unterarm und stoppe ihn. Fragend dreht er sich zu mir um. »Nein, mein Vater produziert alkoholische Getränke.«

Jackson versucht ein Grinsen zu unterdrücken. »Ach so.«

»Was ist los?«

»Irgendwie habe ich gerade ein Bild von dir im Kopf, wie du versuchst in einer Badewanne Alkohol selbst zu pantschen.«

Ich lasse Jacksons Hand los. »Eine Idee, die durchaus ihren Reiz hat«, spotte ich, will aber nicht näher auf seine Worte eingehen. Vom Flur gehen einige Türen ab und ich drehe mich einmal im Kreis. »Welches ist dein Zimmer?«

»Ganz hinten rechts.«

Ich bin echt gespannt, wie sein Zimmer aussieht. Es sagt bestimmt eine ganze Menge über ihn aus.

»Darf ich?«, frage ich und nehme die Klinke in die Hand.

Als er nickt, habe ich die Tür bereits einen Spalt breit geöffnet. Ich weiß nicht, was ich erwartet habe, aber es ist … unpersönlich.

»Hast du mich ins Gästezimmer geschickt?«, möchte ich wissen, während ich in den Raum gehe.

Es gibt ein weißes Bett mit passender Bettwäsche, weiße Wände, einen weißen Schreibtisch, auf dem ein – Überraschung – silberfarbener Laptop liegt, jedoch fehlt ein Stuhl. Sonst gibt es im Raum nichts.

»Es ist so …«, beginne ich einen Satz, von dem ich nicht weiß, wie ich ihn weiterführen soll.

»Leer?«, beendet Jackson ihn für mich. Ich nicke und kann gar nicht mehr aufhören, meinen Kopf auf und ab zu bewegen. »Die meisten meiner Sachen sind noch auf dem Weg hierher. Im Flugzeug hatte ich nur Kleidung und meinen Laptop dabei.«

Erstaunt wandere ich durch das Zimmer. »Du hast nicht mal einen Fernseher hier.« Ich gehe auf ihn zu und lege Jacks meine Arme auf die Schultern. »Komm her.« Ich ziehe ihn kurz an mich heran und tätschele bedauernd seinen Rücken.

Als mir bewusst wird, dass sein nackter Oberkörper meinen berührt, ziehe ich mich zurück. Verdammt. Hatte er vorhin nicht noch eine Schürze um? Wann hat er die denn bitte abgenommen und wieso zum Teufel ist mir das nicht aufgefallen?

»Du hast die Erlaubnis, uns jederzeit zu besuchen, um deinem tristen Leben zu entkommen.«

Jacksons Wangen sind schon wieder leicht gerötet und er nimmt auf seinem Bett Platz. »Ich habe

Bücher dabei, aber danke für dein Angebot«, murmelt er. »Ich komme bestimmt darauf zurück.«

Vielleicht wäre es besser, er würde das nicht tun.

Mit seiner Hand deutet er auf seinen Nachttisch, auf dem ein Buch liegt. Mit wenigen Schritten durchquere ich den Raum und schnappe es mir. Sofort schlage ich die Seite auf, in der ein Lesezeichen steckt. Erstaunt starre ich auf das Bild von Jackson und mir am Strand.

»Ich dachte, du hättest … keine Ahnung. Die Zeichnung vergessen oder weggeworfen.« Mein Herz klopft aufgeregt, denn ich habe gestern nicht bemerkt, dass er sie eingepackt hat. Offensichtlich entgeht mir eine ganze Menge.

»Niemals«, sagt er leise. »Leider ist das Blatt etwas zerknittert. Ich hatte es die ganze Nacht über in meiner Hosentasche.« Er wirkt ein wenig geknickt, weil er mein Werk so schlecht behandelt hat.

»Vielleicht mache ich mal ein neues.« Sein Gesicht habe ja ich gestern Abend, als er geschlafen hat, lange studiert. Auch jetzt versuche ich mir wieder jedes Detail ganz genau einzuprägen, um nichts zu vergessen.

Jackson scheint meine stumme Musterung unangenehm zu sein, denn er springt auf und läuft auf eine Tür zu. Zunächst denke ich, dahinter befindet sich sein Badezimmer, doch es ist sein Schrank. Er wirft mir eine grün-weiße Badehose mit Blumenprint zu, die ich nur auffange, weil ich einen Hechtsprung nach vorne mache.

»Das solltest du definitiv noch üben«, lasse ich ihn wissen, während ich nach meinem Gürtel greife, um ihn zu öffnen.

Gerade als ich meine Jeans nach unten schieben will, flitzt Jackson nahe an mir vorbei. Zu nah, denn er stößt leicht gegen mich und ich komme ins Taumeln, da ich nicht damit gerechnet habe. Um das Gleichgewicht zu halten, rudere ich wild mit den Armen, aber knalle dann doch, mit heruntergelassenen Hosen, auf das Bett.

»Ich gehe besser nach draußen«, sagt Jackson, bleibt aber stehen und starrt mich an. Seine Stimme klingt leicht kratzig. »Du solltest nicht so auf meinem Bett liegen.«

Danach dreht er sich um. Die Zimmertür fällt mit einem lauten Knall, der mich zusammenzucken lässt, ins Schloss. Mit beiden Händen reibe ich mir über das Gesicht.

»Scheiße«, wispere ich in die Stille des Raumes. Ich fühle mich nicht mehr in der Lage aufzustehen. Vielleicht habe ich auch die Hoffnung, dass Jacks zurückkommt, je länger ich in seinem Zimmer bleibe.

Ich greife nach seinem Buch und blättere lustlos darin herum. Dort, wo mein Bild steckt, beginne ich ein paar Seiten querzulesen, doch ich kann mich nicht auf die Wörter konzentrieren, also presse ich es fest an meine Brust und starre stattdessen an die Decke. Es vergeht eine ganze Weile, bis ich es seufzend wieder auf den Nachttisch lege und endlich die Jeans von meinen Beinen strampele. Als die Tür wieder aufgeht, fallen gerade meine Boxershorts auf den Boden. Emily lehnt im Türrahmen und lässt ihren Blick anerkennend über meinen nackten Körper wandern.

»Kann ich dir helfen?«, fragt sie, während sie mit schwingenden Hüften auf mich zugeht. Vor mir sinkt sie auf die Knie.

»Mason, ich –« Jacksons Stimme lässt mich aufblicken. Er steht genau an der Stelle, an der vor Sekunden noch Emily gestanden hat. In seinem Blick liegt absolute Fassungslosigkeit und noch etwas, das ich nicht benennen kann. Immer wieder sehe ich von Jackson zu Emily und wieder zurück. Ich weiß genau, wie das hier aussieht, und zum Teufel noch mal, ich wünschte, es wäre irgendwie anders.

»Ich wollte euch nicht stören. Tut mir leid.« Jackson dreht sich um und verschwindet fluchtartig.

Emily reicht mir die Badehose und ich nehme sie entgegen. Grinsend richtet sie sich auf. »Wetten, er erzählt allen, was wir hier gerade tun?«

Nun, *ich* wollte hier gerade gar nichts machen, außer mich umziehen.

Ich seufze erleichtert auf. Der Stoff der Badehose fühlt sich gut auf meiner Haut an. Vielleicht nur, weil ich einfach froh bin, nicht mehr nackt im Raum zu stehen. Seufzend gehe ich zur Tür. Meine Hand strecke ich nach Em aus, damit sie mitkommt. Es fühlt sich falsch an, mit ihr in Jacksons Zimmer allein zu sein.

»Gehen wir wieder nach draußen?«, frage ich und sie nickt als Antwort. Em streichelt leicht mit dem

Daumen über meine Hand, während wir durch das kahle Haus wandern. Bereits an der Terrassentür höre ich laute Musik und viele Stimmen.

»So lange war ich doch gar nicht weg.« Erstaunt zeige ich auf die vielen Menschen im Garten. »Wo kommen die denn alle her?«

Emily beißt sich auf die Lippe. »Du warst fast eine Stunde verschwunden, Mason.« Ihr Ton klingt anklagend, doch als sie weiterspricht, verändert er sich. »Vielleicht habe ich unabsichtlich in die WhatsApp-Gruppe meines Jahrgangs gepostet anstatt in die meiner Freundinnen.«

»Natürlich.« Ich verdrehe meine Augen. Ich halte nach Jackson Ausschau und bald darauf sehe ich seinen blonden Haarschopf, gleich neben dem meiner Schwester. Aufgebracht wedelt er mit seinen Händen und deutet auf die vielen Menschen.

»Es tut mir leid.« Emily geht auf Jackson zu und hat zumindest den Anstand, zerknirscht auszusehen. »Es ist alles meine Schuld«, gesteht sie ihm sofort.

Er seufzt laut auf und rauft sich die Haare. »Rauswerfen kann ich die ganzen Leute ja jetzt nicht mehr«, antwortet Jackson. Ich sehe mich um. Der Großteil der Gäste setzt sich aus jüngeren Schülern zusammen. Aus der Abschlussklasse sehe ich nur wenige.

»Könntest du wohl, aber du wärst danach der größte Spaßverderber in ganz Naples«, antworte ich ihm ehrlich. Um meine Worte abzuschwächen, klopfe ich ihm aufmunternd auf die Schultern. »Ich helfe dir später beim Aufräumen.«

Jackson nickt mir dankbar zu. »Meine Eltern kommen morgen früh zurück.«

»Kein Problem. Dann legen wir eben eine Nachtschicht ein.«

Argwöhnisch beobachte ich, wie Harper nach Jacksons Hand greift und ihm zulächelt. »Wir sollten einfach das Beste aus dem Abend machen.«

»An was denkst du?«, will Emily von meiner Schwester wissen.

Sie deutet auf einige ihrer Klassenkameradinnen, die bereits ausgelassen auf der provisorischen Tanzfläche - der Terrasse - herumspringen. Ich mache mir wirklich Sorgen, dass eines der Mädchen in den Pool fallen könnte, denn sie halten die Augen geschlossen und schwingen ihre Hüften verdächtig nah am Wasser.

»Wir gehen tanzen«, bestimmt Harper und zieht Jackson hinter sich her.

»Willst du auch?«, fragt Emily.

»Natürlich.« Ich zwinkere ihr ausgelassen zu. Wir laufen hinter Harper und Jackson her, doch ein paar Meter von ihnen entfernt bleibe ich stehen und ziehe Em an mich heran. Über ihre Schulter hinweg beobachte ich die beiden. Harper hat ihre Arme um Jacksons Hals geschlungen und ihre Wange gegen seine gelehnt. Mit Emily könnte ich niemals so tanzen, da sie so klein ist, dass sie ihr Gesicht meistens an meine Brust schmiegt. Das hat natürlich auch etwas für sich, aber dem Partner direkt in die Augen zu sehen, stelle ich mir schön vor.

Jackson ertappt mich dabei, wie ich Harper und ihn beobachte. Doch anstatt meinen Blick abzuwenden, sehe ich ihm fest in die Augen. Irgendwie habe ich dadurch das Gefühl, ich würde Jackson in meinem Arm halten und nicht meine Freundin. Die Richtung, in die meine Gedanken wandern, seit ich Jackson kenne, macht mir Angst. Enttäuscht von mir selbst drücke ich Emily näher an mich heran und tue das, was mir im Moment richtig erscheint. Ich küsse mein Mädchen. Dass ich dabei weiterhin keine Sekunde den Blickkontakt zu Jackson abbreche, macht meine Aktion nicht unbedingt besser. Schlechter aber auch nicht.

Kapitel 8

»Geschafft!« Erleichtert lasse ich mich neben Jackson ins Gras sinken. Ich ziehe mir die Gummihandschuhe, das letzte Überbleibsel unserer Aufräumaktion, von den Händen.

Ethan, Mia und Miles sind vor einer halben Stunde nach Hause aufgebrochen. Harper, Emily und Dan kurz nach ihnen.

Jackson hält einen Handschuh hoch. »Vielleicht hätte ich auch besser so Dinger getragen.« Seine Hände sehen ziemlich aufgeweicht aus, da er eine Stunde lang Geschirr abgewaschen hat.

»Was machen wir mit dem Zeugs im Pool?« Luftmatratzen und sogar ein aufblasbarer Flamingo, umwickelt mit einem Bikinioberteil, schwimmen darin.

Jackson seufzt laut auf. »Die sollten wir auch noch rausfischen.« Sowohl Jackson als auch ich tragen Jeans, T-Shirt und einen Kapuzenpulli, da es so nah am Meer nachts schnell kalt wird. Zwar nicht besonders, aber für Badehosen ist es dann doch zu frisch.

»Schwimmen?«, frage ich ihn.

»Nehmen wir einfach das Netz und versuchen, die Sachen so rauszubekommen«, schlägt er vor. »Ich will jetzt echt nur noch ins Bett.« Kurz hält er inne, bevor er weiterspricht. »Du kannst gerne hier schlafen.

Ich bin wirklich versucht einfach ja zu sagen, doch dann schüttele ich meinen Kopf. »Nein, danke.«

Eine weitere schlaflose Nacht, in der ich Jackson wie ein Irrer anstarre, halte ich für keine gute Idee.

Ich gehe um den Pool und hole den Kescher. Auf den Zehenspitzen stelle ich mich an den Rand.

»Gib mir mal deine Hand«, bitte ich Jackson, während ich mich nach vorne lehne, um die Luftmatratzen zu erreichen. Als er mich berührt, jagt ein Stromstoß durch meinen Körper. Fast hätte ich ihn losgelassen, doch ich verstärke den Griff, um nicht ins Wasser zu fallen. Wieso reagiere ich so extrem auf Jackson?

»Okay. Das klappt so nicht«, murre ich. Mir ist jede Ausrede recht, um Jackson wieder loszulassen. Ich drehe mich zu meinem Kumpel um und sehe gerade noch, wie er seine Augen verdreht.

»Na gut. Dann springe ich eben rein.«

Mit einer Hand greift er in den Nacken und zieht sich sein T-Shirt über den Kopf. Danach folgen die Jeans, Socken und Schuhe. Wie gebannt starre ich auf seine Boxershorts.

Er geht an mir vorbei und stellt sich an den Beckenrand. Kurz bevor er reinspringt, zieht er seine Unterhose nach unten, und ich … ja, ich starre auf seinen nackten Hintern. Ich greife nach meinen Jeans, rücke sie zurecht und hasse mich selbst dafür, dass mir der Anblick eines nackten Jungen offensichtlich gefällt. So sehr, dass ich nicht wegsehen kann. Keine Sekunde. Ich glaube, ich bin nicht mal mehr dazu fähig zu zwinkern.

Jackson wirft das ganze Zeug aus dem Pool. Zuletzt ist der aufblasbare Flamingo dran. Jackson sieht kurz über seine Schulter zu mir und lächelt mir zu. Sollte er nicht irgendetwas tun? Mich fragen, warum ich ihn wie ein perverser Spanner angaffe oder so? Doch von ihm kommt kein Wort. Langsam geht er auf die Stufen zu, die ihn aus dem Pool führen. Nach und nach erklimmt er eine nach der anderen. Immer weiter nach oben. Er geht direkt auf mich zu. Immer noch nackt. Spätestens jetzt muss er doch merken, dass mit mir etwas nicht stimmt.

Schnell drehe ich mich um und entferne mich ein paar Schritte von ihm. Reagiere ich vielleicht über? Ich bleibe stehen und atme einige Male tief durch. Nein, das tue ich nicht.

Ich muss dringend hier weg. Meine Füße setzen sich wieder in Bewegung, aber ich komme nicht weit. Zwei Arme schlingen sich wie Schraubstöcke um meinen Körper. Zuerst wehre ich mich dagegen. Doch dann höre ich auf zu zappeln und genieße das Gefühl, wie Jacksons Arme sich um meinen Körper schlingen. Je länger er sich an mich drückt, desto mehr saugen sich meine Klamotten mit Wasser voll.

»Geh nicht«, bittet er mich.

Mir wird schwindlig. Alles in meinem Kopf beginnt sich zu drehen. Es wäre so einfach mich umzudrehen und … irgendetwas zu tun. Vielleicht Jackson zu küssen. So wie ich es mir vorgestellt habe, als ich mit Emily getanzt habe.

Ihr Name wirkt wie eine kalte Dusche auf mich und mir wird schlecht. Richtig übel. Meine Beine beginnen zu zittern. Ich hatte nie das Bedürfnis, etwas mit einem anderen Mädchen anzufangen, wäre nicht einmal auf die Idee gekommen, sie zu betrügen, und nun bringt mich ein Junge dazu, genau das zu wollen. Jemand anderen zu küssen. Jemand, der nicht Emily ist. Und auch kein Mädchen.

Verdammt noch mal, ich bin nicht schwul. Ich stehe nicht auf Jungs.

Mit zittrigen Beinen mache ich einen Schritt nach vorne, weg von Jackson.

»Ich … ich kann das einfach nicht«, flüstere ich und laufe davon. Dieses Mal lässt er mich gehen, was gut ist, denn ich muss meine Gedanken sammeln. Ich überquere die Straße, schleiche mich seitlich am gegenüberliegenden Grundstück vorbei und fühle mich seltsam erleichtert, als ich das Rauschen des Meeres höre. Ich lasse mich in den Sand fallen und kicke meine Schuhe von den Füßen. Ich grabe meine nackten Zehen tief in den Sand, denn ich werde das Gefühl nicht los, mich erst wieder erden zu müssen. Seufzend lasse ich mich nach einer Weile nach hinten fallen.

»Ich glaube, er steht auf mich«, gestehe ich mir leise ein. Und ich auf ihn. Ich schließe die Augen und versuche zu verdrängen, dass ich jetzt auch noch Selbstgespräche führe.

Aber es ist nicht von der Hand zu weisen. Wir haben miteinander im Bett geschlafen, dann das Tomaten-Desaster, nicht zu vergessen: Wir haben uns innerhalb weniger Stunden beide komplett ohne

Kleidung gesehen. Dass er sich an mich gepresst hat, als ich abhauen wollte, sollte ich vielleicht auch berücksichtigen, aber dass ich das alles genossen habe, macht mir am meisten zu schaffen. Bisher fand ich ausschließlich Mädchen anziehend. Ihre Brüste, die weichen Körper. Und auch wenn ich Emily immer treu war, heißt das nicht, dass ich nicht hin und wieder mal einen Blick auf andere Frauen geworfen habe. Ich bin ja kein Mönch. Was ich bisher aber nicht getan habe, ist Jungs auschecken. Es wäre mir nicht in den Sinn gekommen, Dan, Ethan oder irgendeinen anderen Kerl zu küssen, doch bei Jacks schleicht sich der Gedanke immer wieder in meinen Kopf.

Ob Mia weiß, ob ihr Cousin schwul ist? Im besten Fall könnte sie meine Vermutung bestätigen. Wobei es mich nicht stören würde, wenn ich falsch liege. Ich ziehe mein Telefon aus der Tasche und tippe eine Nachricht.

Bist du noch wach?

Vermutlich nicht, denn die Sonne ist bereits dabei, wieder aufzugehen. Ich vergrabe meine Zehen im Sand und schmeiße mein Telefon von einer Hand in die andere. Irgendwann rappele mich hoch, greife nach meinen Schuhen und gehe am Wasser entlang. Eigentlich möchte ich gar nicht nach Hause. Ob ich einfach zu Emily gehen soll? Sie könnte mich von Jackson ablenken. Oder soll ich wieder zu ihm zurück? Ich meine, ich könnte anstatt Mia auch einfach Jackson selbst fragen, ob er auf Männer steht. Aber wenn er mich mit seinen braunen Augen ansieht, vergesse ich vermutlich all meine Fragen. Und was tue ich, wenn er mit einem Ja antwortet? Ich wüsste nicht, wie ich damit umgehen soll, dass diese Anziehung auf Gegenseitigkeit beruht. Ich werde in Zukunft einfach Abstand halten, bis ich diese eigenartigen Gefühle wieder los bin.

Das Klingeln meines Smartphones lässt mich zusammenzucken. Ich ziehe es aus meiner Hosentasche und starre auf das Anrufbild von Mia.

»Wo bist du, Mason?« Sie klingt gehetzt.

Ich sehe mich um. »Fast zu Hause. Ist etwas passiert?«, frage ich panisch.

»Das fragst du mich?« Ihre Stimme klingt leicht schrill, was eigenartig ist, da sie versucht zu flüstern. »Jackson macht sich Sorgen um dich. Er hat mich angerufen und meinte, du bist aufgebracht verschwunden.« Klar, wenn er anruft, greift sie sofort zum Telefon, aber meine Nachricht ignoriert sie.

»Toll«, motze ich wie ein Kleinkind ins Telefon. »Wer weiß bereits Bescheid?«

»Nur ich. Ethan schläft wie ein Stein. Den weckt nicht einmal ein Presslufthammer.«

Mein Herzschlag beschleunigt sich. »Bist du noch bei ihm im Zimmer?«

»Nein«, kommt es durch die Leitung. »Ich sitze in der Küche. Und das, obwohl ich noch keine Stunde geschlafen habe.«

Ich schüttele meinen Kopf. »Dann geh am besten wieder ins Berr«, rate ich ihr.

»Das kann ich nicht«, zischt sie. »Ich habe deine Nachricht nach Jacksons Anruf gelesen. Und er meinte zuvor noch, es könnte ein kleines Missverständnis gegeben haben.«

Eigentlich bin ich mir sicher, dass es nichts falsch zu verstehen gab. Ich weiß nicht, wie viel Jackson Mia erzählt hat, aber ich bin nicht besonders scharf darauf, dass jeder weiß, was passiert ist. Dennoch frage ich gekränkt: »Ein Missverständnis?«

Super, mir ist echt nicht mehr zu helfen.

»Genau. Er hat Angst, du könntest denken, dass er auf dich steht.«

»Wie bitte?«, fahre ich Mia an. »Dass er sich vollkommen nackt an mich gepresst hat, war sehr deutlich, wenn du mich fragst.«

Einige Sekunden herrscht Stille. »Er hat was?«

Mist. Wieso habe ich das nur gesagt?

»Du hast es doch gehört«, murmele ich in den Hörer.

»Mason, das tut mir wirklich leid. Jackson ist sonst nicht so. Der Umzug, die Trennung von seinem Freund … Vielleicht ist das alles gerade ein bisschen viel für ihn.«

Ich bekomme einen Hustenanfall und klopfe mir einige Male auf die Brust.

»Seinem Freund?«, quieke ich, als hätte ich meinen Stimmbruch noch immer nicht hinter mir. Eigentlich sollte es mich nicht schockieren, denn es war mir irgendwie die ganze Zeit über klar, dass er auf Jungs steht. Trotzdem frage ich: »Er ist also wirklich schwul?«

»Ja, aber mach dir keine Sorgen. Jackson ist einfach ein bisschen übers Ziel hinausgeschossen. Er weiß, dass du hetero und mit Emily glücklich bist.«

Ja, so verdammt glücklich, dass mir gleich Regenbögen aus dem Arsch schießen. Und so verdammt hetero, dass ich Herzklopfen bekomme, wenn ich an Jacks denke.

»Ich denke, für ihn ist es wichtig, dass ihr Freunde bleibt und du nicht angewidert von ihm bist oder so.«

Erschrocken keuche ich auf. »Das könnte ich nie.« Als ich die Worte ausspreche, merke ich, dass sie wahr sind. »Und jetzt geh wieder schlafen. Alles ist gut. Jackson ist ein Kumpel. Nicht mehr und nicht weniger. Und wenn er das ebenfalls so sieht, ist doch alles in Ordnung.«

Er hätte auch selbst mit mir reden können, anstatt Mia vorzuschicken. Obwohl ich mir nicht sicher bin, dass er meine Nummer hat. Und dass ich überhaupt rangegangen wäre.

Ich kann Mias Erleichterung förmlich durch das Telefon spüren. »Gut. Dann wünsche ich dir eine gute Nacht.«

»Ich dir auch.«

Während des Gesprächs bin ich immer weiter gegangen. Nun stehe ich statt vor meinem Haus vor Emilys. Ich wähle ihre Nummer.

»Ja?«, kommt es verschlafen durch den Hörer.

»Baby, lass mich bitte rein. Ich würde gerne bei dir schlafen.«

»Sofort.« Danach ist die Leitung tot. Keine halbe Minute später öffnet sich die Tür und Emily wirft sich in meine Arme. »Ich bin so froh, dass du gekommen bist.«

Dicht ziehe ich sie an meinen Körper. »Natürlich.«

Ihre Nähe tut mir gut, denn in meiner Brust hat sich ein dumpfer Schmerz ausgebreitet, der mir das Atmen schwermacht. Ihre Umarmung fühlt sich so vertraut an. Bestimmt kann Emily meine widersprüchlichen Gefühle einfach wegküssen.

»Lass uns nach oben gehen, Baby. Ich möchte jetzt nichts lieber, als mit dir ins Bett und dich ganz nah bei mir zu haben.«

»Ich liebe dich«, haucht sie und zieht mich an der Hand in ihr Zimmer. Ihre Worte kann ich nicht erwidern, und sie hat es schon lange aufgegeben, das von mir zu erwarten.

Emily trägt eines meiner alten Shirts. »Hast du das gestohlen?«, frage ich sie.

Sie sieht zerknirscht zu Boden. »Kann sein.«

Ich lege meine Hand an ihr Kinn, damit sie mich ansieht. »Du weißt schon, dass ich dir das jetzt ausziehen muss«, raune ich ihr zu und dränge sie zurück zum Bett. Ja, Emily kann mir definitiv dabei helfen, nicht mehr an den neuen Jungen in der Stadt zu denken.

Kapitel 9

»Magst du mich nach unten an den Pool begleiten?« Die Frage höre ich heute bereits zum gefühlt hundertsten Mal. Ich gehe zum Fenster und spähe nach draußen. Jackson liegt immer noch gemeinsam mit Harper im Gras und sonnt sich. Seit der Grillparty habe ich nicht mehr mit ihm gesprochen, da ich ihm erfolgreich aus dem Weg gegangen bin. Und ich habe nicht vor, diese Erfolge zunichte zu machen.

»Nope.«

»Komm schon«, bettelt Em, die bereits ihren Bikini trägt und ein Handtuch unter ihren Arm geklemmt hat. Sie schiebt ihre Unterlippe nach vorne und klimpert mit den Wimpern. Ich nehme einen Schluck von meinem Wasser. Von hier aus sieht es aus, als würden Jackson und Harper sich angeregt unterhalten. Em tritt neben mich.

»Sie haben heute ihr erstes offizielles Date.«

»Was?«, schreie ich beinahe und drehe mich entsetzt zu ihr. Ich glaube, ich habe mich gerade verhört.

Sie sieht mich etwas irritiert an. »Na, Jackson und Harper«, präzisiert sie.

»Bist du sicher?«, frage ich nach. Der Kloß, der seit meinem letzten Zusammentreffen mit Jacks in meinem Hals sitzt, wird noch ein bisschen größer. Das Schlucken fällt mir unnatürlich schwer, weil meine Kehle sich wie zugeschnürt anfühlt.

»Harper hat Jackson gefragt, ob sie miteinander abhängen.«

Bockig verschränke ich meine Hände vor der Brust. »Das ist nicht gerade die Definition eines Dates.«

»Ach?«

Irritiert sehe ich zu meiner Freundin, die mich mit einem leichten Schmunzeln im Gesicht anschaut. Sie haucht mir einen Kuss auf die Lippen. »Ich erinnere mich noch genau an deine Worte, als du das mit uns auf eine andere Ebene bringen wolltest.«

Ich lehne meine Stirn gegen ihre. »Und die waren?« Ich war damals so nervös, dass ich keine Ahnung mehr habe, was ich zu ihr gesagt habe.

»Dass du gerne *exklusiv* mit mir abhängen möchtest.«

Mit beiden Händen reibe ich mir übers Gesicht. »Das war vermutlich nicht ganz glücklich formuliert«, gestehe ich.

Emily nickt. »Dein Glück, dass ich schon lange heimlich für dich geschwärmt habe.« Keinesfalls werde ich Emilys Illusionen zerstören und ihr sagen, dass ihre Schwärmerei eher offensichtlich als geheim war.

»Sehe ich auch so.« Ich mache einen Schritt zurück, greife hinter meinem Kopf nach dem Kragen meines T-Shirts und ziehe es aus. Ich will nach unten, um mir anzusehen, ob das zwischen meiner Schwester und Jackson nun doch mehr als Freundschaft ist. »Und jetzt lass uns zum Pool gehen. Ich will Zeit mit der einzigen Frau verbringen, die ich liebe, obwohl sie nicht zu meiner Familie gehört.«

Emilys Mund klappt auf, da ich diese Worte noch nie laut ausgesprochen habe. Sie wirkt plötzlich unbeschreiblich glücklich. Obwohl es in meinem Bauch nicht mehr kribbelt, wenn ich Emily küsse, ist sie nach meiner Mutter und meiner Schwester die Frau, die mir am meisten bedeutet. Sie war schon immer meine beste Freundin und ich kann mir ein Leben ohne sie nicht wirklich vorstellen.

Händchenhaltend gehen wir nach unten. Emily lehnt ihren Kopf gegen meinen Oberarm. Eng aneinander gepresst schlendern wir auf Jackson und Harper zu.

»Hey«, begrüße ich die beiden. »Stören wir?«

Harper nickt, während Jackson sofort seinen Kopf schüttelt.

»Wir wollten ein bisschen am Pool abhängen«, erkläre ich, während Emily leise kichert. Vermutlich denkt sie an unser Gespräch in meinem Zimmer oder an unser erstes Date zurück.

Jackson nickt nur leicht und wendet sich dann wieder Harper zu. Es stört mich, dass er nicht mit mir spricht, auch wenn ich schuld daran bin. Vielleicht war es doch keine gute Idee, ihm aus dem Weg zu gehen, nur um jetzt wieder seine Nähe zu suchen. Diese widersprüchlichen Gefühle machen mich bestimmt noch verrückt. Aber er hat mit seinem Verhalten auch nicht zur Entspannung der Situation beigetragen. Immerhin hat er sich an mich gepresst und danach seine Cousine vorgeschickt, um die Sache für ihn zu regeln.

Ich frage mich, ob die anderen wissen, dass er schwul ist. Vermutlich nicht, denn sonst würde er hier kein Fake-Date mit meiner Schwester haben.

Ich nehme Emily das Strandtuch aus der Hand und breite es auf der Liege aus. Danach lasse ich mich darauf fallen und strecke meine Hände nach meiner Freundin aus. Sie strahlt mit der Sonne um die Wette und kommt glücklich auf mich zugehopst.

Sie will sich neben mich quetschen, doch ich ziehe sie auf meinen Körper. Meine Hände wandern auf ihren Po, während ich an ihrem Hals knabbere.

»Ihr hättet ruhig in deinem Zimmer bleiben können«, murrt Harper. Nein, das war keine Option, denn ich will Jackson mit meiner kleinen Liebesshow … wehtun? Ärgern? Keine Ahnung, so genau habe ich den Plan nicht durchdacht. Auf jeden Fall soll er sehen, dass ich nicht auf ihn stehe, da er ja auch nicht auf mich steht.

Okay. Nun ist es offiziell. Ich bin verrückt.

Emily und ich machen miteinander rum, während ich die Gespräche von Harper und Jacks belausche. Nach einer Weile merkt Em, dass ich nicht mehr ganz dabei bin. Sie löst sich von mir und steht auf. Ich frage mich, was sie vorhat, doch dann geht sie zu meiner Schwester und reicht ihr die Hand.

»Lass uns ein paar Erfrischungen holen.«

Emilys roten Wangen nach zu urteilen, hat sie die auch ziemlich notwendig.

»Kannst du nicht Mason mitnehmen?«, will Harper wissen.

»Nein, ich muss dir unbedingt was erzählen«, flüstert Emily so laut, dass ich und bestimmt auch Jackson ihre Worte hören können.

»Okay, okay.« Harper steht auf und geht gemeinsam mit meiner Freundin nach drinnen. Ich lege meinen Unterarm über meine Augen, um mich vor der Sonne zu schützen. Na toll, jetzt bin ich mit Jackson allein. Mal wieder. Einerseits habe ich mir genau das gewünscht, andererseits gleicht es auch meinem persönlichen Worst-Case-Szenario.

»Ich weiß, dass du vergeben bist. Kein Grund, so eine Show abzuliefern«, zischt Jackson nach einer Weile.

Erstaunt nehme ich den Arm von meinem Gesicht und blicke ihn an. Er hat mich sofort durchschaut, als würde er mich besser kennen als alle anderen. Vielleicht, weil er der Einzige ist, der den wahren Mason hinter der Fassade sieht?

»Ach, sprichst du wieder mit mir?«

Mit Unverständnis im Blick sieht Jackson von seinem Platz im Gras zu mir hoch. »Wie meinst du das?«

Ich verdrehe meine Augen. Er kann doch nicht so blöd sein. »Sollten wir nicht besser Mia anrufen, damit sie das Sprechen für dich übernimmt?«

Jackson seufzt laut. »Es tut mir leid.«

Ich will es ihm nicht zu leicht machen, deshalb frage ich nach: »Was denn?« Mit einer geschmeidigen Bewegung setze ich mich auf.

»Dass ich dich nicht selbst angerufen habe, um mich zu entschuldigen. Aber zu meiner Verteidigung, muss ich sagen … Ich habe deine Nummer nicht.«

Die hätte er sich doch von seiner Cousine holen können, wenn er sie schon mitten in der Nacht aus dem Bett geklingelt hat. Aber ich möchte jetzt nicht kleinlich sein. Ich wedele mit meiner Hand.

»Sprich weiter.« Es fällt mir schwer, das Zucken meiner Mundwinkel zu unterdrücken.

Verlegen fährt Jackson sich durch seine Haare. »Und es tut mir leid, dass ich dich … überfallen habe. Du hast eine Freundin.«

Ich schwinge meine Beine von der Sonnenliege und beuge mich weit nach vorne. »Und du einen Freund.«

Sofort schüttelt er seinen Kopf. »Nein. Wir haben uns getrennt.«

Obwohl ich längst wusste, dass Jackson schwul ist, beginnen meine Hände leicht zu schwitzen. Mehrere Male streife ich sie an meiner Badehose ab.

»Und du bist noch nicht über ihn hinweg«, stelle ich eine Vermutung auf. Er hat sich in der Nacht der Grillparty bestimmt einsam gefühlt und war auf der Suche nach Nähe.

Jackson zuckt mit seinen Schultern. »Ich weiß es nicht. Für uns war klar, dass wir keine Fernbeziehung führen wollen, und natürlich vermisse ich ihn. Wir waren eineinhalb Jahre zusammen, aber …« Er bricht mitten im Satz ab.

»Aber?«, frage ich nach.

»Ist nicht so wichtig.« Jackson steht auf und geht zum Pool. Es ist offensichtlich, dass er das Gespräch nicht weiterführen will und eine Fluchtmöglichkeit sucht. Da kommt ihm ein Sprung ins Wasser gerade recht.

»Lässt du dieses Mal deine Badehose an?« Mein Tonfall klingt provozierend.

Als er zu mir sieht, verdreht er die Augen. »Natürlich.«

Ich stehe ebenfalls auf und folge Jackson. Natürlich kann ich mich nicht zurückhalten und schubse ihn ins Wasser. Und ehrlich, auch wenn ich mich gerade mehr als kindisch verhalte … irgendwie fühle ich mich jetzt ein kleines bisschen besser.

Grinsend springe ich hinter ihm her. Nur viel eleganter, versteht sich. Als ich wieder an die Wasseroberfläche komme, beobachte ich, wie auch er sich eine nasse Haarsträhne aus dem Gesicht streicht. Es kostet mich all meine Selbstbeherrschung, meine Hände bei mir zu behalten, um das nicht für ihn zu tun.

Um mich ein wenig abzukühlen, tauche ich unter und schwimme auf Jackson zu. Er hat sich immer noch keinen Millimeter bewegt. Ganz nah, viel näher als ich es sollte, durchbreche ich die Oberfläche. »Sorry, dass musste sein.«

Unsere Zehen berühren sich unter Wasser und Jackson sieht mich mit leicht geöffnetem Mund an.

Wir mustern uns gegenseitig, bis ich die Stille mit einer Frage durchbreche: »Wissen deine Eltern, dass du schwul bist?«

Ungläubig zwinkert er einige Male. »Ja.«

Jacks sieht durcheinander aus, als er ein paar Schritte zurück macht, um den Abstand zwischen uns zu vergrößern. Als er mit dem Rücken gegen den Rand des Pools stößt, hat er offensichtlich den Sicherheitsabstand, den er für nötig hält.

»Schön für dich.« Klingt vielleicht ironisch, ist aber durchaus ernst gemeint. Ich schwimme einige Bahnen, doch irgendwann lehne ich mich neben Jacks an die Wand. »Weiß meine Schwester ebenfalls, dass du auf Jungs stehst?«

Verwundert sieht er mich an. »Ich wüsste nicht, wieso das für sie wichtig sein sollte.«

Er sieht wirklich so aus, als hätte er keine Ahnung, dass Harper auf ihn steht. Andererseits wäre es mir auch nicht aufgefallen, wenn Emily mich nicht darauf aufmerksam gemacht hätte.

»Sie erhofft sich mehr von dir«, flüstere ich, da im selben Moment Harper und Emily mit einem Krug und Gläsern zurückkommen.

»Musstest ihr den Saft erst pressen?«, scherze ich, während ich aus dem Pool klettere. Ich gehe auf Emily zu und schlinge meine Arme um ihren Körper.

»Nein«, quietscht sie und ich bemerke die Gänsehaut, die sich über ihren Körper zieht. »Mason, du bist eiskalt«, beschwert sie sich lachend.

Meine Schwester steht mit den Händen in den Hüften da und sieht mich böse an. In solchen Momenten erinnert sie mich viel zu sehr an unsere

Mutter. »Lass deine Finger ausnahmsweise mal ein paar Minuten von Emily. Wir müssen gleich los.«

Ich sehe sie mit einem *Wohin-zum-Teufel-solltest-du-in-den-Ferien-so-dringend-hinmüssen*-Blick an.

Keine Ahnung, ob sie den richtig interpretiert, sie spricht auf jeden Fall sofort weiter.

»Daniel hat angerufen und gefragt, ob wir ein paar Zutaten fürs Abendessen einkaufen können. Wir sollen später rübergehen, weil er gemeinsam Wraps machen will.«

Jackson steht plötzlich neben uns.

»Okay«, antworte ich Harper abgelenkt.

Ich habe gar nicht mitbekommen, dass Jacks den Pool verlassen hat. Auf seinem Körper bildet sich, ebenso wie zuvor bei Emily, eine leichte Gänsehaut. Ich muss mich wirklich zurückhalten, um nicht auf ihn zuzustürmen und ihn in ein Handtuch einzuwickeln. Trockenreiben inklusive.

Verdammt nochmal. Diese Gedanken müssen endlich aufhören. Ich lege Zeigefinger und Daumen an meine Nasenwurzel und beginne sie zu massieren. Das kann so nicht weitergehen. Seit ich weiß, dass Jacks auf Männer steht, werden meine Gedanken an ihn und mich immer schlimmer.

Die anderen scheinen sich entweder nicht daran zu stören, oder es einfach nicht zu bemerken, dass ich neben ihnen stehe und kurz vor einem Nervenzusammenbruch stehe, weil ich nicht damit klarkomme, welche Wirkung Jackson auf mich hat.

»Super, also kommst du mit?« Emily strahlt mich an. Ruckartig wende ich mich ihr zu. Sie sieht so glücklich aus, dass ich sofort ein schlechtes Gewissen bekomme, weil ich Jackson gerade abgecheckt habe. Scheiße, so bin ich nicht. Jetzt stehe ich mit Emily und Jackson gemeinsam im Garten und sie hat keine Ahnung, dass ich lieber mit ihm allein hier wäre.

»Was? Nein. Natürlich fahre ich nicht mit einkaufen.« Abwehrend wedele ich mit meiner Hand. Es ist egal, ob man Emily und Harper in ein Klamottengeschäft oder einen Supermarkt begleitet. Mit den beiden shoppen zu gehen ist immer schrecklich. Ich habe es mehrmals versucht, doch wir sind übereingekommen, dass es besser für alle Beteiligten ist, wenn ich das nicht mehr tue. Keiner von uns hätte dabei Spaß, denn sie brauchen bei der Auswahl ewig. Egal, ob es sich um Schuhe, T-Shirts oder eben um Lebensmittel handelt. Dafür habe ich echt keinen Nerv. »Ich zocke lieber eine Weile auf der Playstation.«

Jackson steht unschlüssig, und immer noch tropfend, neben mir. Außerdem tut er mir jetzt auch noch leid, denn wenn Emily und Harper einkaufen fahren, muss er entweder mit ihnen mitkommen oder nach Hause gehen. Sie sehen aber gerade nicht so aus, als würden sie ihn einladen. Wieso zum Teufel ist Harper auch so wild darauf, einkaufen zu fahren, um mit Dan zu kochen? Sollte sie nicht lieber bei ihrem *Date* bleiben?

Allein das Wort zu denken, bereitet mir Übelkeit.

Soll ich es wirklich riskieren und Jackson fragen, ob er ebenfalls ein bisschen auf der Konsole spielen möchte? Ich bin nicht unbedingt scharf darauf, alleine mit ihm Zeit zu verbringen. Okay, bin ich schon, aber ich sollte es nicht sein. Viel eher habe ich das Gefühl, dass ich dringend wieder auf diese Wir-sind-nur-Kumpel-Ebene zurück muss. Was wäre besser geeignet, als ein bisschen zocken. Genau, nichts.

Das Schweigen, das sich ausbreitet, wird langsam unangenehm, also gebe ich mir einen Ruck.

»Hast du auch Lust, ein paar Zombies abzuknallen?«, biete ich ihm an. Es dauert kurz, doch dann nickt er. Harper sieht nicht erfreut aus, doch ich habe nicht wirklich Mitleid mit ihr. Sie hätte doch einfach früher etwas sagen und ihn zum Einkaufen einladen können. Entschuldigend zucke ich mit den Schultern.

»Du stiehlst meine Freundin, ich Jackson. Niemand ist allein.«

Besonders glücklich wirkt Harper immer noch nicht, aber sie antwortet: »Schon gut.«

Sie greift nach Emilys Hand. »Lass uns fahren.«

Meine Freundin kommt zu mir, stellt sich auf die Zehenspitzen und haucht mir einen Kuss auf die Wange. »Bis gleich. Komm bitte in einer Stunde zu uns nach Hause.«

»Ja, bis dann. Ich freue mich darauf.« Dan kocht wirklich gut, das lasse ich mir bestimmt nicht entgehen.

Harper geht auf Jackson zu und küsst ihn ebenfalls, so wie es Emily eben bei mir getan hat. »Sorry, dass unser Date so schnell vorbei war«, entschuldigt sie sich und geht dann mit Emily nach drinnen.

Jackson und ich bleiben regungslos nebeneinander stehen. »Ich sagte ja, dass sie auf dich steht.« Zu beobachten, wie Jacks von einem Mädchen auf die Wange geküsst wurde, fühlt sich seltsam an. Zu wissen, dass es meine Schwerster war, macht es noch eigenartiger.

Auch er steht wie versteinert neben mir. »Ich … sollte ihr vermutlich sagen, dass ich schwul bin.«

»Auf jeden Fall«, stimme ich ihm zu. »Mach ihr keine falschen Hoffnungen.« *Und bitte lass mich so etwas nie wieder mitansehen.*

Jackson bückt sich und schlingt – endlich – ein Handtuch um seinen Oberkörper. Emily hat unseres leider mitgenommen, also gehe ich mit tropfender Badehose nach drinnen. Obwohl ich mich nicht nach Jackson umdrehe, spüre ich, dass er mir folgt. Bis zur Treppe hat er mich eingeholt.

»Was wollen wir spielen?«, frage ich ihn.

»Keine Ahnung. Was zockst du im Moment?«

»*Dead Rising* auf der Xbox.«

Jackson bleibt stehen und legt seine Hand an meine Schulter. »Du fürchtest dich bei Horrorfilmen, hast aber kein Problem mit Zombies?«

»Jap.«

»Wieso?«, will er wissen und ich muss aufgrund der Fassungslosigkeit in seiner Stimme schmunzeln.

»Bei Dingen, die in Horrorfilmen passieren, habe ich das Gefühl, dass das auch in echt geschehen könnte.«

»Und eine Zombieapokalypse liegt nicht im Bereich des Möglichen?«

Ich drehe mich um und greife mit meiner Hand nach dem Treppengeländer. »Nein, ich denke nicht.«

»Ich erinnere dich auf jeden Fall daran, sollte es doch dazu kommen.«

»Danke, wie nett von dir«, antworte ich ihm spöttisch. Emily und Harper kommen uns angezogen entgegen und ich lasse meine Finger im Vorbeigehen über den Unterarm meiner Freundin tanzen.

In meinem Zimmer angekommen, schließt Jackson die Tür hinter uns. Ich denke, es wäre besser, wenn wir sie offen lassen würden.

»So bin ich eben. Übrigens hätte ich dich eher für einen Hipster mit Playstation gehalten«, meint Jacks mit einem Lächeln im Gesicht.

Ich gehe auf meinen Schrank zu und fische Boxershorts, eine schwarze Sporthose sowie ein T-Shirt raus und werfe sie Jackson zu. Ich will nicht, dass er halbnackt in meinem Zimmer ist.

»Ich habe mehrere Konsolen. Ich dachte, das hättest du bei deinem ersten Besuch bemerkt«, antworte ich. Gedankenverloren greife ich nach einem weiteren Paar Boxershorts und nach meinem Lieblingsshirt. »Ich ziehe mich im Badezimmer um«, erkläre ich ihm und verlasse den Raum. Besser, wir sehen uns nicht mehr vollkommen entblößt.

Mein Herz klopft wie verrückt und ich muss mich erst gegen die Tür lehnen, um wieder runterzukommen. Da ich Jackson mehr Zeit verschaffen will, drehe ich an den Armaturen.

Meine nasse Badehose fällt mit einem *Platsch* auf den Boden und ich stelle mich unter die Dusche. Ich lege den Kopf in den Nacken und genieße einige Sekunden das Prasseln des Wassers auf meinem Körper. Es dauert eine Weile, bis ich mich dazu bereit fühle, Jackson wieder gegenüberzutreten. Als ich nach meinem Handtuch greifen will, rutsche ich aus und knalle auf den Hintern.

»Aua«, jammere ich. Im Sitzen ziehe ich das Stück Stoff vom Haken und wickle es um meinen Körper. Als ich mich halbwegs trocken fühle, rappele ich mich hoch und schlüpfe in meine Kleidung.

»Freunde«, flüstere ich mir zu. »Gute Freunde.« Kurz schließe ich meine Augen und stelle mir Emily vor. Mein Mädchen. Meine erste Liebe. Es gibt keinen Platz für jemand anderen.

»Hey, da bist du ja wieder«, begrüßt Jackson mich und strahlt mir entgegen. Okay. Ich bin verloren. Gerade, als er mir sein Lächeln geschenkt hat, ist die Welt für eine Sekunde stehen geblieben. In diesem Moment war er schöner als je zuvor.

Wie ferngesteuert laufe ich auf Jackson zu. Er sitzt bereits mit einem Controller in der Hand vor dem Fernseher. Den zweiten hält er mir entgegen.

»Ich hoffe, es stört dich nicht?« Mit dem Kopf zeigt er in Richtung Konsole.

»Kein Problem.« Ich lasse mich auf die Couch fallen und nehme ihm das Gamepad aus der Hand.

Jackson startet das Spiel. »Stehst du nur darauf, Zombies abzuschlachten, oder siehst du dir auch gerne Filme über wandelnde Tote an?«, fragt er.

»Beides«, murmele ich abgelenkt, da das Spiel begonnen hat.

In der nächsten halben Stunde sprechen wir nur wenig miteinander, bis auf die üblichen Kommentare wie »Pass auf!« oder »Hinter dir!«.

»Scheiße«, fluche ich laut los. »Jacks, schneller, schneller. Komm hier rüber.«

»Mach ich doch«, schreit er zurück. Die Couch wackelt, da wir beide wie wild herumzappeln, während wir wie Verrückte auf unseren Controllern herumdrücken.

»Fuck, fuck, fuck, fuck«, brülle ich, da immer mehr Untote auf uns zukommen. Doch Jackson ist ein guter Spieler, denn wir schlachten einen nach dem anderen ab.

»Jaaaaa«, schreit er, als wir sie alle niedergemetzelt haben. Mit klopfendem Herzen lege ich den Controller zur Seite und drehe mich zu Jacks. Ich strecke ihm meine Hand entgegen, damit er einschlagen kann.

Was er auch tut, nur verschränkt er danach unsere Hände miteinander. Wie paralysiert starre ich darauf. Danach hebe ich meinen Blick, damit ich ihm in die Augen sehen kann. Fast stößt mein Kopf mit seinem zusammen, da er mir plötzlich so unglaublich nah ist. Nur einen Millimeter drehe ich mein Gesicht zur Seite und schon berühren sich unsere Nasen. Hastig nehme ich einen Atemzug, da ich das Gefühl habe, sonst jede Sekunde zu ersticken. Ich atme die Luft ein, die Jackson ausstößt.

Über meinen Rücken läuft ein Schauer und auf meinem ganzen Körper bildet sich eine Gänsehaut. Zittrig löse ich meine Hand aus Jacksons und lege sie an seine Wange. Für keine Sekunde unterbrechen wir den Blickkontakt. Er ist mir so nah.

Endlich beugt er sich ein Stückchen nach vorne und legt seine weichen Lippen sanft auf meine. Es ist nur eine federleichte Berührung, und doch beginnt meine Unterlippe leicht zu beben. Jackson verharrt regungslos und wartet anscheinend auf meine Reaktion. Ich weiß, ich sollte ihn von mir stoßen. Aber ich tue es nicht. Ganz im Gegenteil.

Unsicher öffne ich meinen Mund ein wenig und lecke mit meiner Zunge leicht über seine Unterlippe. Jackson stöhnt leise auf und seine Hand liegt plötzlich in meinem Nacken, damit er mich näher zu sich ziehen kann.

»Oh mein Gott«, zerstört eine Stimme diesen einzigartigen Moment und ich zucke ertappt zusammen. Ich brauche einige Sekunden, bis mir klar wird, dass meine Schwester die Worte ausgesprochen hat.

Langsam löse ich mich von Jacks und starre ihn mit großen Augen an. Mir wird gleichzeitig heiß und kalt. Scheiße. Was habe ich gerade getan?

Instinktiv schubse ich Jackson von mir und springe auf, doch als ich mich nach Harper umsehe, hat sie bereits die Flucht ergriffen. Sofort laufe ich ihr hinterher. Im Flur bleibe ich stehen und sehe zu Jackson zurück. Er sitzt wie erstarrt auf meiner Couch.

Ich öffne und schließe meinen Mund einige Male, ehe die Worte ungefiltert aus mir herauspurzeln: »Das hätte nicht passieren dürfen! Es tut mir leid.«

Ohne auf eine Reaktion zu warten, folge ich Harper, deren Zimmertür krachend hinter ihr ins Schloss gefallen ist.

Ich lehne meine Stirn gegen das Holz, während ich zaghaft klopfe. »Darf ich reinkommen?«, frage ich.

Sie hört mich bestimmt, aber eine Antwort erhalte ich nicht. Verflucht. Wieso habe ich mich von Jackson küssen lassen? Zuvor am Pool hatte ich noch den festen Vorsatz, die Friendzone nicht zu verlassen. Ich fasse es nicht, dass meine Pläne in Sachen Jackson immer wieder aufgrund meiner eigenen Unentschlossenheit scheitern.

Unsicher drücke ich die Klinke nach unten und gehe ohne Aufforderung in ihr Zimmer. Gott sei Dank hat Harper nicht abgeschlossen.

Die Erleichterung, die ich empfinde, verpufft eine Sekunde später. Harper liegt auf ihrem Bett und hat das Gesicht in ihrem Kissen vergaben. Es ist nicht schwer zu erraten, dass sie heult. Bei dem Anblick, der sich mir bietet, bildet sich ein Knoten in meinem Magen. Ich hasse es, dass ich schuld an ihrem Elend bin.

»Harper«, wispere ich und nehme am Bettrand Platz. Meine Hand wandert in ihre Haare und ich streichele sanft darüber. Sie dreht sich um und sieht mich mit zu Schlitzen verengten Augen an.

»Erst stiehlst du mir meine beste Freundin und jetzt auch noch mein Date. Jacks war wegen mir hier. Nicht wegen dir«, brüllt sie.

Erschrocken rutsche ich ein Stück zurück. Nicht weil sie so laut schreit, sondern wegen dem Inhalt ihrer Worte. So ungeschönt von der eigenen Schwester vorgehalten zu bekommen, dass sich immer alles nur um mich dreht, ist nicht besonders angenehm.

»Ich … ich …«, beginne ich zu stammeln, habe aber keine Ahnung, wie ich mich verteidigen könnte, denn sie hat recht.

Stumm bleibe ich neben ihr sitzen und streiche ihr die blonden Haarsträhnen aus dem Gesicht. Es bricht mir mein Herz, dass ich sie mit meinem Verhalten unglücklich gemacht habe. Ich wollte meiner Schwester niemals etwas wegnehmen. Weder Emily noch Jackson.

Dazu kommt meine Sorge darüber, was sie nun von mir denkt. Verdammt nochmal. Ich habe einen Jungen geküsst. Und wäre das nicht schon alleine Grund genug, um auszuflippen, muss mich meine Schwester auch noch dabei beobachten. Im Moment rasen so viele Gedanken durch meinen Kopf, dass mir fast schwindelig wird. Bin ich jetzt schwul, weil ich einen Jungen geküsst habe? Ich habe mich noch nie zu einem anderen Mann hingezogen gefühlt. Ich meine, ich stehe doch auf Frauen. Daran gab es nie einen Zweifel. Zumindest bis zu dem Tag, an dem Jacks aufgetaucht ist.

»Harper, es tut mir leid«, versuche ich mich zu entschuldigen. Sie schnieft leise. Mir war klar, dass Harper sich mehr von Jackson erhoffen könnte, aber ich habe es nur für eine Schwärmerei gehalten, die bald wieder verfliegt. Doch so, wie sie reagiert, habe ich mich wohl getäuscht.

Ich will nicht, dass etwas zwischen Harper und mir steht, denn ich liebe sie. Ich hätte niemals damit gerechnet, dass meine Beziehung zu ihr wegen einem Jungen einen Knacks bekommt.

»Hat er dich oder hast du ihn geküsst?«, will sie von mir wissen. Mit meinem Daumen versuche ich ihre Tränen zu trocknen.

»Tut das etwas zur Sache?«, stelle ich mit sanfter Stimme eine Gegenfrage, da ich ihr darauf nicht antworten will. Ich wollte Jacks küssen. Und er mich.

»Nein.« Sie beißt sich auf die Unterlippe. »Ist Jackson schwul? Bist du schwul?«

Ich muss mich einige Male räuspern, da meine Kehle sich plötzlich wie zugeschnürt anfühlt. »Ja, das ist er. Und was mich angeht …« Ich beiße mir auf die Unterlippe. »Ich weiß es nicht. Bisher habe ich mich noch nie von einem Jungen angezogen gefühlt.«

Harpers Augenbrauen schießen nach oben. »Und bei Jackson ist das anders?«

Ich kann nicht mehr, als mit den Schultern zu zucken. Jacks löst Gefühle in mir aus, von denen ich nicht einmal ansatzweise wusste. »Ich … Harper … ich weiß es nicht.« Wenn ich an den Kuss zurückdenke, kribbelt es in meinem Bauch. Ein Gefühl, dass ich bei Emily schon lange nicht mehr hatte.

Als könnte meine Schwester Gedanken lesen, sagt sie: »Du hast Emily mit ihm betrogen. Ihre schlimmste Befürchtung ist wahr geworden.«

Traurig sehe ich sie an und nicke. »Ja, das habe ich. Ich wollte niemals jemandem wehtun«, wispere ich. »Ich habe doch versucht, mich gegen die Anziehung, die Jackson auf mich ausübt, zu wehren.« Frustriert fahre ich mir durch meine Haare. »Ich wollte weder Jackson, Emily oder dich verletzen.«

Harper beginnt am Fingernagel ihres Daumens zu kauen. Das hat sie schon als kleines Kind getan. »Wie hast du Jackson wehgetan?«

Mehrmals muss ich schlucken, bevor ich zu einer Antwort ansetzen kann. »Weil ich den Kuss zugelassen habe.« Ich hätte das nicht tun sollen, denn damit habe ich ihm vermutlich falsche Hoffnungen gemacht.

»Das verstehe ich nicht.« Harper setzt sich auf und schmiegt ihr Gesicht an meinen Unterarm. Erleichtert atme ich aus. Anscheinend habe ich sie nicht verloren.

»Wir werden niemals zusammen sein.« Erst als ich die Worte ausspreche, merke ich, wie wahr sie sind. Auch wenn ich Jackson mehr mag, als gut für mich ist, können wir nicht zusammen sein.

»Wie meinst du das?« Verständnislos sieht Harper mich an.

»Erstens, weil ich eine feste Freundin habe, die ich liebe.« Mein schlechtes Gewissen bringt mich fast um. Ich wollte Emily so etwas nie antun.

»Und zweitens?«, haucht Harper.

»Weil ich eine Schwester habe, die ich liebe. Du bist wichtiger als alle anderen.« Wenn die Sache mit Jackson Harper so mitnimmt, werde ich ihm in Zukunft aus dem Weg gehen. Völlig. Keine Grillpartys. Keine Nachmittage mit der Playstation. Gar nichts, außer absoluter Funkstille.

»Ich habe eine Frage.« Harper sieht mich abwartend an.

»Welche?«

»Wenn du dir nicht sicher bist, ob du schwul bist …«, beginnt sie, »kann es dann sein, dass du bisexuell bist?«

Sieht fast so aus. Dennoch verdrehe ich meine Augen und antworte ausweichend, da ich die Gefühle, die sich in mir breitgemacht haben, nicht wirklich einordnen kann.

»Harper, ich habe keine Ahnung. Ich weiß nur, dass ich früher ausschließlich Emily anziehend gefunden habe. Doch als Jacks aufgetaucht ist, fand ich eben auch ihn sehr ansprechend.«

Was die Untertreibung des Jahres ist. Ich greife mir an meine Lippen. Jacksons Kuss war anders als die, die ich mit Emily ausgetauscht habe, und auch viel schöner. Mein Herz hat aufgeregt in meiner Brust geklopft. Vielleicht mag ich wirklich Männer und Frauen. Oder ich stehe einfach nur auf Jackson. Das würde auch erklären, wieso ich bisher keine anderen Typen anziehend fand. Er ist der einzige Mann, den ich jemals küssen wollte. Ethan oder Dan – in Badehosen – lassen mich komplett kalt. Jackson hingegen nicht. Ich kann aber auch nicht abstreiten, dass mir Emily im Bikini gefällt.

So oft ich die Sache auch in meinem Kopf hin und her drehe, ich komme einfach auf keinen Nenner. Und es ist auch nicht wichtig.

»Ich bin mit Emily zusammen. Das ist alles, was zählt«, sage ich. Verlassen kann ich sie nicht. Nicht jetzt.

Harper murrt zustimmend. »Wirst du ihr von dem Kuss erzählen?«, will sie daraufhin wissen. Darüber habe ich mir noch keine Gedanken gemacht. Ich will sie nicht belügen, aber ihr auch nicht wehtun.

»Ich denke nicht. Es würde sie nur unnötig aufregen.« Ich räuspere mich ein paar Mal, da mir meine nächste Frage unangenehm ist. »Wirst du es ihr sagen?«

Harper nimmt ihren Kopf von meiner Schulter. »Du sagst, du liebst sie?« Sie sieht mir fest in die Augen, als würde sie irgendetwas darin suchen. Vielleicht die Wahrheit.

»Mindestens so sehr, wie ich dich liebe. Sie ist wie Familie für mich.« Ich will Emily nicht verletzen. Der Kuss war ein Ausrutscher und wird sich nicht wiederholen. Meine Zukunft sollte bei ihr liegen. Das muss sie, und das ist doch auch irgendwie das, was von uns erwartet wird.

»Ich werde ihr nichts verraten«, verspricht Harper, während sie sich aufrichtet und nach meinen Händen greift. »Emily liebt dich über alles. Und wenn du sagst, es war eine einmalige Sache, glaube ich dir.«

Dankbar gebe ich ihr einen Kuss auf die Wange. »Das ist mehr, als ich erwartet hätte. Und ich bin dir nicht böse, solltest du deine Meinung einmal ändern.« Immerhin sind Harper und Emily beste Freundinnen. Ich verlange viel von meiner Schwester, indem ich sie bitte, mich zu decken. Wenn die Lüge auffliegt, wird Emily uns beide hassen.

»Ich hoffe, dass ich das nicht tun muss.«

Es ist alles gesagt. Ich will Harper ein wenig Freiraum lassen, also stehe ich auf.

»Danke.«

Mit diesen Worten verlasse ich ihr Zimmer. Kurz vor meiner Tür halte ich inne. Was ist, wenn mir das nächste Gespräch bereits bevorsteht? Ich weiß nicht, ob ich es schaffe, mit Jackson über den Kuss zu sprechen.

Erleichtert atme ich auf, als ich das Zimmer betrete. Er ist verschwunden. Einerseits bin ich froh darüber, andererseits auch enttäuscht.

Kraftlos lasse ich mich auf mein Bett fallen und schließe die Augen. Sofort habe ich sein Gesicht vor Augen. Ich drehe mich zur Seite und hoffe, dass ich es schaffe, mich in Zukunft von Jackson fernzuhalten, obwohl ich es nicht will. Doch ich muss. Für Emily. Für Harper. Für mich.

Kapitel 10

Ich laufe.

Jeden Morgen, seit drei Wochen, jogge ich zum Gordon Pass und wieder zurück. Genau so lange habe ich Jackson nicht mehr gesehen. Und genau so lange schlafe ich nicht mehr besonders gut. Vermutlich, weil mich mein schlechtes Gewissen quält, da ich ihm aus dem Weg gehe. Und weil ich Emily betrogen habe. Nicht zu vergessen, dass ich meine Schwester zur Mitwisserin gemacht habe.

Vor einigen Tagen war Jackson bei uns zu Hause. Als ich seine Stimme gehört habe, bin ich - wie ein Feigling - durch die Hintertür nach draußen gestürmt und zu Emily gelaufen. Es ist besser, wenn Jackson und ich uns nicht mehr sehen. Ich habe keine Ahnung, was er zu Harper gesagt hat oder worüber sie gesprochen haben, aber ich möchte es auch gar nicht wissen. Mir ist nur aufgefallen, dass sie sich wieder öfters sehen. Rein freundschaftlich, behauptet Emily, die mich immer wieder mit Infos zu Harper und Jacks quält. Sie hat die Hoffnung noch nicht aufgegeben, dass aus den beiden doch noch ein Paar wird. Sie träumt von Doppeldates. Ich davon, dass es niemals so weit kommen wird.

Ich beschleunige mein Tempo, um die Gedanken loszuwerden, doch es hilft nicht. Mein Blick schwenkt automatisch nach rechts. Ich weiß, dass sich hinter dem Strandbungalow, an dem ich gerade vorbeijogge, Jacksons Haus befindet. Es kostet mich große Mühe, wieder nach vorne zu sehen. Oder überhaupt weiter nach Hause zu laufen, anstatt einfach zu Jackson gehen und den Tag mit ihm zu verbringen. Obwohl wir uns noch nicht lange kennen, habe ich das Gefühl, dass das zwischen uns etwas Besonderes ist.

Und obwohl in meinem Kopf dieser ganze Kitsch in Dauerschleife abläuft, würde er mir vermutlich die Tür vor der Nase zuknallen. Ich hätte es auf jeden Fall verdient, nachdem wir uns zuerst geküsst haben und ich ihm danach schon wieder aus dem Weg gegangen bin. Doch das ist für mich die einzige Möglichkeit, damit klarzukommen. Irgendwie.

Und auch wenn ich jetzt verschwitzt und keuchend vor seiner Tür stehen würde, könnte ich nichts an unserer Situation ändern. Ich werde nicht mit Emily Schluss machen. Fest beiße ich mir auf die Innenseiten meiner Wangen und sehe weiter stur geradeaus.

Einige hundert Meter entfernt kann ich einen Jogger erkennen, der auf mich zuläuft. Je näher er kommt, desto sicherer werde ich, dass es sich um Jackson handelt. *Was hat das Universum nur gegen mich?*

Nervös sehe ich mich um. Es muss doch hier irgendeine Möglichkeit geben, um vom Strand zurück auf die Straße zu kommen. Aber wenn ich nicht durch einen fremden Vorgarten oder in den Ozean springen will, muss ich mich der Begegnung stellen. Bringt ja nichts, ihm weiter aus dem Weg zu gehen, denn spätestens heute Abend muss ich ihn wiedersehen. Emily hat mit den Mädels einen Kinoabend geplant. Es herrscht Anwesenheitspflicht für den ganzen Freundeskreis, also leider auch für Jacks und mich.

Seufzend drossele ich das Tempo und gehe langsam auf ihn zu. Er hatte offenbar den gleichen Gedanken, denn nun dauert es eine Ewigkeit, bis wir einander gegenüberstehen.

»Hey«, begrüßt er mich.

Ich hebe meine Hand und nicke ihm zu.

Mit verschränkten Armen steht er vor mir und sieht mich abwartend an. »Du gehst mir aus dem Weg.« So ein Blitzmerker.

Ich greife nach dem Saum meines Shirts und wische mir den Schweiß von der Stirn. »Würde ich dir aus dem Weg gehen, wäre ich ins Meer gesprungen.« Der Gedanke, nach Hause zu schwimmen, kommt mir plötzlich gar nicht mehr so abwegig vor. Ich lasse mich in den Sand sinken und vergrabe mein Gesicht zwischen meinen Händen.

»Du weißt, wie ich es meine«, höre ich seine Stimme, ganz nah bei mir. Ich blinzele zwischen meinen gespreizten Finger hindurch und sehe, dass er ebenfalls auf dem Boden sitzt.

»Ja, ich gehe dir aus dem Weg.« Das ist es, was er hören will und auch hören muss.

»Warum?«

Weil du mich geküsst hast und ich nicht weiß, wie ich damit umgehen soll. Weil ich mich zu dir hingezogen fühle und es mir lieber wäre, es wäre nicht so.

Oder weil ich dich jedes Mal, wenn ich dich sehe, in meine Arme ziehen möchte.

Das sollte ich ihm eigentlich antworten, doch ich kann nicht.

»Wegen Harper«, sage ich stattdessen. Es ist keine richtige Lüge, eher ein kleiner Teil der Wahrheit. »Wir haben sie sehr verletzt«, murmele ich.

»Es tut mir leid«, wispert Jackson ebenso leise.

»Dass du mich geküsst hast?«, frage ich ihn.

»Nein!«, kommt es sofort von ihm. »Ich bedauere, dass Harper uns gesehen hat, bevor ich ihr sagen konnte, dass ich schwul bin. Ich wollte ihr nicht wehtun.«

So niedergeschmettert, wie Jackson aussieht, würde ich ihn am liebsten in den Arm nehmen, um ihn zu trösten. Doch ich kann nicht.

»Ich auch nicht«, seufze ich. »Aber das haben wir.«

Jackson schluckt einige Male. Vielleicht sitzt in seinem Hals ein genauso großer Kloß wie in meinem. »Als wir miteinander geredet haben, meinte sie, sie muss erst verdauen, dass ich nicht auf Mädchen stehe.«

Dass Jackson meiner Schwester die Wahrheit verheimlicht hat, macht ihr weit mehr zu schaffen, als dass er mich geküsst hat. Damit hat sie sich wirklich sehr schnell abgefunden. Doch eigentlich dürfte sie Jackson keinen Vorwurf machen. Er hat seine sexuelle Neigung nicht absichtlich verschwiegen. Er wusste einfach nicht, dass es eine Rolle spielt.

»Ihr könnt euch gerne wieder bei uns treffen«, biete ich ihm an. Ich will nicht daran schuld sein, dass Harper und Jackson keine Freunde mehr sind.

»Was ist mir dir?«, fragt er.

»Für mich wäre es kein Problem, wenn du häufiger bei uns zu Hause bist«, weiche ich aus. Natürlich ist mir klar, wie er es gemeint hat.

Jackson verdreht seine Augen. »Das meinte ich nicht.«

Ich greife nach seiner Hand. »Jackson, ich weiß, wie du es gemeint hast. Aber ich bin mit Emily zusammen und ich habe nicht vor, mit ihr Schluss zu machen. Es ist besser, wenn wir uns nicht mehr alleine sehen.«

Eine kleine Ewigkeit betrachtet Jackson meine Hand, die auf seiner liegt. Er beißt sich auf die Lippe. »Beantwortest du mir ganz ehrlich eine Frage?«

Ich ziehe meine Hand zurück und nicke. Zumindest das bin ich ihm schuldig. Immerhin habe ich ihm falsche Hoffnungen gemacht.

»Hast du, als wir uns geküsst haben …« Jackson nimmt einen tiefen Atemzug. »Hast du da *irgendetwas* gefühlt?«

Oh, Jackson. Er sieht mich mit seinen großen, traurigen Augen an und ich weiß nicht, ob ich es besser oder schlimmer mache, wenn ich ihm absolut aufrichtig antworte. Unsicher streiche ich mir eine Haarsträhne aus dem Gesicht.

»Ja, das habe ich.« Mehr als jemals zuvor.

»Bist du bi?«

Jetzt geht das Thema wieder los. Ich habe über nichts anderes nachgedacht. Bin ich schwul oder bisexuell? Die Wahrheit ist, ich weiß es immer noch nicht. Das Einzige, worin ich mir ganz sicher bin, ist: Ich mag Jackson weit mehr, als ich sollte.

»Wir hatten uns auf eine Frage geeinigt«, weiche ich aus. Sofort wendet er den Blick ab und zieht seine Hand aus meiner. Seine Reaktion veranlasst mich dazu, ihm zu antworten, obwohl ich es nicht möchte. »Ich weiß es nicht, Jackson. Bisher war ich ganz glücklich mit meinem Leben. Das mit Emily und mir ist«, ich suche nach dem richtigen Wort, »gut. Unsere Familien freuen sich, dass wir zusammen sind.« Ich glaube wirklich, sie erwarten, dass wir irgendwann mal heiraten.

Ein spöttisches Lachen stiehlt sich aus seiner Brust. »Klingt ja nach der ganz großen Liebe.«

Fassungslos sehe ich ihn an. »Du verstehst das nicht. Emilys Eltern führen ein großes Im- und Exportunternehmen. Wenn Emily und ich …«

Jackson streckt seine Hand aus. »Hör auf weiterzusprechen, sonst kotze ich dir gleich auf die Füße.« Er springt auf und ich erhebe mich ebenfalls. »Weißt du, ich dachte, dass du mit Emily zusammen bist, weil du sie liebst und nicht weil …« Er bricht mitten im Satz ab.

Abweisend verschränke ich die Arme vor der Brust. »Was weißt du schon von Liebe?«

»Anscheinend mehr als du, Mason«, schreit er und stürmt an mir vorbei.

Sofort laufe ich hinter ihm her und bekomme ihn am Oberarm zu fassen. »Du läufst jetzt nicht davon.«

Wütend dreht er sich zu mir um. »Na, dann pass mal schön auf.« Er schubst mich zurück und beginnt loszujoggen. Einige Sekunden starre ich ihm hinterher, doch dann legt sich irgendein Schalter in mir um und ich jage wie der Teufel hinter ihm her.

Er ist schnell.

Aber ich bin schneller.

Bald habe ich ihn eingeholt und als ich nur noch wenige Meter von ihm entfernt bin, springe ich los und direkt auf seinen Rücken. Mit einem Ächzen sackt er zusammen und knallt mit dem Gesicht voran in den Sand. Ich rücke ein Stück von ihm ab, so dass er sich umdrehen kann, klettere aber einige Sekunden später auf ihn und fixiere seine Hände über seinem Kopf in Sand.

»So. Und jetzt entschuldigst du dich bei mir.« Ich beuge mich nach unten und raune die Worte in sein Ohr.

Jackson lacht laut auf. »Ich wüsste nicht, wieso ich das tun sollte.«

»Vielleicht, weil wir das ganze nächste Schuljahr miteinander verbringen müssen und ich keine Lust habe, dich in einen Spint zu stopfen.« Meine Stimme klingt drohend. Ich bin nicht stolz auf mein Verhalten, aber ich kann mich auch nicht davon abhalten, mich wie ein Idiot aufzuführen.

Jackson hebt seinen Kopf ein Stückchen und zischt: »Ich wusste vom ersten Moment an, dass du nicht so nett bist, wie du tust, Arschloch.«

»Ach, bitte.« Ich verdrehe meine Augen. »Wenn ich ein Arsch wäre, würde ich einen Scheiß auf die Gefühle der anderen geben.«

Jackson zerrt an seinen Händen, die ich immer noch fixiere. Ganz nah lehne ich mich an ihn heran. Meine Wange streift leicht über seine und ich mag es, dass ich seine Bartstoppeln auf meiner Haut fühle. Die Berührung beschert mir eine Gänsehaut.

»Wäre ich wirklich das Arschloch, für das du mich hältst, würde ich dich jetzt küssen und mir keine Gedanken über die verletzten Gefühle von Harper, Emily oder dir machen.« Ich hauche die Worte und bemerke, wie sich sein Atem beschleunigt. »Aber ich tue es nicht, denn dann würden mehrere Herzen brechen.« Auch meines, da ich nicht haben kann, was ich mir wünsche.

Ich lasse seine Hände los, klopfe mir den Sand von der Kleidung und lasse Jackson einfach zurück. Ich werfe ihm über die Schulter einen Blick zu. Mit so viel Sarkasmus, wie es mir möglich ist, sage ich: »Wir sehen uns dann später im Kino. Ich freu mich darauf.«

»Ich auch. Übrigens komme ich nicht alleine.« Jackson sitzt mit hinter sich abgestützten Händen im Sand und funkelt mich provozierend an.

»Stell dir vor, ich auch nicht.« Und dann lasse ich ihn einfach stehen.

»Also hast du Emily nichts von dem Kuss erzählt?«, schreit er mir hinterher.

»Nein, habe ich nicht«, sage ich, ohne mich nochmals umzudrehen. Ich hoffe, dass er unser Geheimnis ebenfalls für sich behält.

Absichtlich jogge ich nicht weiter, denn sonst würde mein Abgang wie eine Flucht aussehen. Ich widerstehe auch dem Drang, mich nochmals umzudrehen, bis ich zu Hause ankomme.

Mit einem Tritt schließe ich die Haustür hinter mir und lehne mich dagegen. Keine Minute später steht meine Mutter im Flur.

»Mason, wie siehst du aus?«

Sandig?

Mächtig angepisst?

Nicht zu vergessen die vor Zorn geröteten Wangen.

Offensichtlich erwartet sie keine Antwort, denn sie flüstert aufgeregt: »Hast du vergessen, dass die Bakers heute zum Frühstück kommen?« Aufgebracht zeigt sie zum Esszimmer.

Ich ziehe mein verschwitztes Shirt über den Kopf und werfe es meiner Mom zu. Wenn ich mich schon danebenbenehme, dann richtig. »Ja, habe ich.« Ach, Mist. Das schlechte Gewissen packt mich früher als erwartet. »Entschuldigung, ich gehe kurz duschen. Bin gleich bei euch.«

Schnell laufe ich die Stufen nach oben, um meine Mutter nicht zu sehr zu verärgern. In meinem Zimmer angekommen, steige ich aus meiner Kleidung und lasse sie einfach am Boden liegen. Aufräumen kann ich später noch.

Mit wenigen Schritten bin ich im Badezimmer. Erleichtert stelle ich mich unter die Dusche und genieße das kühle Wasser, das auf meine Haut prasselt und von Sekunde zu Sekunde wärmer wird. Meine Stirn lehne ich gegen die Fliesen und schließe die Augen.

Jackson macht mich verrückt. Absolut verrückt. Ich war so verdammt kurz davor, alle meine Prinzipien und Pläne für die Zukunft über den Haufen zu werfen und ihn einfach zu küssen.

Fluchend steige ich nach einer Weile aus der Dusche, trockne mich ab und suche ein weißes Hemd aus dem Schrank. Die Ärmel krempele ich bis kurz unter die Ellbogen hoch und ich ziehe mir meine neuesten Jeans an. Dann endet mein kurzer Motivationsschub aber auch schon und ich wandere mit schleppenden Schritten nach unten ins Esszimmer. Auf der letzten Treppenstufe werde ich bereits von den lachenden Stimmen meiner Familie begrüßt. Und ja, ich zähle Emily, Dan und ihre Eltern ebenfalls dazu.

»Entschuldigt die Verspätung«, sage ich, als ich den Raum betrete. »Ich habe beim Laufen die Zeit vergessen.«

Mr Baker klopft mir auf die Schulter. »Gut, wenn du dich fit hältst.« Er zwinkert mir vergnügt zu. Ich mag Emilys Dad wirklich gerne und wir kommen gut miteinander klar, auch wenn ich ihn fast noch weniger zu Gesicht bekomme als meinen eigenen Vater. Aber durch das Im- und Exportunternehmen und seinen Job als Bürgermeister arbeitet er fast rund um die Uhr.

Unsere Mütter und meine Schwester begrüße ich mit Küssen auf die Wangen und Dan und meinem Dad mit einem Handschlag. Der Platz neben Emily ist wie üblich für mich gedeckt und ich setze mich neben sie. Beinahe sofort haucht sie mir einen Kuss auf die Lippen.

»Du bist heute früh verschwunden.«

Ich nicke. »Ich wollte dich nicht wecken, Baby.« Ich greife nach ihrer Hand und lege sie gut sichtbar für alle auf den Tisch. Meine Mutter nickt mir zufrieden zu.

Ich lasse meinen Blick über den prall gefüllten Tisch schweifen und mir läuft das Wasser im Mund zusammen. Sieht so aus, als hätten die anderen mit dem Essen auf mich gewartet.

Mit den Worten »Lasst es euch schmecken« animiert uns meine Mom zum Essen. Sofort ziehe ich meine Hand aus Emilys, um mir Rührei und Speck auf den Teller zu schaufeln.

Meine Mutter wird von allen Seiten gelobt, auch von mir. Sie hat sich wirklich wieder selbst übertroffen. Doch leider wird mein Appetit gestört, nachdem ich einen Seitenblick auf den Teller meiner Freundin geworfen habe. Ich beobachte sie dabei, wie sie wieder beginnt ihr Essen herumzuschieben.

Irgendwann reicht es mir. Ich schiebe die Wut, die in mir aufkeimt, auf mein Zusammentreffen mit Jackson, das ich immer noch nicht wirklich verdaut habe. Mit einem gespielten Lächeln lehne ich mich ganz nah zu ihr und zische leise ins Ohr: »Ich schwöre dir, wenn du nicht bald wieder beginnst normal zu essen, erzähle ich deinen Eltern davon.«

An jedem anderen Tag hätte ich das Thema, das mir schon so lange auf der Seele brennt, nicht in diesem Tonfall zur Sprache gebracht, aber ich bin immer noch auf hundertachtzig. *Wieso zum Teufel kommt Jackson heute Abend in Begleitung?*

Ich spüre, wie Emily sich neben mir versteift, und konzentriere mich wieder auf sie. Emilys Probleme sind gerade wichtiger als meine eigene Unentschlossenheit.

Als sie sich zu mir dreht, wirkt ihr Lächeln ebenso gespielt wie meines. Sie lehnt ihren Kopf an meine Schulter und haucht: »Du weißt es?«

Ich nicke und greife nach dem leeren Krug Orangensaft. »Emily und ich gehen kurz in die Küche, um das aufzufüllen.«

Alice, Emilys Mutter, nickt wohlwollend in unsere Richtung. »Wie lieb von euch.« Wahrscheinlich denkt sie, wir wollen ein bisschen in der Küche knutschen, aber ich habe etwas anderes vor.

Ich greife nach der Hand meiner Freundin und ziehe sie hinter mir her. Die Schiebetür schließe ich hinter uns, damit wir ungestört miteinander reden können. Sollen unsere Eltern doch denken, was sie wollen. Von mir aus, dass ich gerade dabei bin, ihnen einen Enkel zu zeugen.

»Ja, ich weiß es. Und ich habe keine Ahnung, wieso es sonst niemand merkt. Seit wann isst du so wenig?«, will ich von ihr wissen.

Sie zuckt mit den Schultern.

»Okay. Dann helfe ich dir. Seit der Pizza-Orgie mit unseren Geschwistern und Jacks habe ich vermehrt darauf geachtet, nach Ethans Grillparty war ich mir dann sicher, dass etwas nicht stimmt.« Und ich werde das Gefühl nicht los, dass es immer schlimmer anstatt besser wird. »Geht es schon länger?«

Emily setzt sich an den Küchentresen und schafft es nicht, mir in die Augen zu sehen. Ich stelle mich hinter sie und schlinge meine Arme und ihren schmalen Körper.

»Ich mache mir Sorgen, Emily«, flüstere ich.

»Seit Ferienbeginn ist es besonders schlimm«, wispert sie zurück.

Ich lasse meine Hände unter ihr Top wandern und streichele über ihre hervorstehenden Rippen. »Aber wieso?«

Seufzend lasse ich sie los und drehe sie so, dass sie mich ansehen muss. Meine Hand lege ich unter ihr Kinn und sehe sie bittend an.

»Rede mit mir«, bitte ich und lehne meine Stirn gehe ihre.

»Ich wollte attraktiver auf dich wirken«, gesteht sie mir. Automatisch fällt mein Kopf in den Nacken und ich starre an die weiße Decke. Sie gibt also mir die Schuld daran, dass sie so gut wie nichts mehr isst. Fein. Warum auch nicht? Machen wir Mason doch auch gleich noch für andere Dinge verantwortlich. Vielleicht für ein verdammtes Fahrrad, das in Amsterdam kaputt geht. Aber ich kann ihr nicht mal böse sein, denn für mich ist nur wichtig, dass es ihr wieder gut geht.

»Wenn alle deine Kurven verschwinden, erreichst du genau das Gegenteil«, erkläre ich ihr, während ich tief in ihre Augen blicke. Ich will nicht, dass sie sich zu Tode hungert.

»Schläfst du deshalb nicht mehr mit mir?« Sie sieht mich ernst an. Erschrocken taumele ich einen Schritt zurück. »Seit dem Tag, an dem du mir gesagt hast, dass du mich liebst, hatten wir keinen Sex mehr.« Unsicher beißt Emily auf ihrer Unterlippe herum.

Es fällt mir schwer, den Kloß in meinem Hals nach unten zu schlucken. Kann es sein, dass ich seit dem Kuss mit Jackson nicht mehr mit Emily …? Aber das wäre doch irgendwie verrückt. Ich versuche mir die letzten Wochen ins Gedächtnis zu rufen. Ich habe fast jede Nacht bei Emily übernachtet, aber nicht mehr mit ihr geschlafen.

»Ich … Das ist mir noch gar nicht aufgefallen«, sage ich ehrlich. »Aber es hat nichts mit deinem Aussehen oder mit dir zu tun.«

»Womit denn dann?«, fragt sie mich.

Natürlich mit dem neuen Jungen in der Stadt, der mir nicht mehr aus dem Kopf geht und mit dem ich liebend gerne neue Erfahrungen machen würde. Ich schließe meine Augen für ein paar Sekunden, um mich zu sammeln.

»Mit nichts. Es gibt keinen Grund.« Die Lüge schmeckt bitter auf meine Zunge und es tut mir leid, dass ich ihr nicht die Wahrheit sagen kann. Aber es fällt mir schwer, mir diese neuen Gefühle einzugestehen. Mit meiner festen Freundin darüber zu sprechen, liegt nicht einmal annähernd im Bereich des Möglichen. Ich mache einen Schritt auf Emily zu und nehme sie fest in den Arm. »Aber lenk nicht ab. Wir sprechen über dein Problem und dich. Und ich will dir helfen, damit du es wieder in den Griff bekommst. Gemeinsam schaffen wir das schon irgendwie.«

Ehrlich gesagt bin ich mir dessen gar nicht sicher. Doch ich muss wenigstens so tun, als wäre ich es.

Dankbar sieht Emily mich an. »Danke, Mason.«

Sie stellt sich auf die Zehenspitzen und küsst mich. Das Herzklopfen bleibt aus, dafür empfinde ich ein starkes Gefühl der Zugehörigkeit. Emily und ich werden das gemeinsam durchstehen und ich werde für sie da sein. Immer.

Kapitel 11

Mit einem Bein in der Hose hüpfe ich auf mein Telefon zu und knalle vor meinem Bett auf den Boden. Natürlich. Langsam wird es zur Gewohnheit.

Irgendwie schaffe ich es, mich aufzurappeln und nach dem Smartphone zu greifen.

»Hallo?«, keuche ich in den Hörer, da ich nicht darauf geachtet habe, wer dran ist.

»Oh. Mein. Gott. Nimm nicht ab, wenn du beschäftigt bist«, motzt Ethan in den Hörer. Ich verdrehe meine Augen, obwohl ich weiß, dass er es nicht sehen kann.

»Bitte, als würde ich an mein Handy gehen, wenn ich *beschäftigt* wäre«, antworte ich ihm schmunzelnd.

»Hätte mich auch gewundert.«

»Neidisch?«, frage ich ihn, obwohl ich weiß, dass es keinen Grund dafür gibt. Immerhin hat mich Emily erst heute Morgen darauf aufmerksam gemacht, dass wir bereits länger nichts mehr in diese Richtung unternommen haben.

Einige Sekunden bleibt die Leitung still. »Nein. Ich habe doch Mia.«

Hätte mir auch noch gefehlt, wenn mein bester Freund eifersüchtig - auf was auch immer - wäre. Genügt doch, dass ich Herzklopfen in der Nähe des Schwarms meiner Schwester bekomme. Kommt das eigentlich nur mir so falsch vor? Es ist besser, ich lasse dieses Thema fallen, sonst fange ich nur wieder zu grübeln an. Also konzentriere ich mich wieder auf Ethan.

»Was kann ich für dich tun?« Ich sehe auf die Uhr in meinem Zimmer. »Wir sehen uns doch in fünfzehn Minuten.«

Emily und Harper sind bereits bei Mia zu Hause, um sich gemeinsam aufzustylen. Anstatt die Mädels wie bei einem echten Date abzuholen, treffen wir sie später direkt vor dem Restaurant.

»Kannst du Jackson und sein Date mitnehmen? Eigentlich wollte Dan das tun, doch der ist schon unterwegs und möchte nicht extra wieder nach Hause fahren.«

Ich lasse mich nach hinten auf mein Bett fallen und lege den Oberarm über mein Gesicht.

»Er hat eine Verabredung?«, frage ich nach, als wüsste ich noch nicht Bescheid. Mein Magen zieht sich auf unangenehme Weise zusammen. Jackson hat zwar gesagt, dass er in Begleitung kommt, aber ich hatte die Hoffnung, es wäre nur ein dummer Spruch, um mich zu verletzen. Nicht weil es der Wahrheit entspricht.

Ethan räuspert sich einige Male und zischt: »Ja, ein Junge. Wusstest du, dass er schwul ist?«

Ich beiße mir auf die Lippe. Soll ich Ethan von dem Kuss erzählen? Es wäre die ideale Gelegenheit und eigentlich rede ich mit meinem besten Freund über alles. Nur das Thema Jackson konnte ich bisher ganz gut ausklammern. Es würde sich wie Verrat anfühlen, den Kuss Ethan gegenüber zu erwähnen. Ich möchte nicht, dass er denkt, Jackson würde wahllos irgendwelche Typen küssen, denn ich denke wirklich, dass das zwischen uns etwas Besonderes war. Aber vielleicht irre ich mich ja auch. Immerhin hat er heute ein Date. Mit einem anderen Typen.

»Ja«, presse ich mühsam heraus.

»Hat er es dir gesagt?«, kommt auch schon die nächste Frage. »Persönlich?«, fügt er noch hinzu.

Ich schnaube laut. »So ungefähr.« Von dem Drama mit Harper möchte ich ihm nichts berichten. Ich habe die leise Hoffnung, wenn ich nicht über die ganze Angelegenheit rede, verschwinden die Gefühle vielleicht von ganz alleine. Schnell wechsele ich das Thema. »Wenn du willst, dass ich pünktlich bin, sollte ich jetzt auch mal in die Gänge kommen.«

»Von deinen Qualitäten als Tratschtante konntest du mich sowieso nicht überzeugen, also können wir gerne auflegen«, murrt Ethan.

»Wenn ich etwas zu erzählen hätte, würde ich es tun.«

Okay. Anscheinend wird lügen immer leichter, je öfter man es tut. Nur das schlechte Gewissen kann ich leider nicht auf Knopfdruck abstellen.

»Eine Frage habe ich dann aber doch noch«, halte ich Ethan auf, bevor er auflegen kann.

»Wusste ich es doch.« Ich kann sein Schmunzeln förmlich vor mir sehen.

»Wie hat er so schnell einen anderen Jungen in Naples gefunden? Ich kenne niemand an der Highschool, der sich offiziell geoutet hat.«

Ethan scheint eine Weile über meine Frage nachzudenken. »Sorry, dafür habe ich auch keine

Erklärung. Vielleicht ist der andere Typ älter als wir?«, mutmaßt er. »Aber ich schätze, wir werden es bald herausfinden.«

Ja, leider. Es wäre mir lieber, wenn jemand anderes Jackson abholen könnte. Aber mir fällt im Moment keine passende Ausrede ein, um mich davor zu drücken. Offensichtlich stehe ich darauf, mich selbst zu quälen.

»Kannst du mir Jacksons Nummer schicken?«, möchte ich von Ethan wissen.

»Hast du die denn nicht?«

»Ich hätte dich nicht gefragt, wenn ich sie hätte«, kontere ich.

»Ich schicke sie dir per WhatsApp. Du solltest jetzt übrigens losfahren«, erinnert mich Ethan.

»Oh. Gut. Bis später.«

Ich ziehe mir meine Jeans, die immer noch unter meinen Knien hängen, an und greife nach einem eng anliegenden, schwarzen Shirt. Darüber ziehe ich mir ein rot-schwarz kariertes Hemd an. Scheiße. Ich sehe aus wie ein Holzfäller. Was habe ich mir dabei nur gedacht?

Wütend pfeffere ich das Hemd in die Ecke und zerre mir das Shirt wieder über den Kopf. Ich starre das weiße Hemd an, das ich heute beim Frühstück getragen habe an. Ich habe darin wirklich gut ausgesehen. Allerdings kennt Emily das Hemd bereits. Jackson aber noch nicht.

Ich klatsche mir mit der Hand auf die Stirn. Ich bin doch echt nicht ganz normal. Obwohl ich an meinem Geisteszustand zweifele, schlüpfe ich in das

Hemd, sprühe mich mit Parfüm ein und checke meine Frisur. Verdammt. Ich würde mich selbst daten, wenn ich könnte.

Mein Ego und ich schlendern lässig die Stufen nach unten. Ich schlüpfe in meine schwarzen Chucks und starre einige Sekunden auf die verschiedenen Autoschlüssel, entscheide mich aber für meinen Range Rover.

Auf der Fahrt zu Jacksons Haus wird mir kotzübel. Ich habe nicht die geringste Lust darauf, sein Date und ihn herumzukutschieren. Vielleicht steigt Jackson ja schneller ein als seine Begleitung und ich kann einfach Gas geben, um den anderen Typen loszuwerden?

Ich kralle meine Hände fest ums Lenkrad, nachdem ich den Motor abgestellt habe. Eigentlich sollte ich Jackson vor der Haustür abholen oder ihn zumindest anrufen, aber ich drücke nur ein paar Mal auf die Hupe. Er hält mich für ein Arschloch? Das kann er haben.

Gebannt hypnotisiere ich die Eingangstür und zucke leicht zusammen, als sie sich wirklich öffnet. Meine Hoffnung, Jackson könnte alleine kommen, löst sich in Luft auf. Mit zusammengekniffenen Augen betrachte ich seine Begleitung. Der Typ ist einen halben Kopf kleiner als Jackson, hat rötliche Haare, ist schmal gebaut und sieht einfach ganz anders aus als ich. Keine Ahnung, ob ich nun erfreut oder gekränkt sein soll, denn entweder entspreche ich oder der andere Kerl nicht Jacksons Typ.

Durch den Rückspiegel beobachte ich Jackson dabei, wie er seinem Date die hintere Autotür öffnet. Wie ritterlich. Sollte er jetzt ebenfalls Anstalten machen, hinten einzusteigen, dann ändere ich meinen Plan, gebe Gas und nehme nur den fremden Typen mit statt Jackson. Ich bin kein Taxi!

Vorsichtshalber lege ich schon mal den Gang ein, doch Jacks schließt die Tür hinter seinem Date – allein dieses Wort zu denken lässt meine Eingeweide zusammenkrampfen –, um keine Sekunde darauf die Vordertür zu öffnen.

»Hey«, begrüßt er mich. »Das ist Jeff.«

Am liebsten würde ich ihn anschreien und fragen, in welchem Verhältnis er zu Jeff steht, doch ich zwinge ein Lächeln auf mein Gesicht und drehe mich zu dem Typen um. Ja, der Name passt. Definitiv. Der sieht genauso blöd aus, wie sein Name klingt.

Na gut. Tut er nicht.

»Hallo«, sage ich. Das »Nett dich kennenzulernen« spare ich mir, denn es ist alles andere als das. Jeder Termin beim Zahnarzt macht mehr Spaß.

Keine Ahnung, was in mich fährt, als ich mich über die Mittelkonsole lehne und Jackson umarme. Okay, ich weiß es ganz genau. Ich bin verflucht noch einmal eifersüchtig. Gelb steht mir nicht besonders.

»Schön dich zu sehen, Jacks.« Den vertraulichen Spitznamen verwende ich absichtlich. »Freust du dich schon auf das Essen und den Film?« Als ich mich von ihm löse, würde ich meinen Kopf gerne gegen das Lenkrad knallen. Mein Verhalten ist mehr als kindisch. Und ich vermute, dass mir bald nicht mehr zu helfen ist und ich verrückt werde. Wegen Jackson.

Ich werfe ihm einen Blick zu und bemerke erst jetzt sein Outfit. Er hat sich definitiv für sein Date zurechtgemacht. Er trägt schwarze Hosen und ein grünes Langarmshirt, dessen Ärmel er bis zu den Ellbogen hochgeschoben hat. Und seine Haare sind gestylt. Ich glaube, es ist das erste Mal, dass ich Jacks mit so etwas Ähnlichem wie einer Frisur sehe.

Mit leicht geöffnetem Mund sieht er mich an. »Ja, ich denke schon.«

Worüber hatten wir gerade gesprochen? Er dreht sich zu seinem Date um, das ich immer noch ignoriere.

»Du dich doch auch, oder?« Das strahlende Lächeln, das er Jeff schenkt, bringt mich dazu, meine Zähne fest zusammenzubeißen.

Nur nicht ausflippen, Mason. Es stört dich nicht, dass Jackson ein Date hat. Du triffst dich doch auch gleich mit deiner Freundin.

»Auf jeden Fall. Ich bin bereits auf deine neuen Freunde gespannt.«

Kann es sein, dass Jacks gerade gar kein Date hat und Jeff nur ein guter Kumpel ist?

Ich setze den Blinker und fahre los. Interessiert werfe ich einen Blick in den Rückspiegel. »Ihr seid also alte Bekannte?«

»Ja«, kommt es zweistimmig von meinen Mitfahrern. Nun, sehr viel schlauer bin ich noch nicht.

»Aus Massachusetts?« Aus dem Augenwinkel sehe ich, wie Jackson mich betrachtet. Ob er nach unserem Aufeinandertreffen am Strand noch böse auf mich ist? Im Nachhinein bereue ich mein Verhalten, denn ich habe mich wie ein Arschloch aufgeführt. So bin ich eigentlich nicht und so möchte ich auch nicht sein.

»Genau. Ich bin zu Besuch bei Jackson, bevor die Ferien wieder zu Ende gehen«, erklärt Jeff mir.

Geht es verdammt noch mal ein bisschen genauer? In welcher Beziehung steht ihr zueinander? Seid ihr nur Freunde oder doch mehr als das? Und hast du Jackson schon einmal geküsst?

All diese Fragen gehen mir durch den Kopf, doch ich stelle sie natürlich nicht. Ich räuspere mich.

»Also dachtest du dir, du springst mal schnell in einen Flieger, besuchst unseren Jackson und siehst nach, ob er sich gut eingelebt hat.« Ich fixiere Jeff im Rückspiegel, der mich anlächelt.

»Genau.«

»Wie nett.« Ich richte meinen Blick wieder auf den Gordon Drive, kann mich aber nicht davon abhalten, mit meiner Hand auf Jacksons Oberschenkel zu klopfen. »Keine Sorge. Wir kümmern uns gut um ihn.«

Jackson legt seine Hand auf meine, aber nur, um sie von seinem Bein zu entfernen. Gut, dann will er eben keinen Körperkontakt. Ich auch nicht.

»Ja, ich wurde gut integriert«, antwortet er laut. »Wenn mir gerade niemand aus dem Weg geht«, flüstert er viel leiser.

»Das ist doch toll, *Handsome.*«

Mein Fuß tritt von alleine auf die Bremse und ich sehe aus dem Augenwinkel, wie Jackson sich mit seinen Händen auf der Mittelkonsole abstützt. *Wie bitte? Handsome*?

»Scheiße, was sollte das?«, fährt Jacks mich an.

Ich sitze einige Sekunden starr im Wagen. Fahrig deute ich mit meiner Hand auf die Straße. »Da war eine Katze.«

»Die habe ich nicht gesehen«, meint Jackson.

Weil sie nicht da war, du Idiot.

Laut sage ich: »Tut mir leid, aber das Leben der Tiere geht vor.«

Jeff lehnt sich nach vorne und klopft mir auf die Schulter. »Das ist toll von dir«, pflichtet er mir bei. Ich reagiere nicht auf ihn, da ich einfach zu ignorieren versuche, dass er ebenfalls im Wagen sitzt. Als ich mich einigermaßen im Stande fühle, das Auto weiter zum Restaurant zu lenken, fahre ich wieder los. Ich versuche die beiden Jungs, so gut es geht, auszublenden.

Kann es sein, dass ich hier gerade mit Jackson und seinem Exfreund oder – noch schlimmer – Jetzt-wieder-Freund im selben Auto sitze? Warum sonst sollte Jeff ihn *Handsome* nennen? Obwohl mich diese Information brennend interessieren würde, beiße ich mir auf die Lippen. Ich will nicht mehr mit ihnen sprechen. Mit keinem der beiden. Also bleibe ich stumm und trage eine ganze Menge zu der unangenehmen Stimmung im Wagen bei. Okay, eigentlich bin ich ganz alleine schuld daran.

Mit einem Seufzer der Erleichterung lenke ich den Wagen auf den Parkplatz des Italieners. So schnell ich kann, springe ich aus dem Auto und gehe auf meine Freunde zu, die bereits warten. Nur weit weg von Jackson und Jeff.

Während Jackson seinen Freund vorstellt, beschäftige ich mich damit, Emily ausgiebig zu begrüßen. Schwer atmend stemmt sie ihre Hände gegen meine Brust und löst sich mit leuchtenden Wangen von mir.

»Hey, Baby«, raunt sie gegen meine Lippen. »Hast du mich vermisst?«

Darauf kann ich nicht antworten. Alles, was ich sagen würde, wäre eine Lüge. Ich habe sie nicht vermisst. Nicht einmal ein bisschen. Und das sollte mir zu denken geben. Anstatt endlich zu meinen Gefühlen zu stehen, umarme ich Emily, blicke dabei aber über ihre Schulter hinweg, zu Jackson. Er sieht mich nicht, da er damit beschäftigt ist, seine Schuhe anzustarren.

»Gehen wir rein?«, fragt Mia.

»Sollten wir nicht auf deinen Bruder warten?« Ich sehe mich um, kann ihn aber nirgends entdecken.

»Der ist bereits drinnen. Er wollte einen Tisch besetzen, da wir nicht reserviert haben.«

»Wie vorausschauend«, meint Jeff, und ehrlich: Der Typ geht mir mehr als auf die Nerven. Was findet Jackson denn an ihm?

Mit eingezogenem Kopf gehe ich nach drinnen. Ich ziehe Emily auf den Stuhl neben mir. Nicht weil ich unbedingt neben ihr sitzen möchte, sondern weil ich eine Mission habe. Emily muss heute noch etwas essen.

Jackson setzt sich mir gegenüber. Natürlich. Er will mich definitiv quälen und irgendwie habe ich das auch verdient. Ich studiere die Speisekarte und bestelle viel zu viel, da ich mitbekomme, dass Emily wieder nur nach einem Salat ohne Dressing gefragt hat.

Die Gespräche der anderen blende ich aus. Ich will nichts über Jackson und Jeffs Zeit in Boston hören. Als mir meine Hauptspeise mit den unzähligen Beilagen serviert wird, starrt Jeff mich anerkennend an.

»Wo isst du das alles hin?«, möchte er wissen und lässt seinen Blick über meinen Körper schweifen.

Eine knappe Antwort muss genügen, also beschränke ich mich auf: »Ich gehe regelmäßig laufen.«

Er schlingt seinen Arm um Jacksons Hüfte. »Du doch auch noch, oder? Früher hast du immer gemeckert, dass du mit mir gemeinsam joggen möchtest.«

Ich spieße eine Kartoffel auf meine Gabel und stelle mir vor, es wäre Jeffs Auge. »Wir können gerne gemeinsam am Strand laufen, wenn du möchtest«, biete ich Jackson höflich an. In meinem Kopf ploppen die Bilder von heute Morgen wieder auf. Wie ich auf seinen Rücken springe und ihn in den Sand werfe. Nicht gerade meine Sternstunde. Wenn ich Jacksons rote Wangen richtig deute, denkt er ebenfalls daran. Mit einem Lächeln auf dem Gesicht drehe ich mich zu Emily.

»Mund auf«, flüstere ich ihr zu und halte ihr die Kartoffel vors Gesicht. Sofort kommt sie meiner Aufforderung nach. So wandert nach und nach immer mehr von meiner Portion in Emilys Magen. In den letzten Tagen habe ich mir mehr als einmal gewünscht, dass mein Leben wieder so wie vor einem halben Jahr sein soll. Keine Freundin mit angehendem Essproblem und kein Junge, der mich verrückt macht, indem er einfach neben mir sitzt und eigentlich gar nichts tut.

»Eure Verliebtheit hat einen Höhepunkt erreicht, der besser nicht überschritten werden sollte«, motzt Dan.

Mit hochgezogener Augenbraue werfe ich ihm böse Blicke zu.

»Sei nicht traurig, Danny-Boy. Irgendwann findest du auch noch jemanden«, zieht Ethan ihn auf.

Meine Schwester beobachtet mich mit schräg gelegtem Kopf und ich bin mir sicher, sie ist nicht die Einzige am Tisch. Obwohl sich unsere Freunde über uns lustig machen, lässt Emily sich weiterhin brav von mir füttern. Vielleicht habe ich sie heute Morgen irgendwie mit meinen Worten erreicht.

Nach dem Essen verabschiedet sich Emily auf die Toilette. Sofort springe ich auf und laufe ihr hinterher.

»Echt jetzt?«, fragt Mia. »In einem Restaurant?«

Ich wedele mit der Hand vor meinem Gesicht herum, um ihr zu verdeutlichen, dass sie spinnt.

Emily hat nicht bemerkt, dass ich ihr folge, denn sie zuckt zusammen, als ich mich hinter ihr in die Damentoilette schiebe.

Ich greife nach ihrer Hand und streichele sie. »Es tut mir leid, dass ich diese Frage stellen muss, aber du gehst nicht kotzen, oder?« Vielleicht hätte ich nicht so direkt nachfragen sollen, aber so bin ich leider. Ich tue oder sage Dinge, ohne vorher darüber nachzudenken.

Emily Mund klappt weit auf. »Nein, ich wollte nur auf die Toilette.«

»Dann wird es dich nicht stören, wenn ich hierbleibe? Nur um ganz sicher zu sein.«

Bockig verschränkt sie ihre Arme vor der Brust. »Danke für dein Vertrauen«, giftet sie. Das Beben ihrer Unterlippe steht im krassen Gegensatz zu ihren bissigen Worten. Ich ziehe Emily nah ein meinen Körper und stupse meine Nase gegen ihre.

»Ich weiß, dass du mich niemals enttäuschen würdest.«

Es ist nicht in Ordnung, ihre Gefühle für mich auszunutzen, damit sie ihr Problem wieder in den Griff bekommt. Eigentlich ist es unterste Schublade. Aber trotz allem, was im Moment in mir vorgeht, ist Emily mir immer noch verdammt wichtig, und ich muss sie doch irgendwie zur Vernunft bringen. Sollte ich es nicht schaffen, muss ich ihrer Familie Bescheid sagen, was ich nur ungern tun würde. Emily würde sich von mir verraten fühlen.

Ich mache mich von ihr los und lasse sie alleine. Als ich den Raum verlasse, wartet vor der Toilette

Jackson mit vor der Brust verschränkten Armen. Mit seinem Kopf deutet er zum Männerklo.

Unschlüssig fahre ich durch meine Haare, gehe dann aber in den Raum. Jackson folgt mir, und sobald die Tür geschlossen ist, schubst er mich leicht.

»Musst du diese Liebesshow unbedingt vor mir abziehen?« Anscheinend ist das jetzt unser neues Ding. Uns gegenseitig wehzutun. Egal ob mit Taten oder Worten.

»Wie bitte?« Er hat doch ebenfalls einen Jungen dabei. Entschuldigung, dass ich versuche mich abzulenken.

Böse funkelt Jackson mich an. »Du hast mich schon richtig verstanden.«

»Emily ist meine Freundin«, erinnere ich ihn.

Er macht einen Schritt nach vorne und bekommt mich am Kragen meines Hemdes zu fassen. Mit einer schnellen Bewegung zieht er mich näher zu sich. »Du bist so ein egoistischer Arsch.«

Leider kann ich das nicht abstreiten. So wie ich mich in letzter Zeit benehme, trifft seine Definition von mir ganz gut zu. Laut lache ich auf, obwohl mir alles andere als danach ist.

»Oh mein Gott. Hatten wir dieses Gespräch nicht erst?«

Ich bin mir nicht hundertprozentig sicher, aber ich bilde mir ein, Jacksons Zähne knirschen zu hören. Er geht nicht auf meine Frage ein.

»Was sollte das im Wagen? Du hast deine Hand auf meinen Oberschenkel gelegt.« Scheiße, das kann ich nicht mal abstreiten. »Und sobald du Emily siehst, tust du so, als wäre ich nicht mehr da. Wir müssen das in den Griff bekommen. Ich dachte, wir sind Freunde.«

Eine Ohrfeige hätte nicht mehr wehtun können. Ich lasse ihn los, als hätte ich mich verbrannt.

»Wir sind viel mehr als das, *Handsome!*«, zische ich. Ich benutze absichtlich Jeffs Kosenamen für Jackson. »Wann wolltest du mir denn sagen, dass dein Freund dir einen Besuch abstattet? Wolltet ihr ein wenig in Nostalgie schwelgen? Um der alten Zeiten willen?«

Als ich mir vorstelle, wie die beiden sich küssen, brennt eine Sicherung in meinem Kopf durch. Ich mache einen Schritt auf ihn zu und dränge mich ganz dicht an seinen Körper. Wie von selbst legen sich meine Hände auf seine Schultern und ich fühle mich ein kleines bisschen besser, weil ich ihn endlich berühren kann.

Jackson öffnet seinen Mund, um etwas zu sagen, doch ich lasse ihn nicht. Eine meiner Hände wandert in seinen Nacken, während ich seinen Mund mit meinem verschließe. Mit meinem Körper schiebe ich ihn nach hinten, bis er gegen die Eingangstür gepresst dasteht. Mein Atem beschleunigt sich, genauso wie mein Herzschlag. Der Kuss, den ich ihm gebe, ist nicht so sanft und verspielt wie unser erster. Er ist wütend und hungrig. Meine zweite Hand kralle ich in seine blonden Haare, damit ich ihn noch intensiver küssen kann. Jacksons Finger wandern über meinen Körper und als sie gerade dabei sind, sich unter mein Hemd zu schieben, löse ich mich schwer atmend von ihm.

»Emily hat eine Essstörung, denke ich. Deshalb habe ich sie gefüttert.«

Jackson zwinkert einige Male und er legt seine Hand auf seine Lippen, als könnte er nicht glauben, was soeben passiert ist und wie ich es schaffen konnte, mit wenigen Worten den Moment zu zerstören.

»Ist das der Grund, wieso du ihr auf die Toilette gefolgt bist?«

»Ja.«

Erleichtert atmet Jackson aus.

Ich lege meine Hand an seine Wange. »Ich will dich mit meinem Verhalten nicht provozieren …« – okay, manchmal will ich es – »… aber ich kann mich nicht einfach von Emily trennen. Auch wenn ich es gerne würde.« Wow. Endlich sind die Worte raus, die mich schon seit Tagen quälen. Ich gebe Jackson einen weiteren Kuss, dieses Mal viel sanfter. »Bist du wieder mit *Jeff* zusammen?« Den Namen betone ich so abfällig, wie es geht.

»Nein, bin ich nicht.« Jackson schüttelt seinen Kopf mit einer Intensität, als wären meine Worte das Absurdeste, was er jemals gehört hat.

»Was will er dann hier?«

Jackson zuckt mit seinen Schultern. »Er hat mich mit dem Besuch überrascht. Ich hatte keine Ahnung, dass er kommt.« Einen tiefen Atemzug später spricht er weiter. »Wir haben uns eigentlich getrennt, weil wir keine Fernbeziehung wollten.«

»Und uneigentlich?« Traurig sehe ich ihn an, obwohl ich eigentlich kein Recht dazu habe, ihm Vorwürfe oder Schuldgefühle zu machen. »Immerhin ist er nun hier.«

»Ja, das ist er.«

»Habt ihr was miteinander?«

Jackson wendet den Blick ab. »Ich wüsste nicht, was dich das angeht. Du hast doch eine Freundin.«

»Das eine hat mit dem anderen nichts zu tun«, sage ich zu ihm. Es gibt bestimmt tausend Gründe, warum ich mich nicht von Emily trennen kann. Oder will.

»Nur um das zu verstehen.« Mit einer Hand stemmt Jackson sich gegen meine Brust und drückt mich von sich weg. Der fehlende Körperkontakt macht mir mehr zu schaffen, als er sollte. »Du bist eifersüchtig auf meinen Exfreund, obwohl du eine Freundin hast?«

Ich mache wieder einen Schritt auf ihn zu. »Ja.« Leugnen ist doch sowieso zwecklos.

Jackson befeuchtet nervös seine Lippen. »Ich habe Jeff geküsst.« Seine Worte hauen mich fast um. Ich stolpere ein paar Schritte zurück, bis ich am Waschbecken anstoße.

»Auch mehr?«, krächze ich. Meine Hand wandert zu meinem Hals. Ich habe das Gefühl, die Luft bleibt mir weg. Der Gedanke, dass Jacks einen anderen Mann berührt, macht mich fertig.

»Mason, weißt du was? Du schläfst jeden Tag mit deiner Freundin und jetzt machst du hier einen auf

… ich weiß auch nicht was.« Während er spricht, wirft er seine Hände ungläubig in die Luft.

»Ich habe Emily seit unserem Kuss nicht mehr angefasst«, fauche ich.

Jackson zeigt sich von meinen Worten nicht besonders beeindruckt. »Dafür betatscht du sie aber ziemlich häufig.«

»Du weißt, was ich meine. Wir schlafen nicht mehr miteinander.« Meine Augen werden groß, weil die Worte einfach meinen Mund verlassen haben. Ich wollte ihm nicht davon erzählen.

»Ihr … was?«

»Du hast schon richtig gehört«, seufze ich und senke meinen Blick.

»Aber wieso? Du liebst sie doch, oder?«

Ich schüttele meinen Kopf. Ich liebe Emily, aber nicht mehr so, wie sie es verdient. Sie ist mir immer noch wichtig und ich will sie nicht verletzen. Ich könnte mir nicht vorstellen, auch nur einen Tag ohne sie zu verbringen, aber ich habe nicht einmal mehr das geringste Bauchkribbeln, wenn ich sie küsse. Ich fühle dabei nichts, außer einer Vertrautheit, die ich bestimmt vermissen würde. Wenn ich Emily verlasse, wäre die Freundschaft zwischen uns zwangsläufig beendet.

Ich greife nach Jacksons Hand und sehe ihn an. »Ich habe mich in jemand anderen verliebt. Und das, obwohl ich ihn nicht mal richtig kenne.«

Es dauert einige Sekunden, bis Jackson meine Worte versteht. Lächelnd schmeißt er sich in meine Arme, legt seine Handflächen an mein Gesicht und reibt seine Nase leicht an meiner, bevor er mich küsst. Es kribbelt in meinem Magen und das Gefühl fängt an, sich auf meinen ganzen Körper auszuweiten, doch ich unterbreche den Kuss.

»Jacks, das ändert gar nichts.« Meine Stimme klingt brüchig, als ich die Worte ausspreche, und ich würde mich am liebsten auf dem Boden zusammenrollen, um den Schmerz besser ertragen zu können.

Jackson macht ein paar Schritte zurück und lehnt sich gegen die Wand. »Aber … Ich verstehe dich nicht.«

Mit meinen Handflächen reibe ich mir über das Gesicht. »Wenn ich Emily jetzt verlasse, weiß ich nicht, wie es mit ihr weitergeht.« Fragend sieht er mich an. »Das Essproblem«, präzisiere ich. Auch wenn es nur die halbe Wahrheit ist.

Ich habe nicht nur Angst, dass Emily die Trennung nicht gut verkraftet. Ich habe auch die Befürchtung, meine älteste Freundin zu verlieren. Und ich sterbe fast bei dem Gedanken daran, irgendjemand von meinen Gefühlen für Jackson zu erzählen. Ich kann das einfach nicht. Und hier ist weder der richtige Ort noch der Zeitpunkt, um das länger zu besprechen. Bestimmt fragen sich die anderen, wo wir bleiben.

»Das ist doch verrückt, Mason. Du kannst nicht nur deswegen mit ihr zusammen bleiben. Es muss eine andere Möglichkeit geben.« Seine Stimme bricht.

Ein letztes Mal lege ich meinen Mund auf seinen und koste von diesen verdammt weichen Lippen.

Ich kann einfach nicht genug von seinem Geschmack bekommen. »Leider sehe ich keine.«

Mit wenigen Schritten bin ich bei der Tür. »Schlaf nicht mit ihm«, bitte ich ihn. Ich warte nicht auf seine Antwort, sondern verlasse die Waschräume, um zu den anderen zurückzukehren.

»Wo warst du so lange?«, will Emily beim Tisch wissen.

Ich beuge mich zu ihr. »Baby, die Antwort würde dich nur verstören.« Definitiv nicht gelogen. Mit einem falschen Lächeln lege ich meine Hand um ihre Schultern. Ich bin so ein Arschloch. »Ich war nur auf der Toilette.«

Ich wende mich den anderen zu. »Fahren wir jetzt ins Kino?« Jackson kommt mit hängendem Kopf zurück zum Tisch. Miles wirft ihm einen fragenden Blick zu, doch er schüttelt nur seinen Kopf und lehnt sich gegen Jeff. Meine Hand zuckt, da ich … keine Ahnung. Irgendetwas machen will, damit Jacks wieder Abstand zwischen sich und seinen Was-auch-immer bringt.

»Ja, lasst uns abhauen«, meint Mia. Auch die anderen stimmen zu, und nachdem wir bezahlt haben, teilen wir uns auf die Autos auf und fahren los.

Kapitel 12

»Ich hätte gerne Popcorn«, sage ich zu niemand Bestimmtem. Jackson steht hinter mir in der Schlange und ich spüre seinen Atem in meinem Nacken, als er spricht.

»Kino ohne Popcorn wäre ja auch ein Ding der Unmöglichkeit.«

Okay, er weiß jetzt, dass ich auf ihn stehe und will mich quälen.

Meine Schwester und die anderen haben sich in der Reihe neben uns angestellt, damit wir schneller in den Kinosaal kommen.

Ich drehe mich zu Jackson um, doch als mein Blick auf Jeff fällt, der seinen Arm um Jacksons Hüfte geschlungen hat, sinken meine Mundwinkel nach unten.

»Also, ich bin voll. Ich brauche gar nichts mehr.« Emily zieht an meiner Hand, um meine Aufmerksamkeit wiederzuerlangen.

»Ich kaufe dir Schokolade, Baby.« Demonstrativ lege ich meinen Arm um Emilys Schultern und ziehe sie dicht an meinen Körper.

»Einmal M&Ms und den Jumbobecher Popcorn«, bestelle ich.

»Das kannst du doch niemals essen.« Emily sieht mich mit großen Augen an. »Ich dachte mir, Jackson und Jeff können ja mitessen.« Ich drehe mich zu den beiden um und sehe sie fragend an.

»Jeff mag kein Popcorn«, erklärt mir Jackson. Ich beiße meine Zähne fest aufeinander. Natürlich weiß er ganz genau, was Jeff mag oder nicht. Schließlich waren die beiden ein Paar, falls sie nicht gerade sogar auf eine Wiedervereinigung zusteuern. Jetzt, wo ich deutlich gemacht habe, dass nie etwas zwischen uns laufen wird, wäre es nur legitim, dass er sich um jemand anderen bemüht. Aber das will ich nicht. Meine widersprüchlichen Gefühle werfen mich beinahe aus der Bahn. Kann das nicht endlich aufhören? Doch jetzt, wo ich mir meine Gefühle eingestanden habe – und sogar Jackson davon erzählt –, wird es nur noch schlimmer.

»Dann soll er sich doch etwas anderes kaufen«, knurre ich schlecht gelaunt.

Jackson verdreht die Augen. »Von mir aus.«

Jeff sieht mich erschrocken an, so dass ich mich noch mieser fühle als ohnehin schon. Emily ignoriert meinen verbalen Aussetzer einfach. Immerhin ist so etwas in letzter Zeit keine Seltenheit mehr.

Ich nehme unsere Sachen, während Jackson Getränke und Nachos für Jeff bestellt. Emily zieht mich bereits in Richtung Kinosaal, doch ich bekomme noch mit, dass Jackson für die gesamte Bestellung bezahlt.

Wie. Bei. Einem. Richtigen. Date.

»Wieso schaust du so böse?«, will Em wissen.

»Tu ich doch gar nicht.«

Sie zieht ihre Augenbrauen in die Höhe. »Na, wenn du das sagst.«

»Wo sollen wir sitzen?«, frage ich, um sie abzulenken.

»Irgendwo mittig.« Sie sieht sich um. »Alle zusammen passen wir sowieso in keine Reihe.«

»Stimmt. Was hältst du von den Plätzen dort vorne?« Ich zeige in die Richtung. »Dann können Jackson und *Jeff* neben uns sitzen.«

Emily legt ihre Hand auf meinen Unterarm und stoppt mich. »Wieso betonst du den Namen von Jeff immer so komisch?«

Ich lache laut auf. »Weil ich ihn dämlich finde.« Leicht bewege ich meinen Arm, damit Emily entweder loslässt oder sich wieder in Bewegung setzt. Sie entscheidet sich für Ersteres.

»Jeff an sich oder nur den Namen?« Ich hätte gerne mit »beides« geantwortet, doch ich reiße mich gerade noch zusammen.

»Nur den Namen, Emily.« Wir schlängeln uns an ein paar Leuten vorbei, um die Plätze zu belegen.

Gerade als sie sich setzt, betreten Jackson und Jeff den Saal. Ich winke ihnen, damit sie wissen, wo wir sind.

»Danke.« Jackson lässt sich neben mich fallen und sieht sich um. »Ganz schön viel los hier.«

Emily lehnt sich über mich und nickt Jackson zu. »Ja, schade, dass wir nicht alle zusammen in einer Reihe sitzen können.«

Toll. Jetzt unterhalten sie sich auch noch miteinander.

Harper kommt gemeinsam mit den anderen in den Kinosaal. Sie sieht sich suchend um, bis sie uns schließlich entdeckt. Es wirkt so, als wäre sie ein kleines bisschen enttäuscht. Doch sie fängt sich schnell wieder und nimmt dann einige Reihen hinter uns, zwischen Mia und Dan, Platz. Ich bin froh, als das Licht gedimmt wird und der Film beginnt. Den Jumbobecher mit Popcorn stelle ich auf meinen rechten Oberschenkel, damit Jackson gut hineingreifen kann.

Während der Vorspann läuft, berührt Jackson das erste Mal unabsichtlich meine Finger, als er in die Tüte greift. Doch je länger der Film dauert und je öfter sich unsere Finger streifen, desto sicherer bin ich, dass Absicht dahintersteckt.

Aus den Augenwinkeln beobachte ich Emily, die mit leicht geöffneten Lippen wie gebannt auf die Leinwand starrt und M&Ms in sich hineinstopft. Als ich mich Jackson zuwende, bemerke ich, dass er mich beobachtet. Ich stelle das Popcorn auf mein linkes Bein, näher zu Emily. Meine rechte Hand lasse ich langsam über die Armlehne bis zu Jacksons Sitz wandern und lege sie mit der Handfläche nach unten hin. Spätestens jetzt muss er mich für irre halten. Oder schizophren. Vor nicht mal einer Stunde habe ich ihm erklärt, dass ich nichts mehr von ihm will, und jetzt möchte ich offensichtlich mit ihm Händchen halten, obwohl uns jederzeit jemand dabei beobachten könnte. Meine Freundin. Oder sein Was-auch-immer.

Ich habe das Gefühl, jeden Moment zu ersticken. Erst als Jackson seine Hand in meine legt, bekomme ich wieder besser Luft.

Sanft reibt er mit seinen Fingerspitzen über meine Handfläche. Ich bin in diesem Moment aufgeregter als vor meinem ersten Mal mit Emily. Jede noch so kleine Berührung jagt eine Gänsehaut über meinen ganzen Körper. Ich traue mich nicht einmal, daran zu denken, was wäre, wenn ich ihn küssen würde.

Ich habe mich wirklich in Jackson verliebt, weiß aber nicht, wie ich damit umgehen soll. Und ich schiebe tausend Gründe vor, um mich nicht damit auseinandersetzen zu müssen. Emily ist eine gute Entschuldigung, um die Sache zwischen uns unverbindlich zu halten. Doch was wäre, wenn ich sie wirklich verlassen würde? Dann würde Jackson keine meiner Ausreden mehr gelten lassen.

Aber wie soll das mit ihm und mir funktionieren? Eine geheime Liebe, von der niemand wissen darf? Ich fühle mich nicht bereit dafür, jemand anderem zu sagen, dass ich mich in einen Jungen verliebt habe.

Ich habe gar nicht bemerkt, wie fest ich Jacksons Hand umklammere, bis zu dem Zeitpunkt, als er genauso fest zurückdrückt. Erschrocken lasse ich los.

Er beugt sich leicht zu mir. »Alles in Ordnung?«, flüstert er.

Ich schüttele meinen Kopf. »Nein. Irgendwie ist nichts mehr in Ordnung, seit du hier bist«, wispere ich leise zurück. Danach rücke ich etwas näher zu Emily, um Abstand zwischen Jackson und mich zu bringen. Meinen Blick kann ich aber nicht abwenden.

Er beißt sich auf die Lippe und sieht nach unten. Mir ist klar, dass ich ihn mit meiner erneuten Zurückweisung gekränkt habe, aber ich kann nicht aus meiner Haut.

Ich. Kann. Nicht.

Den Rest des Filmes starre ich stur auf die Leinwand. Sobald der Abspann läuft, springe ich auf, um den Kinosaal so schnell wie möglich zu verlassen. Suchend sehe ich mich nach meinen Freunden um und erstarre. Mit offenem Mund beobachte ich meine Schwester und Dan dabei, wie sie sich küssen.

»Ach du Scheiße.« Es ist eigenartig zu sehen, wie die kleine Schwester mit dem Typen herummacht, der wie ein Bruder für mich ist. Emily blickt in die gleiche Richtung. Sie kann sich offensichtlich genauso wenig bewegen wie ich.

»Findest du das auch so eigenartig wie ich?«, frage ich sie.

Sie bewegt ihren Kopf immer wieder auf und ab. Sieht so aus, als könnte sie nicht mehr damit aufhören. Doch dann stellt sie eine Frage, die mich fast aus den Schuhen haut: »Meinst du, ihnen geht es ebenso, wenn sie uns beobachten?«

Ach du Scheiße, ich hoffe nicht.

Ich habe das Gefühl, meine Augen werden von Sekunde zu Sekunde größer, je länger ich Dan und Harper betrachte. Und sie hören einfach nicht auf, sich zu küssen. Erst als Mia meine Schwester mit dem Ellbogen anstupst, lassen sie voneinander ab. Auf Harpers fragenden Blick hin deutet Mia in unsere Richtung. Ich weiß nicht, für wen die Situation unangenehmer ist. Dan, Harper, Emily, unsere Freunde oder mich?

»Ich habe keine Ahnung«, antworte ich verspätet, da ich mich gerade erst daran erinnere, dass sie mir eine Frage gestellt hat. Emily will nach meiner Hand greifen, doch ich entziehe sie ihr sofort. Es fühlt sich plötzlich absolut falsch an, sie zu berühren.

»Mason«, holt mich Jacksons Stimme zurück. »Wir sollten besser nach draußen gehen. Ihr könnt nicht ewig stehen bleiben und die beiden anstarren.«

Ich räuspere mich. »Ich weiß.«

Leider schaffe ich es aber nicht, mich zu bewegen. Jackson legt seine Hand auf meinen Rücken und schiebt mich zum Ausgang. Ein Blick über meine Schulter sagt mir, dass Jeff Emily nach draußen führt, und das erste Mal an diesem Tag empfinde ich etwas Sympathie für ihn.

Jackson bringt mich bis zu meinem Wagen, an den ich mich auch gleich lehne. Ich lege den Kopf in den Nacken und starre in den Himmel. Es ist bereits dunkel und ich kann einige Sterne erkennen. Irgendwann bemerke ich, dass Emily neben mir steht. Seufzend lege ich den Arm um ihre Schulter und ziehe sie näher an mich heran. Keiner spricht ein Wort und ich bin ihnen dankbar dafür.

Nach einer gefühlten Ewigkeit kommen Harper und Dan gemeinsam mit Mia, Ethan und Miles aus dem Kino und sehen sich suchend nach uns um. Mein Nachbar und meine Schwester halten Händchen.

»I-i-ich kann das gerade nicht«, stottere ich. Ich nehme meinen Arm ruckartig von Emilys Schulter und öffne mit zittrigen Händen die Fahrertür.

Jacksons Finger schließen sich um meinen Unterarm. »Du kannst so nicht fahren. Gib mir den Schlüssel.« Ich verdrehe die Augen, komme seiner Bitte aber nach. Meine Fingerspitzen kribbeln, als ich ihn berühre.

»Willst du jetzt einfach verschwinden?«, fragt Emily und zerstört den Moment zwischen Jackson und mir.

»Genau das habe ich vor.« Ich gehe um den Wagen zur Beifahrerseite herum. Harper und Dan haben uns entdeckt und beschleunigen ihre Schritte.

Emily zuckt mit den Schultern und steigt ohne ein weiteres Wort ein. Vermutlich ist sie ebenfalls nicht gerade heiß auf ein Gespräch mit unseren Geschwistern. Jeff schlüpft auf die Rückbank.

»Ich kann nicht glauben, dass wir jetzt einfach abhauen«, murmelt er.

»Dann bleib doch«, fahre ich ihn an, als ich meinen Gurt festzurre. »Und du, steig endlich aufs Gaspedal«, hetze ich Jackson. Seufzend kommt er meiner Anweisung nach und lenkt den Wagen vom Parkplatz. Wir fahren direkt an Harper und Dan vorbei. Dan klopft mit der Hand auf die Motorhaube, vermutlich um uns zu stoppen.

»Bitte bleib nicht stehen«, flehe ich.

»In Ordnung.«

Ich atme erleichtert aus, als wir endlich auf der Hauptstraße ankommen. Wenn mir die Situation nicht so zusetzen würde, könnte ich mich fast darüber amüsieren, dass ich mich wie eine Dramaqueen aufführe. Ein Kribbeln sagt mir, dass Jackson mich beobachtet.

»Weglaufen ist aber keine Lösung«, erklärt er mir dann.

»Ich weiß. Fahr uns bitte zu Emily.«

»Sicher?«, höre ich ihre Stimme von hinten.

Nein, ich möchte eigentlich lieber zu Jackson nach Hause und mich von ihm im Arm halten lassen.

»Ja. Wir sollten dort mit Dan und Harper reden. Sie fahren bestimmt ebenfalls nach Hause.«

Obwohl ich viel lieber etwas anderes machen würde. Mich im Meer ertränken zum Beispiel.

»Okay.«

Danach schweigen wir. In meinem Kopf dreht sich alles. Harper und Dan gemeinsam zu sehen war … befremdlich. Ich würde es ihnen gönnen, wenn sie zusammen finden würden, aber mir wird auch immer klarer, dass ich nicht mit Emily zusammen bleiben kann. Ich fühle mich, als wäre ich mit meiner Schwester zusammen. Allein wenn ich daran denke, sie noch einmal zu küssen, wird mir beinahe schlecht. Und ich liebe sie nicht mehr so, wie sie es verdient. Außerdem fände ich es eigenartig, wenn meine Schwester mit Emilys Bruder und ich mit ihr zusammen wäre. Für mich ist das die ideale Gelegenheit, mich aus dieser ganzen Familienzusammenführungsgeschichte auszuklinken und es Dan und Harper zu überlassen, was sie daraus machen. Das klingt jetzt schrecklich berechnend, aber ich kann einfach nicht mehr weitermachen wie bisher.

Ich bemerke erst, dass Jackson den Wagen in unserer Einfahrt abgestellt hat, als die anderen bereits aussteigen. Stirnrunzelnd folge ich ihnen.

»Du hättest gerne mit dem Auto nach Hause fahren können«, biete ich ihm reichlich spät an.

Er schüttelt den Kopf. »Jeff und ich haben es ja nicht weit.« Ich beiße meine Zähne fest zusammen. Ich würde jetzt viel lieber mit Jackson mitgehen als mit Emily. Aber ich weiß auch, dass es so, wie es ist, nicht weitergehen kann und ich dringend mit ihr sprechen muss. Und mit Dan. Und mit Harper.

»Okay. Ich melde mich«, verspreche ich ihm und umarme ihn kurz. Viel zu kurz für meinen Geschmack, aber alles andere wäre auffällig. Wobei ich mich nicht gerade unauffällig verhalte, denn ich bin eigentlich mehr der Handschlag-Typ, aber ich konnte einfach nicht anders. Jeff nicke ich zu.

»Bis bald«, verabschiede ich mich von beiden und schiebe Emily mit einer Hand im Rücken zu ihrem Haus. Sie öffnet die Tür und wir gehen gleich nach oben, ohne ihre Eltern zu begrüßen.

Ich werde von Schritt zu Schritt langsamer und würde am liebsten wieder umdrehen. Keine Ahnung, wie ich dieses Gespräch führen soll, ohne ihr wehzutun.

Sie setzt sich auf ihr Bett und schlüpft aus ihren Schuhen. Ich lehne an der Tür und beobachte sie dabei.

»Sollen wir in Dans Zimmer auf Harper und ihn warten?«, fragt sie mich dann.

Während ich auf sie zugehe, schüttele ich meinen Kopf. »Nein. Ich muss zuerst etwas mit dir besprechen.«

Etwas unsicher sieht sie mich an und ich fühle mich so verdammt schlecht bei dem Gedanken daran, dass ich sie gleich verletzen werde. Eine Hand lege ich auf ihre Wange und streichele sanft darüber. Da sich dabei kein Kribbeln in meinem Bauch ausbreitet, fühle ich mich in meinem Vorhaben bestätigt. Kurz reibe ich mir mit beiden Händen über das Gesicht, bevor die Worte, die ich schon so lange hätte aussprechen müssen, endlich über meine Lippen kommen.

»Emily, du bist doch in letzter Zeit ziemlich unsicher, was unsere Beziehung angeht, oder?«

Sie beißt sich auf ihre Unterlippe und sieht mich traurig an. »Ja«, haucht sie.

»Mit geht es seit kurzem ebenso«, lasse ich die Bombe platzen.

»Wie … ? Wie meinst du das?« In ihren Augen kann ich bereits erste Tränen erkennen.

Mit meinem Daumen wische ich zart über ihre Wange. »Em … ich liebe dich nicht so, wie du es verdienst.«

»Aber du liebst mich doch, oder?«, fragt sie verzweifelt.

Ich nicke. »Ja, wie ein Familienmitglied.«

Emily packt mich bei den Schultern. »Aber ich gehöre nicht zu deiner Familie. Nicht richtig.« Die erste Träne löst sich aus ihrem Auge.

»Genau.« Eine Weile sehe ich sie nur an. Ihr zartes Gesicht, ihre schmalen Schultern, den viel zu dünnen Körper. Meine kleine Elfe. »Ich weiß, es ist kein guter Zeitpunkt, aber wir können so nicht weitermachen.«

Ich deute mit meiner Hand auf ihren Körper. »Du machst dich kaputt. Meinetwegen.«

Wir sind nicht mehr gut füreinander. Auch wenn es im Moment schwer ist, wird Em mir irgendwann für diese Entscheidung danken. Wenn auch nicht in naher Zukunft.

»Aber, Mason, ich liebe dich.« Emily klingt nun ehrlich verzweifelt.

»Ich weiß, Emily. Darum fällt es mir auch so schwer.« Erschöpft schließe ich meine Augen.

»Was fällt dir schwer?«

»Mich von dir zu trennen.« So, jetzt ist es raus. »Du bist mir so verdammt wichtig, Emily. Ich weiß nicht, wie es sein wird, wenn wir uns nicht mehr jeden Tag sehen.« Und dass sie mir zumindest die nächste Zeit aus dem Weg gehen wird, ist mir klar.

Emily krallt sich regelrecht an meinem Hemd fest. »Dann lass es. Wir können zusammenbleiben und dieses Gespräch vergessen«, bietet sie mir an.

Ich lehne meine Stirn gegen ihre und flüstere: »So leid es mir tut, Emily, aber das können wir nicht.«

Emily rutscht von mir weg und sieht mich so verletzt an, dass es sich so anfühlt, als würde ich gerade einen großen Fehler machen.

»Wieso jetzt?«, will sie wissen, die Arme hat sie dabei fest um ihren Körper geschlungen. Gerne würde ich sie auf meinen Schoß ziehen, um sie zu trösten und um ihrer Frage auszuweichen. Doch ich kann nicht.

So viele Dinge spielen im Moment zusammen, aber immer wieder schiebt sich Jacksons Gesicht vor mein inneres Auge. Wäre er nicht gekommen, hätte ich Emily vermutlich nie verlassen und den Rest meines Lebens mit ihr verbracht.

»Vielleicht hat mir der heutige Abend die Augen geöffnet. Harper und Dan zu sehen, hat mir gezeigt, dass das mit uns nicht richtig ist.«

Mit bebenden Lippen haucht sie: »Wie kannst du so etwas nur sagen?«

»Weil es die Wahrheit ist«, flüstere ich zurück und stehe auf.

Sofort greift sie nach meiner Hand. »Geh nicht.«

Sanft entziehe ich mich ihrem Griff. »Ich kann nicht bleiben. Es wäre nicht richtig, Em.« Aber ich muss Dan oder Harper anrufen, damit sie sich um sie kümmern. Ich bin jetzt nicht mehr derjenige, der auf Emily aufpasst.

Bei der Tür drehe ich mich nochmals zu ihr um. Emily sitzt zusammengesunken auf dem Bett.

»Ich will, dass wir weiterhin Freunde bleiben«, sage ich zu ihr. Oh mein Gott. Klingt das abgedroschen. Für den letzten Satz sollte ich mich besser selbst k.o. schlagen.

»Ich … keine Ahnung.«

»Bis bald.« Ich drücke die Türklinke nach unten.

»Meinst du nicht, dass du vielleicht etwas überreagierst? Ich meine, Dan und Harper haben was miteinander, aber deswegen gleich Schluss –«

»Emily«, fahre ich sie an. Ich sehe sie zusammenzucken und fühle mich gleich noch schlechter. »Bitte lass es.« Ich gehe in den Flur und schließe die Tür hinter mir.

Auf dem Weg nach unten schreibe ich Harper eine Nachricht. Ich hoffe, sie kümmert sich gut um Emily. Und auch wenn Em mich im Moment dafür bestimmt hasst, dass ich sie verlassen und alleine in ihrem Zimmer zurückgelassen habe, wird sie mir für meinen Entschluss dankbar sein. Hoffe ich.

Kapitel 13

Ich sitze am Meer und halte mein Telefon in der Hand. Dan und Harper haben mich einige Male angerufen. Ich nehme an, um mich wegen Emily zu beschimpfen. So genau weiß ich es nicht, denn ich fühle mich noch nicht bereit für das Gespräch mit den beiden.

Immer wieder öffne ich das Telefonbuch, bis ich es endlich schaffe, Jacksons Nummer zu wählen. Es dauert nicht lange und ich höre seine verschlafene Stimme aus dem Hörer.

»Mason? Alles in Ordnung?«, flüstert er.

Leider schaffe ich es nicht, ihm zu antworten. Mein Hals ist wie zugeschnürt, wenn ich daran denke, dass er gerade mit Jeff gemeinsam in seinem Bett liegt.

»Mason?«, wispert er ein weiteres Mal. Im Hintergrund höre ich etwas rascheln. Vermutlich stiehlt er sich gerade aus dem Bett, um Jeff nicht zu wecken.

»Ja. Ich bin da«, schaffe ich es dann doch noch zu sagen.

»Wieso rufst du mich mitten in der Nacht an?«

»Ich weiß es nicht. Ich wollte einfach nur deine Stimme hören«, gestehe ich ihm.

Nun ist er derjenige, der verstummt. »Du solltest nicht solche Dinge zu mir sagen.« Seine Stimme klingt ein wenig belegt.

Mit meiner rechten Hand fahre ich mir frustriert durch das verstrubbelte blonde Haar, was ich bestimmt zum hundertsten Mal innerhalb der letzten Stunden tue.

»Wieso nicht?«, frage ich. »Weil du wieder mit ihm zusammen bist?« Ich schaffe es gerade nicht, den Namen auszusprechen.

»Nein. Weil ich mir dann Hoffnungen mache.«

Ich weiß nicht, was ich darauf antworten soll, doch es ist nicht notwendig, etwas zu sagen.

»Wo bist du?«, möchte Jackson von mir wissen.

»Am Strand vor unserem Haus. Wo bist du?«

»Ich sitze draußen am Pool.«

Im Hintergrund höre ich Wasser plätschern. Ich stelle mir vor, wie Jacks am Poolrand sitzt, mit den Füßen im Wasser.

»Wieso schläfst du nicht?«, fragt er.

»Das hat mehrere Gründe.« Ich seufze.

Leise lacht Jackson auf. »Nenn mir den einfachsten.«

Das ist leicht. »Weil ich Harper und Dan immer noch aus dem Weg gehe.«

»Okay. Also fallen sowohl dein als auch Emilys Zimmer aus.«

Ich lehne mein Kinn auf meine aufgestellten Beine. »Genau. Außerdem kann ich auch in Zukunft nicht mehr bei ihr schlafen.« Meine Stimme zittert leicht, als ich die Worte ausspreche.

»Jetzt lass dir doch nicht alles aus der Nase ziehen«, bittet er mich. »Wie meinst du das?«

»Ich habe mit Emily Schluss gemacht«, lasse ich die Bombe platzen. Nervös stehe ich auf und gehe am Strand auf und ab. Je länger Jackson sich ausschweigt, desto unsicherer werde ich.

»Bist du noch da?«, frage ich nach einer Weile. Ich stoppe und beobachte die Wellen, die langsam an den Strand schwappen.

»Ja.«

»Hast du dazu auch etwas zu sagen?« Meine Stimme klingt unsicher und nicht besonders fest.

»Meinst du nicht, dass deine Trennung vielleicht eine Kurzschlussreaktion war? Es sah so aus, als würdest du wegen der Sache mit Harper und Dan ziemlich neben dir stehen.«

Wieso sagt er so etwas? Wütend trete ich in den Sand. »Nein. Es war keine Kurzschlussreaktion. Es war ein längst notwendiger Schritt.«

Jackson nimmt einen hörbar tiefen Atemzug. »In Ordnung.«

Keine Ahnung, welche Reaktion ich von Jackson erwartet habe, aber etwas mehr Begeisterung wäre nett gewesen.

»Weißt du, nichts ist in Ordnung«, murmele ich. »Der Gedanke, dass dir das alles am Arsch vorbeigeht und du in ein paar Minuten wieder zu deinem Was-weiß-ich zurück ins Bett schlüpfst, bringt mich fast um.« Ich weiß nicht, wieso ich ihm meine Gefühle so ungeschönt durchs Telefon entgegenschmettere. Mir ist doch echt nicht mehr zu helfen.

»Mason, jetzt bekomm dich mal wieder ein. Heute Morgen erklärst du mir, du liebst Emily. Beim Italiener gestehst du mir, dass du dich in mich verliebt hast, dass das aber rein gar nichts ändern wird.

Im Kino hältst du mit mir Händchen, bis du in deinen Gedanken wieder den Umkehrpunkt erreichst und mich zurückweist. Dann siehst du, wie deine Schwester mit dem Bruder deiner festen Freundin rummacht, und verlässt Emily ein paar Minuten später, nur um …?« Er bricht mitten im Satz ab. »Keine Ahnung, was genau du mit deinem Verhalten bezweckst. Aber ich finde, du solltest erst mal deinen ganzen Scheiß auf die Reihe bekommen und dir darüber klar werden, was du wirklich willst.«

Hilflos bleibe ich stehen und starre hinaus aufs Meer. Ich würde gerne durch den Telefonhörer »Dich« brüllen, zu Jackson nach Hause stapfen und Jeff aus seinem Bett werfen, aber ich bleibe stumm.

»Du hast recht«, flüstere ich leise. »Ich sollte dich nicht mit meinem Scheiß belasten.«

Ich nehme das Smartphone von meinem Ohr und lege auf, ohne mich zu verabschieden. Als ich mich umdrehe, erschrecke ich tierisch. Dan steht mit wütendem Gesichtsausdruck vor mir. Gerade als ich meinen Mund öffnen will, um etwas zu ihm zu sagen, kracht seine Faust nach vorne, direkt auf mein Gesicht.

Das habe ich leider verdient.

»Ach du Scheiße«, fluche ich trotzdem und halte mir die Hände über den Kopf, um mich vor weiteren Schlägen zu schützen. Ich taumele ein paar Schritte zurück und falle in den Sand.

»Du Arschloch«, schreit er laut. »Du hattest also wirklich die ganze Zeit eine andere.«

Drohend kommt er einen Schritt auf mich zu. Anstatt davonzulaufen, lege ich mich in den Sand. Es ist mir scheißegal, ob Dan mir die Fresse poliert oder nicht. Soll er doch.

Regungslos verharre ich und warte darauf, dass er auf mich einprügelt. Der Schmerz in meiner Schläfe, wo er mich getroffen hat, bringt mich bereits jetzt fast um. Ein paar Schläge mehr werden daran nichts ändern.

Nach einer Weile sehe ich zwischen meinen gespreizten Finger hindurch, doch es hat nicht den Anschein, als würde er mir ein weiteres Mal ins Gesicht boxen. Dan steht mit verschränkten Armen vor mir und starrt mich in Grund und Boden. Besser, ich sage ihm was Sache ist.

»Ich habe keine andere.«

Ein spöttisches Lachen steigt aus seiner Kehle auf. »Das klang aber gerade eben noch anders.«

Mit meinen Unterarmen stütze ich mich im Sand auf und blicke zu Dan hoch. Ich hasse es, dass mein ältester Freund denkt, ich hätte alle belogen und Emily betrogen. Auch wenn es nicht allzu weit hergeholt ist. Immerhin hat Jackson mich einmal bei mir zu Hause geküsst. Und ich ihn ebenfalls.

Einige Male atme ich tief durch, bis ich mich bereit fühle, die Worte laut auszusprechen, die mich seit Wochen quälen.

»Daniel.« Bewusst verwende ich seinen vollen Namen. »Ich glaube, ich bin schwul.« Ich flüstere die Worte mehr, als dass ich sie sage.

»Du …? Was?« Dan lässt sich neben mich in den Sand sinken. »Verdammt«, murmelt er nach einiger Zeit.

»Das kannst du laut sagen«, stimme ich ihm zu, während ich mich aufrecht hinsetze.

»Wie lange bist du denn schon …?«, will er von mir wissen.

Ich zucke mit meinen Schultern. »An Männern interessiert?«, frage ich. »Keine Ahnung.«

»Und wieso warst du mit Emily zusammen? Ich meine … Mason!«, tadelt er mich. »Wie konntest du uns alle nur so belügen.«

In meinem Hals macht sich eine Enge breit, die mir das Schlucken schwermacht. Mal wieder, wie so oft in letzter Zeit.

»Das war nicht so geplant. Ich will überhaupt nicht auf ihn stehen. Vor ein paar Monaten war ich mir zu hundert Prozent sicher, hetero zu sein. Ich war mit meiner besten Freundin zusammen und glücklich. Es war perfekt.« Ich seufze. »Sogar unsere Eltern waren von der Beziehung begeistert.« Vielleicht sogar noch mehr als Emily und ich.

»Die Familienzusammenführung«, murmelt Dan. Anscheinend bin ich nicht der Einzige, der davon Wind bekommen hat.

»Genau.« Ich klopfe ihm auf die Schulter. »Aber das kannst ja du jetzt übernehmen.«

Verlegen kratzt er sich im Nacken. »Darüber reden wir später ausführlich.« Er macht eine kurze Pause. »Hast du dich schon mal zu Ethan oder mir hingezogen gefühlt?«, fragt er dann. Obwohl es immer noch dunkel ist, bilde ich mir ein, eine zarte Röte auf seinen Wangen zu erkennen.

Lachend boxe ich ihm gegen die Schulter. »Im Leben nicht, Alter. Du bist wie ein Bruder für mich.« Verlegen reibt er sich über seinen Arm. »Und ich habe mich wirklich nie zu einem Jungen hingezogen gefühlt. Alles war okay, bis …« Ich breche mitten im Satz ab.

»Oh mein Gott.« Dan klatscht sich mit der Hand auf die Stirn. »Bis Jackson plötzlich hier aufgetaucht ist. Seit er hier ist, verhältst du dich eigenartig.«

Ich senke meinen Blick und starre auf den Sand. »Kann sein.«

Ach, was sage ich da. Ich weiß ebenfalls, dass ich mich in letzter Zeit komisch verhalte. Es wundert mich, dass Jackson mich überhaupt mag, obwohl ich mich wie ein Vollidiot benommen habe. Auch mein Verhalten Emily gegenüber war nicht besonders nett. Nicht zu vergessen meine Mutter. Eigentlich verstehen wir uns wirklich gut, aber ich habe ziemlich dünnhäutig reagiert und bin ausgeflippt, wenn sie mich auf meine Fehler in Sachen Emily aufmerksam gemacht hat. Jackson hat eindeutig recht: Ich sollte wirklich meinen Scheiß auf die Reihe bekommen.

»Dan, ich wollte mich nie in einen Jungen verlieben«, jammere ich.

Er legt seine Hand um meine Schultern und klopft ein wenig unbeholfen darauf herum.

»Keine Sorge. Ich falle nicht über dich her«, erkläre ich ihm lachend, und er stimmt mit ein.

»Dann würdest du bestimmt Ärger mit deiner Schwester bekommen.«

Ein bisschen Übung haben wir ja bereits darin, uns in dieselben Jungs zu verlieben. Ich frage mich, ob Harper es ernst mit Dan meint oder sich nur von Jacks ablenken will? Die Erwähnung von Harper lässt mich umgehend verstummen. Erst jetzt wird mir klar, wie scheiße ich mich meiner Schwester und einem meiner ältesten Freunde gegenüber verhalten habe.

»Es tut mir leid, dass ich nach dem Kino einfach abgehauen bin. Euch zu sehen, hat mir gezeigt, dass das mit Emily und mir gar nicht passt.«

Dan räuspert sich. »Hätte ich gewusst, dass ich durch meine Gefühle die Beziehung meiner Schwester auf den Gewissen habe, hätte ich sie weiterhin zurückgehalten.«

Eigentlich sprechen Dan und ich selten über Dinge, die uns bewegen, dennoch bin ich froh, dass wir das heute tun.

»Stehst du schon länger auf Harper?«, will ich von ihm wissen.

Er wendet den Blick ab. »Ja, irgendwie habe ich das Gefühl, dass ich sie schon mein ganzes Leben liebe.«

»Und wieso hast du sie erst jetzt geküsst?« Fragend sehe ich ihm in die Augen, doch er wendet den Blick ab. Ich packe ihn am Kragen seines Shirts und zwinge ihn, mich anzusehen. »Es war doch das erste Mal, oder?«

»Wir … Die Party zum Schulschluss«, ist alles, was er rausbringt. »Ich habe sie mit Jacks den Strand entlanggehen sehen und bin ihnen gefolgt.« Dan sieht ein klein wenig peinlich berührt aus. »Später habe ich sie angerufen und zu eurem Pool bestellt, um sie zur Rede zu stellen. Dort habe ich sie dann geküsst und eines führte zum anderen …«

»Stopp«, fahre ich dazwischen. »Bitte keine Details.«

Das sind Dinge, die ich nie über meine kleine Schwester erfahren wollte. Wir schweigen eine Weile und ich denke darüber nach, was Dan mir gerade erzählt hat. Verwirrt runzele ich meine Stirn.

»Aber wenn Harper und du …?« Ich schüttele meinen Kopf. »Was sollte dann das ganze Theater mit Jackson?«

Dan sieht plötzlich so aus, als hätte er Schmerzen. »Scheiße. Ich wollte nichts Falsches sagen, Mann.« Er umschlingt seine Beine mit den Armen und stützt den Kopf darauf. »Ihr scheint offensichtlich auf denselben Typ Mann zu stehen«, versucht er zu scherzen.

Ich sehe ihm an, dass ihm der Gedanke an Jackson und Harper nicht sonderlich behagt, also gehe ich gar nicht erst darauf ein.

»Es muss schlimm für dich gewesen sein, Harper bei der Party mit Jackson tanzen zu sehen.«

Ein leichtes Lächeln stiehlt sich auf das Gesicht meines Freundes. »Wahrscheinlich genauso schlimm wie für dich.«

»Du hast keine Ahnung …«, meine ich lachend. Ich überlege eine Weile wegen des ganzen Chaos, das in unserem Freundeskreis herrscht. »Was sollte der Kuss heute im Kino?« Dans unglücklicher Gesichtsausdruck macht auch mir zu schaffen.

»Wenn ich das nur wüsste.« Leise seufzt er. »Ginge es nach mir, wären wir längst zusammen.«

Ich lege meine Hand auf meinen Hals und reibe leicht darüber. »Zumindest ist Jackson keine direkte Konkurrenz für dich. Ich denke nicht, dass er bisexuell ist«, versuche ich Dan gut zuzureden.

»Ich will aber, dass Harper mit mir zusammen sein will, weil sie mich liebt, und nicht, weil ich eine gute Option bin.«

»Kann ich nachvollziehen.« Ich kratze mich am Kinn. »Was ist eigentlich mit dem College? Du studierst bald weit weg von hier.«

Dan lässt sich nach hinten in den Sand fallen. »Stell mir keine Fragen, auf die ich selbst keine Antwort habe.«

Ich greife nach seiner Hand und ziehe ihn zurück in Sitzposition. »Du kannst mir nicht erzählen, dass du auf meine kleine Schwester stehst, und dann mit so etwas ankommen.«

Als Dan seine Arme in die Luft wirft, muss ich mich zurücklehnen, um nicht einen weiteren Schlag von ihm zu kassieren. »Mason. Ich. Weiß. Es. Nicht. Natürlich will ich mit ihr zusammen sein, und ich werde auch auf sie warten, bis sie dazu bereit ist.«

»Keine anderen Mädchen mehr?«

Er nickt sofort.

Grinsend strecke ich ihm meine Faust hin und er schlägt dagegen. »Okay. Für mich gilt das Gleiche«, verspreche ich ihm mit zuckenden Mundwinkeln.

Er verdreht die Augen und steht auf. Abwartend starrt er mich an und reicht mir nach einer Weile seine Hand, um mich hochzuziehen. Schweigend gehen wir in Richtung unserer Häuser. Bei meinem angekommen, dreht er sich zu mir um.

»Du küsst mich jetzt aber nicht zum Abschied, oder?«

»Nur in deinen Träumen«, verspreche ich ihm.

Dan winkt mir kurz zu. »Ich sehe mal wieder nach Emily«, sagt er und ein kleiner Vorwurf liegt in seiner Stimme.

»Mach das.« Ich bin froh, dass sie Menschen hat, die sich um sie kümmern. »Dan?«, frage ich ihn, bevor er weggeht.

Er sieht mich abwartend an.

»Du erzählst doch niemandem, dass ich auf Jacks stehe, oder?«

»Nein, mache ich nicht. Aber du solltest es tun.«

Sofort schüttele ich meinen Kopf. »So weit bin ich noch nicht.«

»Deine Entscheidung«, meint er, während er sich umdreht und auf sein Haus zugeht.

Kapitel 14

Es ist drei Tage her, seit ich mit Emily Schluss gemacht habe, Jackson sich nicht mehr bei mir gemeldet hat, Dan weiß, dass ich schwul bin, und meine Schwester nicht mehr mit mir spricht, weil ihre beste Freundin nicht nur mir aus dem Weg geht. Wenn es so weitergeht, werde ich noch der Meister im An-die-Decke-Starren, da ich nicht weiß, was ich mit mir anfangen soll. Gerade kritzele ich auf meinem Block herum, aber nichts will wirklich klappen. Zum Glück reißt mich mein Smartphone aus meiner überaus spannenden Beschäftigung.

»Ethan, hast du Sehnsucht nach mir?«, begrüße ich meinen besten Freund übertrieben überschwänglich. Ich will mir nicht anmerken lassen, dass es mir immer noch nicht besser geht. Gestern habe ich den ganzen Tag bei Ethan auf der Couch verbracht und ihn mit meinem Elend gequält. Dass ich allerdings wegen Jackson und seiner … na ja … Es war nicht direkt eine Abweisung, aber er ist auch nicht sofort begeistert zu mir gelaufen und hat sich in meine Arme geworfen. So wie ich es mir eigentlich in meinen Träumen vorgestellt habe.

Egal. Ethan weiß auf jeden Fall nicht, warum genau es mir schlecht geht. Vermutlich denkt er, es liegt daran, weil ich mit Emily Schluss gemacht habe und es nun bereue.

»Kommst du zum Strand? Mia ist kurz davor, eine Vermisstenanzeige aufzugeben«, meint er lachend und ich stimme mit ein, auch wenn es mir schwerfällt.

»Schön, dass du noch lachen kannst … Ganz im Gegenteil zu deiner Exfreundin.« Ja, immer schön den Finger in die Wunde legen. Ich lege meinen Arm über meine Augen. Wenn ich nichts mehr sehe, muss ich mir vielleicht keine Vorwürfe mehr anhören.

»Ich habe es dir gestern bereits einige Male erklärt, aber ich kann es gerne noch einmal machen«, sage ich etwas schärfer als beabsichtigt. »Man kann Gefühle nicht erzwingen.«

Eine Weile ist es still. »Dann musst du ein grandioser Schauspieler sein«, murmelt Ethan.

»Wie bitte?« Ich reiße meine Augen weit auf und kann nicht glauben, was er gerade gesagt hat.

»Die ständige Turtelei, das Fummeln … Wem wolltest du denn etwas beweisen mit deiner Liebesshow?«

Wohl mir selbst, aber das möchte ich ihm jetzt nicht sagen. Eigentlich hatte ich immer das Gefühl, Ethan kann man leicht hinters Licht führen, dabei ist er aufmerksamer, als man denkt.

»Keine Ahnung«, stammele ich.

»Und wenn du wirklich keine Gefühle für sie hast, wieso geht es dir dann ebenfalls mies?«

Weil es nicht leicht ist, einer langjährigen Freundin das Herz zu brechen? Und weil ich Jackson vermisse.

Natürlich behalte ich die Worte für mich und schweige mich stattdessen aus. Allerdings stelle ich mir im Stillen die Frage, wie es sein kann, dass ich Jackson mehr vermisse als Emily, die ich nahezu jeden Tag meines Lebens gesehen habe. Ich kenne ihn doch nicht einmal richtig gut. Das ergibt doch überhaupt keinen Sinn!

Aber vielleicht ist das ja so mit dem Verliebtsein. Man hat dieses eigenartige Kribbeln im Bauch und wäre am liebsten die ganze Zeit mit dem anderen zusammen, um ihn besser kennenzulernen.

Ein lautes Seufzen kommt durch den Hörer. »Ich rufe auch gar nicht an, weil ich dir wieder Vorwürfe machen will.«

Na, das klang aber gerade ganz anders.

»Kommst du mit zum Strand?«

Ich überlege eine Weile. »Wird Emily auch da sein?«

»Mason«, sagt er in tadelndem Tonfall. »Natürlich wird sie da sein.«

Das habe ich befürchtet. Auch in Zukunft wird sich ein Aufeinandertreffen nicht vermeiden lassen. Immerhin haben wir den gleichen Freundeskreis und sind immer noch Nachbarn.

»Meinst du, es ist gut, wenn ich auch komme?«, frage ich mit unsicherer Stimme.

»Auf jeden Fall. Ihr müsst lernen, normal miteinander umzugehen.«

Ethan hat leicht reden. Und ich gebe es ungern zu, aber er hat leider auch recht. Emily und ich können uns schon allein wegen unserer Eltern nicht aus dem Weg gehen.

»In Ordnung. Ich mache mich gleich auf den Weg. Bis dann.« Ich springe motiviert aus dem Bett und suche eine gefühlte Ewigkeit nach meiner Badehose.

Irgendwann finde ich sie unter meinem Couchtisch. Keine Ahnung, wie sie dort hingekommen ist. Immer noch mit den Gedanken bei Emily und unserem baldigen Aufeinandertreffen ziehe ich mich um. Danach hänge ich mir ein Handtuch um die Schultern, steige in meine Flipflops und gehe nach unten.

Dort treffe ich auf meine Schwester, die gerade eine vollbepackte Strandtasche auf den Boden knallt. Sie sieht nicht einmal hoch, als ich mich neben sie stelle. Gut. Dann machen wir eben Small Talk.

»Gehst du auch zum Pier?«

Endlich habe ich ihre Aufmerksamkeit. Sie hat zwar die Arme vor der Brust verschränkt, aber sie nickt.

Mit meinem besten Dackelblick sehe ich sie an. »Du kannst mich nicht ewig ignorieren.«

Vielleicht täusche ich mich, aber ihr Gesicht verliert diesen verbissenen Ausdruck. Mit einem Schnauben sagt sie: »Aber ich kann es weiterhin versuchen.« Es macht mich fertig, dass sie mich nun hasst.

»Was habe ich dir getan?«, möchte ich wissen.

»Ach, lass mich mal überlegen. Zuerst hast du den Jungen geküsst, der mich von Dan ablenken sollte.«

Erleichtert atme ich aus, denn es hört sich nicht so an, als wäre Jacks mehr als ein Zeitvertreib gewesen.

»Und dann hast du meine beste Freundin abgeschossen, die mir die Schuld daran gibt.«

Völlig verblüfft sehe ich sie an. »Aber wieso sollte sie das tun?« Harper kann doch nichts dafür, dass sich meine Gefühle verändert haben.

»Keine Ahnung. Womöglich, weil du mit ihr ungefähr fünf Minuten, nachdem du mich mit Dan gesehen hast, Schluss gemacht hast.« Ihre Unterlippe zittert leicht.

Scheiße. Die beiden zu beobachten, war vielleicht der letzte Ansporn, den ich gebraucht habe, um endlich das Richtige zu tun, aber doch nicht der Auslöser. Ich sollte dringend nochmals mit Emily reden. Hilflos zucke ich mit den Schultern. »So direkt hat das doch nichts mit Dan und dir zu tun.«

»Indirekt aber schon?« Drohend kommt sie einen Schritt näher an mich heran.

»Euch zu sehen hat …«

»… dich angewidert abhauen lassen«, schneidet sie mir mit scharfer Stimme das Wort ab. Ich habe Harper noch nie so sauer erlebt.

Ich überwinde das letzte bisschen Abstand zwischen uns und greife nach ihrer Hand. »Es war einfach ein Schock, Dan und dich so zu sehen. Aber ich war zu keiner Zeit abgestoßen davon.«

Okay. Vielleicht war es ein bisschen eigenartig. Aber wenn es das ist, was beide glücklich macht, dann komme ich schon damit klar. Harper wedelt mit ihrer Hand, vermutlich damit ich weiterspreche.

»Euch zu sehen, war, wie wenn mein Bruder und meine Schwester miteinander rummachen.«

Harper schnaubt laut. »Danke, Mason!«

Ich verdrehe meine Augen. »Ich sage ja nicht, dass du auch so fühlen musst. Aber es hat mir vor Augen geführt, dass es mir mit Emily so geht.« Frustriert fahre ich mit meiner freien Hand durch meine Haare. »Verstehst du, was ich meine?« Es ist nicht leicht für mich, meine Gefühle in Worte zu fassen.

»Irgendwie schon.« Ihr Kopf bewegt sich leicht auf und ab und mir fällt ein Stein von Herzen.

»Wenn du möchtest, rede ich heute nochmal mit Emily. Dan und du könnt nichts für meine Entscheidung. Ehrlich gesagt, habe ich schon lange mit dem Gedanken gespielt, mich von Emily zu trennen.«

Meiner Schwester steht der Mund weit offen. »Wieso?«

»Ich … Es hat sich einfach nicht mehr richtig angefühlt.«

Harper legt ihren Kopf schräg. »Ist es wegen der Sache mit Jackson und dir?«

Unschlüssig zucke ich mit den Schultern. »Keine Ahnung, Harper. Kann sein.« Zwischen Emily und mir war es schon eigenartig, bevor Jacks hierher gezogen ist, doch wenn ich ganz ehrlich bin, hätte ich nichts an meinem Leben geändert, wenn es ihn nicht gäbe.

Ich mache mich von ihr los und öffne die Haustür. Draußen angekommen setze ich mich auf die Stufen. Auffordernd klopfe ich auf den Platz neben mir und Harper kommt meiner Bitte nach.

»Der Kuss mit Jackson hat mich Dinge fühlen lassen, die ich zuvor noch nie gefühlt habe.« Gedankenverloren greife ich an meine Lippen.

Harper legt ihren Arm über meine Schulter und ich lehne mich leicht gegen sie. Eigentlich sollte ich sie trösten und nicht sie mich. Immerhin scheint sie auch ein paar Probleme zu haben.

»Aber das ist doch gut, oder?«

Ich starre nach unten. »Ich weiß es nicht. Als ich ihm von Emilys und meiner Trennung erzählt habe, war er irgendwie komisch.« Es hat mich getroffen, dass er mir am Telefon gesagt hat, ich soll erst meinen Scheiß geregelt bekommen. Auch wenn er damit recht hat.

»Meinst du, es liegt an Jeff?«, fragt sie. Gerade so kann ich mir ein Knurren verkneifen. Ich bin so eifersüchtig auf ihn.

»Unter anderem. Es ist doch offensichtlich, dass Jeff sich mehr erhofft. Ich frage mich, ob Jackson ihn ebenfalls noch will. Schließlich waren die beiden in Massachusetts ein Paar. Gefühle verschwinden doch nicht einfach mit der Entfernung.« Meine Stimme wird von Wort zu Wort leiser. Vielleicht war ich für Jackson nur eine Ablenkung. Immerhin hat er mir gestanden, dass er Jeff geküsst hat. Meine Kehle schnürt sich zusammen, wenn ich daran denke, dass die beiden sich berühren.

Harper schweigt, streichelt aber mit ihrer Hand über meinen Oberarm. »Weißt du, Mason. Ich habe mir immer eine Schwester gewünscht, mit der ich über Jungs quatschen kann.« Ich winde mich aus ihrer Umarmung und sehe sie mit gerunzelter Stirn an. »Aber ich finde es auch cool, mit dir über Jungs zu quatschen.«

Leicht boxe ich ihr gegen den Oberarm. »Solange du mir dabei nicht meine Nägel lackierst, ist alles in bester Ordnung.« Ich ziehe sie zu mir und gebe ihr einen Kuss auf die Stirn.

»Was ist mit Dan und dir?«, wechsele ich das Thema. Eine leichte Röte stiehlt sich auf ihr Gesicht. »Und wie passt Jackson ins Bild? Es macht mich fertig zu wissen, dass wir beide auf den gleichen Jungen stehen.« Vor einem Jahr hätte ich jeden ausgelacht, der mir so etwas prophezeit hätte.

»Was, du stehst auch auf Dan?«, fragt Harper und reißt dabei ihre Augen auf. Ich schaue sie schockiert an und will sofort protestieren.

Aber eine Sekunde später lacht sie auch schon laut los. »Sorry«, entschuldigt sie sich. »Das musste sein.«

Ich wuschele ihr durch die blonden Haare. »Ist das deine subtile Art, mir zu sagen, dass du was vom Nachbarsjungen willst?« Wie konnte mir so etwas nur entgehen? Bin ich wirklich so auf mich selbst fixiert, dass ich kein einziges Mal bemerkt habe, dass Harper auf Dan steht? Oder er auf sie?

»Vielleicht«, meint sie grinsend.

»Und Jackson?« Mein Herz klopft unnatürlich schnell und ich habe ein wenig Angst vor der Antwort, die Harper mir schuldet.

»Er war neu. Aufregend. Und eine wirklich gute Ablenkung.«

»Wovon?«, frage ich ihn.

»Dan«, flüstert sie.

»Aber wieso? Es ist doch offensichtlich, dass er auf dich steht.« Ich schlage mir die Hand vor den Mund. Eigentlich sollte ich nicht mit Dans Gefühlen hausieren gehen, wenn er es selbst nicht auf die Reihe bekommt.

»Findest du?« Fragend sieht sie mich an. »Nachdem wir nach der Party zum Schulschluss miteinander …«

Ich halte mir die Ohren zu. »Harper, du solltest mir so etwas wirklich nicht erzählen. Ich bin dein Bruder und habe immerhin die Pflicht, deine Ehre zu verteidigen.«

Harper fährt mit ihren Fingern über mein blaues Auge. Ich zucke leicht zusammen, als sie über die verblassenden Spuren von Dans Schlag streicht. »So wie Dan Emilys?«

Sofort nicke ich. »Genau. Und ich habe es verdient.« Immerhin habe ich sie betrogen. Etwas, von dem ich immer behauptet habe, es ihr niemals anzutun.

»Finde ich nicht.«

Ich winke ab. Ich will nicht mehr über den Abend nachdenken. »Kommen wir lieber zurück zu Dan und dir.«

Harper seufzt, aber beginnt dann bereitwillig zu erzählen: »Nach dieser Nacht ist er mir aus dem Weg gegangen«, flüstert sie. »Für mich war es total schön, aber er hat sich danach einfach wie immer verhalten. Also habe ich mich vielleicht ein wenig in die Sache mit Jackson reingesteigert, um mich abzulenken.«

Ich höre ihre Worte, doch ich verstehe die Logik dahinter nicht. Andererseits verhalte ich mich in letzter Zeit ebenfalls sehr irrational und ein bisschen wie ein Mädchen.

»Gott sei Dank.« Ein Seufzer der Erleichterung entringt sich meiner Brust. »Weißt du was?«, frage ich Harper nach einer Weile. Sie schüttelt den Kopf und ich spreche sofort weiter. »Du solltest mit Dan über alles reden. Ich bin mir sicher, ihr könnt das klären.«

Sie mögen sich, also sollten sie endlich über ihren Schatten springen und etwas daraus machen.

»Er geht mir aus dem Weg«, meint sie traurig.

»Du ihm doch auch.« Wir alle haben es in den letzten Tagen vermieden, aufeinanderzutreffen. Bei Gott, ich vermisse es, mit Dan und Emily abzuhängen. Gemeinsam kochen oder an den Strand gehen. Einfach ganz alltägliche Dinge. Noch nie in meinem Leben habe ich länger als einen Tag nicht mit ihnen gesprochen.

Ein kleines Lächeln legt sich auf Harpers Gesicht. »Kann auch sein.«

Ich stehe auf und strecke ihr meine Hand entgegen. »Dann lass uns mal zu den anderen gehen. Wir müssen versuchen, alles wieder ins Lot zu bringen.« Ich versuche zuversichtlich auszusehen.

Auf dem Weg zum Pier plaudern wir nur über unverfängliche Themen. Die Erleichterung, dass Harper wieder mit mir spricht, bringt mich dazu, andauernd zu grinsen. So lange, bis ich unsere Freunde entdecke, denn alle sind da.

Auch Jackson.

Er liegt neben Jeff auf einem Handtuch und trägt eine Sonnenbrille auf der Nase, wegen der ich seine Augen nicht sehen kann.

Sieht er mir entgegen? Ist er nervös? Oder ist es ihm egal, dass ich hier auftauche?

Vor den Ferien kannte ich solche Gedanken nicht einmal im Ansatz. Nun gehören sie zu meinem Alltag und ich weiß nicht, ob ich mich darüber freuen soll.

Jackson hat die Arme hinter seinem Kopf verschränkt. Seine Badehose ist ihm weit nach unten gerutscht und ich folge mit meinen Augen den Pfad der blonden Härchen bis hin zum Gummizug seiner Shorts.

Schnell wende ich den Blick ab und werde immer langsamer. Auch Harper hat es nicht mehr eilig, zu den anderen zu kommen.

»Wer ist das Mädchen neben Dan?«, fragt sie mit piepsiger Stimme.

Ich runzele meine Stirn. »Sie war, glaube ich, mit ihm in der Abschlussklasse. Sie gehen bald auf das gleiche College.«

Harper bleibt stehen und ich sehe sie fragend an. »Ich hatte vergessen, dass Dan bald weggeht.« Der Schmerz, der dabei über ihr Gesicht huscht, lässt mich zusammenzucken.

Ich stelle mich dicht neben sie und greife nach ihrer Hand. »Wenn er dich liebt, dann bekommt ihr das auch mit der Entfernung hin«, verspreche ich ihr und gehe auf die Gruppe zu. Harper stolpert hinter mir her.

»Hallo«, begrüßen wir die anderen und ich nehme meiner Schwester ihre Strandtasche ab. Ihr Handtuch lege ich zwischen das von Dan und Emily. Er nickt mir dankbar zu, Emily hingegen dreht sich auf den Bauch, um mich nicht ansehen zu müssen. Das habe ich verdient. Dennoch fühlt es sich nicht besonders gut an.

Mein Handtuch, das ich um meinen Hals geschlungen hatte, halte ich jetzt unschlüssig in den Händen. Ich könnte mich neben Jackson legen, aber dann müsste ich mich auch mit Jeff befassen. Dazu habe ich jetzt keinen Nerv. Außerdem liegen die beiden ziemlich nahe bei Emily. Also lege ich mich neben Mia. Sie sitzt zwischen Ethans gespreizten Beinen und lächelt mir zu, als ich mich neben sie sinken lasse.

»Wann wurde unser Freundeskreis eigentlich zum reinsten Minenfeld?«, flüstert sie mir verschwörerisch zu. In ihrer Stimme schwingt ein Unterton mit, den ich nicht ganz zuordnen kann.

Ich würde ihr gerne antworten: *Als dein Cousin aufgetaucht ist.* Aber dann würde ich ihm die Schuld in die Schuhe schieben, und das wäre nicht richtig, denn ich habe mich falsch verhalten. Ich war derjenige, der nicht zu seinen Gefühlen stehen konnte und Dinge verheimlicht hat. Also zucke ich nur mit den Schultern.

Mit ihrem Kopf deutet Mia zu Emily. »Wir werden beobachtet.«

»Dann sollte ich ihr mal eine Show bieten«, antworte ich grinsend und ziehe mein T-Shirt über den Kopf. Eigentlich meine ich es gar nicht so, aber ich kann die blöden Kommentare einfach nicht lassen. Kein Wunder, dass Jacks nichts von mir wissen will.

»Emily habe ich eigentlich gar nicht gemeint«, lässt Mia mich wissen, während Ethan mich böse anfunkelt: »Du bist so ein Arschloch.«

»Ich fand immer, dass Mason ein ziemlich netter Kerl ist. Du solltest es ihm nicht zum Vorwurf machen, dass er nichts mehr von Emily will«, verteidigt sie mich. »Manchmal entwickeln sich Gefühle einfach in eine Richtung, mit der man nicht gerechnet hat.«

Okay. Irgendetwas bekomme ich hier gerade nicht mit und ich habe keine Ahnung, um was es geht. Aber ich bin froh, dass mich endlich mal jemand versteht.

»Danke.« Am liebsten würde ich sie umarmen, aber wer weiß, was Emily oder Jackson dann wieder denken.

Ethan rutscht ein Stückchen von seiner Freundin ab. »Also bist du im Team Mason?«, will er wissen.

»Wir bilden hier keine Teams«, zische ich ihm zu. Und wenn, dann müsste er mein Cheerleader sein. Nicht der von Emily.

Abwehrend streckt er seine Hände in die Luft. »In Ordnung. Tut mir leid.«

Ich wende den Blick ab und bleibe wieder an Jackson hängen. Jeff hat sich über ihn gebeugt und reibt ihn mit Sonnencreme ein. Auf dem Bauch. Was macht das für einen Sinn? Das könnte er doch genauso gut selbst machen. Mit angehaltenem Atem folge ich Jeffs Fingerspitzen, die sich leicht unter Jacksons Badehose schieben.

Mein Herz bleibt fast stehen. Ich kann nun genau nachvollziehen, wie Jackson sich gefühlt haben muss, wenn ich mit Emily vor ihm geturtelt habe. Zu meiner grenzenlosen Erleichterung fängt Jackson die Hand seines Freundes ein und bringt sie wieder auf unverfänglicheres Terrain. Ich entlasse die angestaute Luft aus meinen Lungen.

»Aua«, beschwere ich mich eine Sekunde später. Ethan hat mir seinen Ellbogen in die Rippen gestoßen und auch Mia sieht mich böse an.

»Starr nicht so auffällig«, weist Ethan mich zurecht.

Mein Mund klappt auf. »I-ich … ich …« Mein Gesicht fühlt sich heiß an und ist bestimmt knallrot. Es ist mir peinlich, dass Mia und Ethan mich dabei erwischt haben, wie ich Jackson mit meinen Augen verschlungen habe.

»Es ist völlig in Ordnung, wenn zwei Jungs sich lieben«, wispert Ethan mir zu. Ich mache große Augen. Daran werde ich ihn bestimmt an dem Tag erinnern, an dem ich es endlich schaffe, zu meinen Gefühlen zu stehen.

»Aber …«, beginne ich, doch Ethan schneidet mir das Wort ab. »Ich weiß, wir haben so etwas noch nie live gesehen, aber versuch trotzdem, dich damit abzufinden.«

Das könnte ich vielleicht, wenn es meine Hände wären, die über Jacksons Körper wandern würden.

Ich räuspere mich einige Male. »In Ordnung.« Danach erhebe ich mich, denn es fällt mir schwer, nicht sofort wieder zu Jackson zu starren. »Ich gehe ins Wasser. Kommt jemand mit?«

Ethan gibt Mia einen Kuss und steht ebenfalls auf. Ich lasse ihm den Vortritt. Zu meiner Verblüffung geht er zu Emily, reicht ihr seine Hand und zieht sie hoch.

»Komm mit schwimmen«, bittet er sie mit einschmeichelnder Stimme. Ich drehe mich zu Mia um, die die Szene leicht abwesend beobachtet. Sie steht ebenfalls auf und hakt sich bei mir unter.

»Wieso ist Ethan plötzlich so freundlich zu Emily?«, möchte ich von Mia wissen. Bisher hatten die beiden nicht wirklich etwas miteinander zu tun, deshalb wundert es mich, dass er mich immer wieder wegen der Trennung zusammenstaucht und jetzt auch noch einen auf heiligen Samariter macht, um Emily einzubinden.

Das Lächeln, das Mia mir schenkt ist etwas unheimlich. »Sie wird bald einen guten Freund brauchen. Mach dir also keine zu großen Gedanken darüber.« Sie geht schneller und ich muss aufpassen, um mich im Sand nicht auf die Fresse zu legen.

Mit hochgezogenen Augenbrauen beobachte ich, wie Ethan meine Exfreundin auf seine Arme hebt und mit ihr ins Wasser watet. Und Emily, das

Mädchen, das nie baden geht, hat offensichtlich viel Spaß daran, denn sie quietscht vergnügt.

»Und ich soll mir keine Gedanken machen«, murmele ich. Ich sehe Mia fragend an. »Bist du nicht eifersüchtig?«

Wenn ich noch mit Emily zusammen wäre und Mia auf meinen Armen getragen hätte, dann würde ich mich abends nicht mehr nach Hause trauen.

Sie lacht laut auf. »Nein, bin ich nicht. Du etwa?« Ich werfe ihr einen *Bist-du-irre?*-Blick zu, den sie richtig deutet. »Na, dann ist doch alles in Ordnung.«

Ethan und Emily plantschen fröhlich im Wasser herum und scheinen eine Menge Spaß zu haben. Ehrlich. Diese Situation irritiert mich gerade ziemlich, aber nicht, weil sie mir zu schaffen macht, sondern einfach … weil ich es eigenartig finde.

»Warum denkst du, dass Emily bald einen guten Freund brauchen wird?«, komme ich auf ihre Aussage zurück.

Sie legt den Kopf schräg und sieht mich mit unlesbarer Miene an. »Na ja, falls Jackson und du die Sache mit euch mal hinbekommt, wird das für Emily bestimmt nicht leicht zu verkraften sein.«

Mein Herz bleibt eine Sekunde stehen. »D-du w-weißt Bescheid?«, stottere ich.

»Mason«, tadelt sie mich. »Auch Jackson braucht hin und wieder eine Schulter zum Ausheulen.« Es leuchtet mir ein, dass er mit jemandem über meine Gefühlsachterbahn reden muss. Und es liegt nahe, dass er sich dabei an seine Cousine wendet. Jeff kann er ja schlecht vollquatschen.

»Nimm es ihm nicht übel«, bittet sie mich.

Sofort versichere ich ihr: »Das tue ich nicht.«

Wir stehen gemeinsam im seichten Wasser und keiner von uns macht Anstalten, weiter hineinzugehen.

»Sagst du deshalb, dass Emily einen guten Freund braucht? Weil du ihr wegen Jackson nicht helfen kannst?« Ihre Worte ergeben für mich immer noch keinen Sinn.

»Unter anderem. Aber ich denke eher daran, dass sie sich bestimmt nicht von Harper oder mir trösten lassen möchte, wenn sie erfährt, wie lange wir bereits von Jackson und dir wissen.«

Ich ziehe meine Schultern hoch. »Im Moment ist da eher tote Hose«, murre ich. »Aber ich verstehe, worauf du hinauswillst.« Mia macht sich über Sachen Gedanken, die ich nicht einmal auf dem Bildschirm hatte. »Emily redet zwar im Moment nicht mit Harper, aber die bekommen das bald wieder auf die Reihe.«

Mia zieht die Augenbrauen in die Höhe. »Auch wenn Em erfährt, dass Harper euch beim Küssen erwischt und ihr nichts davon erzählt hat?«

»Woher weißt –« Mitten im Satz breche ich ab. Natürlich von Jackson. Immerhin waren es seine Lippen, die mich dazu gebracht haben, Emily zu betrügen. »Du sagst doch nichts?«, will ich von Mia wissen.

»Nein, Mason. Natürlich nicht. Aber ich finde, du solltest ihr die ganze Wahrheit sagen. Oder zumindest einen Teil davon. Ich schwöre dir, dann geht es dir besser.«

Mia klingt gerade wie ein Liebesguru, aber leider trifft sie mit ihren Worten ins Schwarze, weil mich immer noch das schlechte Gewissen quält. Ich habe in den letzten Wochen viele Fehler gemacht, die ich endlich ausbügeln sollte.

»Weißt du«, sage ich und zupfe am Band ihres schwarzen Bikinis herum, »ich verstehe, wieso Jackson sich dir anvertraut hat.«

Mia schenkt mir ein breites Lächeln. »Hin und wieder habe ich gute Momente.«

»Nicht nur hin und wieder. Die hast du immer«, antworte ich ehrlich. »Aber jetzt gehe ich schwimmen«, erkläre ich Mia und laufe weiter ins Meer hinein. »Ich glaube, ich könnte ein bisschen Abkühlung vertragen, nachdem du meinen Kopf zum Glühen gebracht hast.«

Das Wasser spritzt mir entgegen, während ich mich in die Fluten schmeiße. Mit kräftigen Zügen kraule ich durch den Ozean. Ich versuche, alle Gedanken abzuschalten, und lasse meine Probleme für eine Weile zurück.

Als mir die Puste ausgeht, begebe ich mich zurück ans Ufer, gehe jedoch nicht zu den anderen, sondern setze mich stattdessen in den Sand. Meinen Blick hefte ich auf den Horizont. Langsam wird es zur Gewohnheit für mich, immer am Meer zu sitzen und in die Ferne zu starren.

»Hey«, höre ich plötzlich Jacksons Stimme neben mir.

»Hallo«, begrüße ich ihn tonlos.

»Nettes Veilchen. Womit hast du das verdient?«

Ich hebe meine Schultern, lasse sie aber gleich wieder nach unten sinken. »Dan dachte, ich habe Emily mit einem anderen Mädchen betrogen«, gestehe ich Jackson.

»Dabei war es ein anderer Junge«, sagt er mit spöttischem Tonfall. Ich greife mir an mein Herz, das bei der Erinnerung an unseren Kuss heftiger schlägt.

Jackson betrachtet mich mit schräg gelegtem Kopf. »Du hast dich nach unserem Telefonat nicht mehr gemeldet.«

Ich ziehe meine Beine nah an meinen Körper heran und lege mein Gesicht auf den Knien ab. Mit großer Anstrengung schaffe ich es, meinen Kopf in seine Richtung zu drehen, um ihn anzusehen. »Ich hatte eine Menge Scheiß zu regeln.«

Jackson zuckt zusammen. »Das habe ich nicht so gemeint.«

Ein bitteres Lächeln stiehlt sich auf mein Gesicht. »Doch, das hast du.«

»Wenn du das wirklich denkst, kann ich auch gleich wieder gehen.« Jackson macht Anstalten aufzustehen, doch ich lege meine Hand auf seine.

»Bleib«, bitte ich ihn. Lieber habe ich ihn in meiner Nähe als in der von Jeff. Selbstsüchtig, ich weiß.

»In Ordnung«, murmelt er.

»Hast du Lust, die Tage mal wieder Playstation zu spielen?«, frage ich ihn. Jackson wird wieder rot im Gesicht. Ich weiß nur nicht, wie ich seine leuchtenden Wangen deuten soll. Eigentlich dachte ich, er sieht in mir mehr als einen guten Freund. Da Jeff aber immer noch da ist, bin ich mir nicht mehr ganz sicher. Dieser Typ bringt mich wirklich durcheinander.

»Würde ich sehr gerne. Leider ist aber Jeff diese Woche noch hier. Natürlich könnte ich ihn mit…«

»Sprich nicht weiter«, falle ich ihm ins Wort. »Ich will ihn nicht bei mir zu Hause haben«, füge ich etwas leiser hinzu. Jackson sieht mich mit einem so intensiven Blick an, dass ich den Kopf abwenden muss.

»Was ist das überhaupt mit euch? Er hatte gerade eben fast seine Hand in deiner Hose.« Whoa! Habe ich das wirklich laut gesagt?

»Jetzt mach mal halblang. Vor gar nicht langer Zeit hast du mir mit großer Freude eine Turtelshow nach der anderen geboten, und jetzt regst du dich darüber auf, dass Jeff mich berührt.«

Ich nehme einen hektischen Atemzug, versuche gegen den Schmerz anzukommen, der sich in mir ausbreitet. Ich wollte Jacks nicht verletzen. Das alles habe ich nur getan, um mich von ihm abzulenken. Doch ich kann ihn einfach nicht aus meinem Kopf verbannen.

»Und deshalb machst du jetzt das Gleiche?«, möchte ich von ihm wissen.

Durch zusammengebissenen Zähnen knurrt er: »Nein, Jeff macht das. Falls es dir nicht aufgefallen ist, stoppe ich ihn immer.«

»Vermutlich nur, wenn ich dabei bin.« Ach du Scheiße. Ich war nie eifersüchtig, also wieso führe ich mich jetzt plötzlich auf, wie … nun ja … Emily?

»Du machst mich verrückt.« Jackson springt auf und geht auf den Pier zu, der einige hundert Meter hinaus ins Meer ragt. Über meine Schulter hinweg werfe ich einen Blick zu den anderen. Niemand scheint Jackson und mich zu beobachten, also stehe ich schnell auf und eile ihm hinterher.

»Das Gleiche gilt übrigens auch für dich«, zische ich ihm zu.

»Falls es dir nicht aufgefallen ist, laufe ich gerade von dir weg«, motzt Jackson und beschleunigt seine Schritte.

»Das kannst du ja gut, oder?«

»Sehr gut sogar«, ruft er über seine Schulter und hastet weiter den Steg entlang. Mit kurzem Abstand folge ich ihm, denn er kann mir hier nicht wirklich entkommen, außer er springt ins Meer.

In der Mitte des anscheinend endlos langen Piers gibt es eine Plattform mit zwei kleinen Hütten, an denen Jacks einfach vorbeijoggt. Er hat es also auf den Aussichtspunkt ganz am Ende abgesehen, an dem ein weiteres kleines Holzhäuschen steht.

Ich nehme an, dass er das Gebäude umrunden und dann wieder zurücklaufen will. Um ihm den Weg abzuschneiden, steuere ich gemächlich die andere Seite an. Erschrocken keuche ich auf, als eine Hand nach mir greift und mich gegen das aufgewärmte Holz der Hütte drückt.

»Wenn ich in einer Beziehung bin, bin ich zu hundert Prozent treu«, knurrt er. Jackson ist mir so nahe, dass sein nackter Oberkörper meinen berührt. »Ich würde dich nicht küssen, wenn ich immer noch mit Jeff zusammen wäre.« Um seinen Worten Nachdruck zu verleihen, presst er seine Lippen fest auf meine.

Der Kuss ist weder liebevoll noch dauert er lange an. Danach sieht er mir fest in die Augen. »Verstehen wir uns?«

Wow. Also, wenn Jackson Klartext mit mir spricht, ist das ziemlich heiß.

Obwohl ich nichts lieber tun würde, als mich noch enger an seinen Körper zu pressen, macht mir mein Mund einen Strich durch die Rechnung. »Du könntest aber mit uns beiden etwas haben, ohne mit einem von uns zusammen sein.«

Jackson legt seine Hand an meine Wange und streichelt sanft darüber. »Könnte ich. Tue ich aber nicht mehr. Ich war lange Zeit mit Jeff zusammen, aber das ist vorbei. Wie gesagt: Ich will keine Fernbeziehung und er war eigentlich meiner Meinung.«

Meine Hände wandern wie von selbst über Jacksons Körper nach oben, bis ich sie um seinen Nacken schlinge. »Ist das der einzige Grund?«

Jacksons Lippen schweben über meinen. »Nein.«

Und dann küsst er mich erneut. Dieses Mal viel zärtlicher. Seine Lippen liegen federleicht auf meinen und es ist fast so, als würde ich mir die Berührung nur einbilden. Mit seiner Nase streichelt er sanft über meine und ich kann mir nicht vorstellen, dass sich jemals etwas besser angefühlt hat, als dieses Nase-reib-Ding.

Doch dann leckt er sanft mit seiner Zunge über meine Lippe. Ich verstehe die Aufforderung und gewähre ihm Einlass. Und ja: Es gibt doch noch eine Steigerung, denn das, was Jackson hier macht, fühlt sich unbeschreiblich gut an. Als seine Zunge meine berührt, seufze ich leise auf.

Jackson sieht das als Aufforderung, um sich näher an mich zu pressen. Ich kann spüren, dass ihn unser Kuss ebenso erregt wie mich. Seine Hände fahren an meinen Seiten auf und ab, während ich mich an ihm festhalte. Während seine Zunge immer und immer wieder in meinen Mund stößt, nehme ich all meinen Mut zusammen und gleite mit meinen Händen bis zum Bund seiner Badehose. Zittrig schiebe ich sie hinein und knete seinen Po. Er belohnt mich mit einem tiefen Stöhnen.

Schwer atmend macht er sich von mir los und reibt nochmals leicht mit seiner Nasenspitze über meine. Ich mag es, wenn er das tut. Es fühlt sich so an, als wäre das eine Sache, die ganz allein uns gehört.

»Damit hätte ich jetzt nicht gerechnet«, höre ich Mias Stimme. Ruckartig öffne ich meine Augen und starre über Jacksons Schulter hinweg zu seiner Cousine. Er lehnt seine Stirn kurz gegen meine, bevor er sich zu ihr umdreht. Keiner von uns kommt dazu, etwas zu sagen, denn Mia spricht sofort weiter.

»Gut, dass ich Jeff davon abgehalten habe, nach euch zu sehen.«

Darüber kann man jetzt geteilter Meinung sein.

Mit zu Schlitzen verengten Augen sieht Mia zu Jackson. »Was ist überhaupt mit dir los?« Verständnislos wirft sie ihre Arme in die Luft. »Was hättest du getan, wenn Jeff euch erwischt hätte?«

Anscheinend haben wir ihre Geduld ein wenig überstrapaziert, denn sie wirkt wirklich wütend. Die verständnisvolle Mia von vorhin gefiel mir besser.

»Ich …«, beginnt Jackson zu sprechen, doch Mia schneidet ihm das Wort ab.

»Du solltest Jeff endlich freigeben. Siehst du denn nicht, dass er sich immer noch Hoffnungen macht? Dein Exfreund, mit dem du bis vor ein paar Monaten noch Zukunftspläne geschmiedet hast, ist hier und du knutscht heimlich mit Mason herum.« Ich versuche Blickkontakt mit Jacks aufzunehmen, doch er sieht mich nicht an.

»Mia«, zischt er leise.

Erst nach und nach sickern Mias Worte in mein Gehirn. Ich sehe zu ihm, dieses Mal streifen sich unsere Blicke, doch er sieht schnell weg. Mit regem Interesse beobachtet er eine Möwe, die an uns vorbeifliegt.

»Du hast Zukunftspläne mit Jeff?«, frage ich verunsichert und lasse mich auf den Boden gleiten. Dabei reibe ich mir fest über meine Brust.

»Nach diesem Jahr gehe ich wieder zurück nach Massachusetts.«

Geknickt lehne ich meinen Kopf gegen die Hütte. Ich bin so ein Idiot, denn ich dachte, dass er wegen des Colleges wieder zurück möchte und nicht wegen Jeff.

»Hast du ihn deshalb geküsst?« Ich kann mich nur zu gut erinnern, wie er mir im Restaurant davon erzählt hat.

»Mason«, sagt er und seufzt laut. »Deine Abweisungen haben mir zu schaffen gemacht. Eins führte zum anderen und –«

Abwehrend strecke ich die Hand aus. Ich will das nicht hören. Offensichtlich versteht er meine stumme Geste.

Mia kommt zu mir. Sie lehnt ihren Kopf an meine Schulter und ich schlinge meinen Arm um sie. Ihre Wut von eben ist verpufft.

»Es tut mir leid, Mason. Ich wollte dich nicht verletzen. Ich hätte meinen Mund halten sollen, aber ihr zwei …« Sie beendet ihren Satz nicht.

Jackson steht auf. »Dafür ist es jetzt leider zu spät.«

Mia schmiegt sich etwas weiter an mich und ich bin dankbar dafür. Leider fühle ich mich aber auch ein wenig überfordert, da ich es nicht gewohnt bin, dass sie mit mir auf Kuschelkurs geht. Bisher war sie einfach nur die Freundin meines besten Freundes. Anscheinend ändert die Tatsache, dass ich auf Jackson stehe, so einiges.

»Könntest du uns kurz alleine lassen?«, fragt Jackson Mia. Unsicher sieht sie mich an.

Offensichtlich will sie sich davon überzeugen, dass es okay ist, wenn sie verschwindet.

Ich nicke, obwohl ich nicht weiß, ob ich das möchte.

Mia rappelt sich auf und nimmt ihren Cousin kurz in den Arm, bevor sie zurückgeht. Da ich mir dumm vorkomme, nun alleine am Boden zu sitzen, stehe ich auf. Ich gehe an Jackson vorbei und stütze meine Ellbogen auf das Geländer.

Es dauert kurz, bis Jackson neben mir steht.

»Du verwirrst mich«, murmele ich leise.

»Dito.«

»Ich hatte wirklich das Gefühl, dass da etwas zwischen uns ist. Aber vielleicht habe ich mir das nur eingebildet.« Traurig beobachte ich die Wellen unter mir.

»Mason«, sagt er in bedauerndem Tonfall und greift zaghaft nach meiner Hand. »Ich hatte einen festen Vorsatz, als ich hierher gekommen bin.«

»Ach«, sage ich. Dank Mia weiß ich ja jetzt, wohin ihn seine Zukunftspläne führen.

»Ja. Der lautete, dieses Jahr so schnell wie möglich hinter mich zu bringen und dann zurück zu Jeff zu gehen. In den Ferien wollte ich ihn besuchen und er mich. So war es abgemacht.«

Ich schüttele seine Hand ab und drehe mich um. Ich will weg. Es tut mir weh, zu hören, was für supertolle Vorstellungen er für seine Zukunft hat. Ich hatte auch Pläne. Mit Emily. Doch ich habe sie alle über den Haufen geworfen, für ein Hirngespinst. Ich habe alles in den Sand gesetzt. Auch meine

Freundschaft zu Emily. Aber auch die Chance, die Firma meines Vaters gemeinsam mit den Bakers zu vergrößern. Was ist, wenn mein Vater mich nicht als Nachfolger will, ohne passende Frau und 2,5 Kinder?

Doch der springende Punkt ist: Es wäre mir egal, wenn ich stattdessen Jackson hätte. Er stoppt mich, indem er von hinten seine Arme um mich schlingt.

»Jetzt hör mir doch mal zu«, bittet er mich und drängt mich zurück zur Brüstung. Seufzend kralle ich meine Hände am Geländer fest. Auf meinem ganzen Körper bildet sich eine Gänsehaut, als Jackson sich hinter mich stellt und seine Arme ebenfalls auf die Brüstung legt. Auf angenehme Weise kitzelt mich sein Atem im Nacken.

»Vor ein paar Wochen kamst du einfach in mein Leben …« Er lacht leise auf und der Ton geht mir durch Mark und Bein. »Und du hast mich gefragt, ob ich deine Schwester im Sand vergraben habe.« Er haucht einen Kuss auf meinen Nacken. »Ich war von der ersten Sekunde an von dir fasziniert.«

Ich muss mich einige Male räuspern. »Heißt das, du magst mich auch?«

Er dreht mich um und lehnt seine Stirn gegen meine. »Ja. War dir das etwa noch nicht klar?«

Zuerst war ich mir sicher, doch Jeffs Auftauchen und Jacks Reaktion auf das Ende meiner Beziehung zu Emily haben mich verunsichert.

»Zumindest habe ich es gehofft«, wispere ich. »Was ist mit deinem Ex?«

»Mit dem werde ich heute reden. Es war nicht richtig von mir, ihm zu verschweigen, dass es jemand anderen gibt.« Er sieht ziemlich geknickt aus. Ob es an unserer Gefühlsachterbahn oder der Furcht vor der Aussprache liegt, weiß ich nicht. Ich bin mir sicher, dass es nicht leicht wird, ein klärendes Gespräch mit Jeff zu führen. Ich würde ihm gerne beistehen, doch das ist eine Sache, die Jackson allein erledigen muss.

»Okay.« Ich zwinge mir ein kleines Lächeln ins Gesicht, das Jackson sofort erwidert. »Wie geht es jetzt mit uns weiter?«

Das Seufzen, das sich aus Jacksons Brust stiehlt, will so gar nicht zu den Glücksgefühlen in meinem Inneren passen. Dass er dann auch noch körperlich auf Abstand geht, bringt mich vollends aus der Fassung.

»Ich weiß, dir wird jetzt nicht gefallen, was ich sage, aber ich tue es dennoch.« Er wischt sich mit beiden Händen über sein Gesicht. »Du bist noch nicht bereit für eine Beziehung.« Ich will ihm widersprechen, doch er legt mir seinen Zeigefinger auf die Lippen. »Denk kurz darüber nach.«

Alles in mir sträubt sich gegen seine Worte. Ich meine, ich könnte doch mit Jackson zusammen sein. Ich beiße mir fest auf die Innenseiten meiner Wangen, als mir klar wird, was alles dazugehört.

Meinen Freunden zu erzählen, dass ich schwul bin, wäre noch das Leichteste. Aber der Gedanke, mich auch vor meinen Eltern outen, die meine Trennung von Emily noch nicht verdaut haben, bereitet mir fast körperliche Schmerzen. Und ich habe keine Ahnung, ob ich bereit bin, mich mit Jackson in der Öffentlichkeit zu zeigen. Ich weiß, schwul zu sein ist nichts Schlimmes, aber dennoch habe ich Angst vor den Blicken und den Kommentaren meiner Mitschüler. Mit zittrigen Fingern fahre ich mir durch meine Haare.

»Ich … Jackson …« Unschlüssig, wie ich den Satz beenden soll, öffne ich meinen Mund immer wieder, bekomme aber keine richtigen Worte raus.

Jackson greift nach meiner Hand. »Es ist okay, Mason. Ich weiß, wie du dich fühlst.«

Erstaunt sehe ich ihn an, aber vermutlich tut er das wirklich. Bestimmt hat er sich mal am selben Punkt befunden, wie ich in diesem Moment.

»Und was heißt das jetzt? Gehen wir uns wieder aus dem Weg?«

Belustigt zucken Jacksons Mundwinkel, und ich verstehe nicht, was er so witzig findet.

»Darin haben wir Übung, oder?«, sagt er dann.

»Irgendwie zieht es uns aber dennoch immer wieder zusammen.« Ich schlinge meine Arme um ihn und ziehe ihn fest an meinen Körper. »War das jetzt ein Ja?«, frage ich nach. Falls er zustimmt, will ich ihn noch ein letztes Mal im Arm halten. Es ist mir sogar egal, dass gerade ein paar Touristen um die Ecke biegen oder die Surfer uns vom Meer aus beobachten können.

»Nein, natürlich nicht. Wir können uns jederzeit treffen. Aber machen wir besser einen Schritt nach dem anderen, bis du für eine Beziehung mit mir bereit bist.«

Ich nehme ein bisschen Abstand von ihm. »In Ordnung.«

Jackson ist es wert, dass ich an mir arbeite, damit wir eine gemeinsame Zukunft haben.

Kapitel 15

Gemächlich und in einvernehmlichem Schweigen schlendern Jackson und ich zurück zu den anderen. Allzu gerne würde ich nach seiner Hand greifen, aber ich lasse es, denn das wäre genau das Gegenteil von *einen Schritt nach dem anderen*.

Emily sieht Jackson und mir entgegen, doch anders als zuvor wendet sie sich dieses Mal nicht von mir ab. Da wir uns nicht ewig aus dem Weg gehen können, setze ich mich neben sie.

»Hey, Em«, begrüße ich sie leise. Mit einer eleganten Bewegung richtet sie sich auf und dreht unseren Freunden den Rücken zu.

»Hallo.« Zögerlich hebt sie ihre Hand zum Gruß.

Ich rutsche etwas näher an sie heran und flüstere: »Wie geht es dir?«

Ihr Schultern hängen nach unten. Sie sieht unfassbar traurig aus. »Ich weiß nicht. Es ist eigenartig. Wir haben uns, seit wir neben euch eingezogen sind, beinahe jeden Tag gesehen und plötzlich nicht mehr.« Neugierig werfe ich einen Blick über Emilys Schulter, um zu sehen, ob die anderen unserem Gespräch lauschen. Natürlich tun sie das, auch wenn sie versuchen es zu verbergen.

»Aber das muss nicht so sein«, biete ich ihr an. Der Funken Hoffnung, der in ihren Augen aufglimmt, tut mir in der Seele weh. Ich glaube, ich muss ihr den wahren Grund, wieso ich mich von ihr getrennt habe, nennen. Ich will nicht, dass sie sich ein Liebes-Comeback ausmalt, das es niemals geben wird. Mit meinem Kopf deute ich zu den anderen. »Wollen wir ein Stückchen spazieren?«

Emily sieht mich dankbar an. Sie ist offenbar ebenfalls nicht unbedingt heiß darauf, vor allen miteinander zu reden. Ich rappele mich auf und strecke ihr die Hand entgegen, die sie sofort ergreift. Mit einigem Abstand zwischen uns schlendern wir über den Strand bis zu einer kleinen Bank.

»Wieso hast du Dan und meinen Eltern von dem Problem mit dem Essen erzählt?«, möchte Emily als Erstes wissen.

Seufzend setze ich mich und lege meinen Kopf in den Nacken. Gestern habe ich nach langem Überlegen mit Dan telefoniert und ihm von meinen Beobachtungen über Emily erzählt. Er war nicht einmal besonders überrascht, da es ihm ebenfalls bereits aufgefallen war. Nur hatte er keine Ahnung, wie schlimm es in der Zwischenzeit geworden war.

»Es tut mir leid, Emily! Du bist mir immer noch wichtig. Ich musste es tun, da du mir aus dem Weg gehst.«

Ich wollte nicht, dass ihr Problem schlimmer wird, deshalb hatte ich keine andere Möglichkeit. Ich will, dass sie die Hilfe bekommt, die sie braucht.

Zaghaft setzt sie sich neben mich. »Soll das bedeuten, dass du deine Entscheidung, mit mir Schluss gemacht zu haben, bereust?«

Langsam schüttele ich den Kopf. »Nein Emily, das tue ich nicht«, antworte ich mit sanfter Stimme.

»Aber ich habe dir nicht die ganze Wahrheit bezüglich unserer Trennung erzählt.«

Sie zuckt zusammen. »Hast du eine andere?« Sie deutet auf mein blaues Auge. »Dan hat mir erzählt, dass er dich geschlagen hat, wollte mir jedoch nicht verraten, was der Grund dafür war.«

Ich greife nach Emilys Hand und streiche sanft darüber. »Em, ich habe dich nie mit einem anderen Mädchen betrogen.« Das ist zumindest keine Lüge.

Aber dass ich Jackson geküsst habe, will ich ihr vorerst noch nicht erzählen. Es würde ihr nur wehtun. Ich weiß, wenn ich die Sache zwischen uns klären will, muss ich ihr irgendwann die ganze Wahrheit gestehen, aber im Moment schaffe ich es einfach noch nicht.

Sie dreht ihren Kopf und sieht mich mit glasigen Augen an. »Was ist dann schiefgelaufen?«

»Ich denke, ich stehe auf Männer«, gestehe ich ihr.

»Du … aber … Ich meine … Mason!« Schockiert sieht sie mich an. »Wir hatten doch Sex miteinander?« Es klingt mehr nach einer Frage als nach einer Feststellung. »Und es hat nicht so gewirkt, als würde es dir nicht gefallen. Wie kommst du auf den abwegigen Gedanken, du könntest schwul sein?« Das Schlimmste an ihren Worten ist die Fassungslosigkeit, mit der sie sie ausspricht.

Kleinlaut erkläre ich ihr: »Vielleicht bin ich ja auch bisexuell. Oder so.« Ich bin langsam der Meinung, dass ich kein Label für meine sexuelle Orientierung brauche. Ich habe mich in Jackson verliebt. Aus.

»Ich bin selbst erst dabei, herauszufinden, was sich verändert hat.«

Als Emily wieder spricht, klingt ihre Stimme schärfer als zuvor. »Mason, es tut mir wirklich leid, aber das, was du sagst, ist doch lächerlich.«

Bei Emilys Worten beiße ich meine Zähne fest aufeinander. Sie wirft ihre Hände in die Luft.

»Man wird doch nicht einfach von heute auf morgen schwul. Wir waren verdammte zwei Jahre zusammen.« Zur Verdeutlichung streckt sie Zeige- und Mittelfinger in die Luft, als würde sie das Peace-Zeichen machen.

»Jetzt mach es mir doch nicht so schwer, Em«, bitte ich sie. »Ich habe mir das doch nicht ausgesucht.«

Sie steht auf und wandert vor der Bank auf und ab. »Liegt es an Jackson und Jeff?«

Schockiert reiße ich die Augen auf.

»Hast du dir, als du sie gesehen hast, gedacht, dass du das auch mal probieren möchtest?«

Ach du Scheiße. Das Gespräch läuft gerade wirklich aus dem Ruder. Ich stehe auf und stoppe Emily, indem ich ihr meine Hände auf die Schultern lege. »Wie kannst du mich so etwas fragen? Du kennst mich seit Jahren. Du weißt, dass ich Entscheidungen nicht leichtfertig treffe.«

Erst jetzt bemerke ich die Tränen in Emilys Augen. »Und was ist, wenn wir zusammenbleiben und du hin und wieder … deinen anderen Neigungen nachgehst.«

Zu sehen, wie Emily sich an jeden Strohhalm klammert, macht mir dieses Gespräch noch schwerer.

»Emily.« Ihr Name klingt wie ein Seufzen aus meinem Mund. »Das wird nicht klappen. Außerdem will ich dir so etwas nicht antun. Dafür mag ich dich viel zu sehr.« Ich ziehe sie zu mir und hauche ihr einen Kuss auf die Stirn. »Ich gehe jetzt besser nach Hause.«

Gerade als ich mich abwenden will, keucht sie: »Stopp.«

»Was?« Mitten in der Bewegung halte ich inne.

»Wissen die anderen Bescheid?«

Bedauernd schüttele ich den Kopf. »Bisher nur Harper, Dan und du.« Mia und Jackson erwähne ich nicht. Es ist besser, wenn Emily nichts davon weiß, denn das würde zu viele Fragen aufwerfen, die ich ihr im Moment nicht beantworten will.

»Wir vier gegen den Rest der Welt?« Sie versucht sich in einem Lächeln.

»Genau, wie immer.« Danach drehe ich mich um und gehe zurück zu unserem Liegeplatz, um meine Sachen zu holen.

»Mason?«, ruft sie mir hinterher.

»Ja?«

»Ich versuche, damit klarzukommen.«

Dankbar lächele ich sie an. Das ist mehr, als ich erwartet habe.

Emily setzt sich in Bewegung und läuft mir hinterher. »Und geh nicht nach Hause. Bleib noch ein bisschen.«

Der Gedanke, Jackson mit Jeff zu sehen, gefällt mir nicht, aber wenn meine Exfreundin mich bittet zu bleiben, dann werde ich das auch tun.

»Ich setze mich nochmal kurz und versuche meine Gedanken zu sortieren. Geh schon mal vor«, bittet mich Em und bringt mich damit zum Grinsen. Ich bin froh, dass sie mich nun endlich mal irgendwo hinschickt.

»Tu das. Ich habe dir eine ganze Menge Stoff zum Nachdenken gegeben.«

Zurück bei den anderen werde ich genau beobachtet.

»Alles klar?«, möchte Dan von mir wissen. Das Mädchen aus seiner Stufe, das vorhin noch neben ihm saß, ist bereits weg.

»Nicht ganz, aber bestimmt bald.« In diesem Moment bin ich mir nicht ganz sicher, ob ich damit Emily meine oder mich selbst.

»Harper, würdest du mal zu Emily gehen? Ich glaube, sie könnte im Moment eine gute Freundin brauchen«, bitte ich meine Schwester. Vor allem sollten sie wieder miteinander reden. Ich möchte nicht schuld daran sein, dass die Mädchen ihre Freundschaft beenden.

»Klar.«

Es wirkt fast so, als hätte sie nur darauf gewartet, zu ihrer besten Freundin zu laufen. Als sie aufspringt, halte ich sie an der Hand zurück und flüstere in ihr Ohr.

»Sie weiß, dass ich schwul bin, aber nichts von Jackson.«

Kurz nickt sie mir zu, bevor ich mich auf ihr Handtuch lege. Mit geschlossenen Augen genieße ich die Sonne und lausche den leisen Gesprächen meiner Freunde. Bis ich meinen Blick Ethan zuwende, der mit seinem Football herumspielt.

»Na, hast du Sehnsucht nach deinem Team?«, frage ich ihn.

Ethan wirft den Ball in die Luft. »Müsste ich nicht haben, wenn ihr mit mir spielen würdet.«

Ich setze mich auf und klopfe Dan auf die Schulter. »Na los, tun wir Ethan den Gefallen.«

»Ich spiele auch mit.« Keine Sekunde später steht Jackson bereits neben mir. Miles macht ebenfalls Anstalten, aufzustehen.

Nur Jeff sieht ein wenig unglücklich aus. »Besser, ich bleibe bei Mia. Nicht dass ihr noch langweilig wird.«

Mein Lächeln wird von Sekunde zu Sekunde breiter. Auffordernd strecke ich meine Hand nach dem Ball aus, den Ethan mir auch gleich zuwirft. »Du spielst in meinem Team, Ethan.«

»Jackson kann bei uns mitspielen«, meint Dan großzügig, während er freundschaftlich einen Arm um Miles' Schulter legt.

»Drei gegen zwei«, fasst Ethan mit einem hörbaren Lächeln in der Stimme zusammen. »Ihr solltet euch noch jemanden suchen, damit ihr eine Chance gegen Mason und mich habt.«

Ich will ja nicht angeben, aber ich bin gut im Footballspielen. Nicht so gut wie Ethan und bei weitem nicht so ehrgeizig, aber um die anderen Jungs fertigzumachen, reicht es bestimmt.

Grinsend joggt mein bester Freund an mir vorbei. Als er gute fünfzehn Meter von mir entfernt ist, werfe ich ihm das Ei zu, das er fängt, während er rückwärts durch den Sand läuft. Wir setzen uns in Bewegung und spielen ein paar Züge. Es grenzt an ein Wunder, dass wir keine anderen Strandbesucher verletzen.

Irgendwann verschwindet Dan, um sich von Emily und Harper trösten zu lassen, weil Ethan ihm den Ball mitten ins Gesicht geknallt hat.

»Zwei gegen zwei«, murmele ich, während ich beobachte, wie Miles versucht Ethan den Football abzunehmen. Doch Ethan wäre nicht der Kapitän des Teams, wenn er das so einfach zulassen würde.

»Mason«, brüllt er und macht einen Pass in meine Richtung. Schnell beschleunige ich meine Schritte, um den Football zu erwischen. Jackson läuft ebenfalls auf den Ball zu, doch ich bin schneller. Geschickt drehe ich mich um, damit ich auf die provisorische Endzone zulaufen kann, um einen Touchdown zu schaffen. Leider habe ich für eine Sekunde vergessen, dass Jackson ein ebenso guter Läufer wie ich ist, werde aber sofort daran erinnert, als er mir auf den Rücken springt und ich mit vollem Tempo in den Sand knalle. Irgendwie beschleicht mich in diesem Moment ein leichtes Déjà-vu-Gefühl. Als Jackson einen kleinen Kuss in meinen Nacken haucht, wandert eine Gänsehaut über meinen ganzen Körper.

Kurz darauf ist die Wärme seines Körpers verschwunden. Ich drehe mich um und halte meinen Unterarm vor mein Gesicht, um mich vor der Sonne zu schützen. Lächelnd streckt er mir seine Hand entgegen, die ich jedoch nicht ergreife. Stattdessen stehe ich selbst auf. Sein Blick verdunkelt sich sofort.

Aber was hat Jacks erwartet? Er hat an einem öffentlichen Strand meinen Nacken geküsst. Rund um uns herum befinden sich zahlreiche Urlauber und unsere Freunde. Panisch sehe ich mich um, ob bekannte Gesichter dabei sind, doch ich kann niemanden aus meiner Highschool erkennen. Emily und die anderen sind zu weit von uns entfernt, um etwas mitgekriegt zu haben. Und auch die Touristen zeigen nicht mit ausgestrecktem Finger oder angewidertem Gesichtsausdruck in unsere Richtung. Die Anspannung, die kurz zuvor noch meinen ganzen Körper unter Kontrolle hatte, fällt von mir ab.

Als Jackson die Erleichterung auf meinem Gesicht erkennt, wendet er sich von mir ab, um den Ball zurück zu Miles zu werfen.

»Tut mir leid«, flüstere ich leise und stelle mich ganz nah neben ihm. Federleicht fahre ich mit meinen Fingerspitzen über seinen Handrücken, in der Hoffnung, dass er merkt, dass ich mich wirklich bemühe.

»Kein Problem«, sagt er, doch ich erkenne an seiner Körperhaltung und an seiner Stimmlage, dass es doch eines ist. »Ich darf einfach nicht zu viel von dir erwarten.«

Seine Worte treffen mich mit einer solchen Wucht, dass ich einen Schritt zurücktaumele.

»Weißt du was?«, fahre ich ihn an. »Ich dachte, du hättest Verständnis für mich. Das ist eine große Sache für mich. Bevor du hier aufgetaucht bist, hatte ich keine Ahnung …« Ich schüttele meinen Kopf. »Vergiss es einfach.« Wütend stapfe ich zu unserem Liegeplatz und schnappe mir mein Zeug. »Ich muss nach Hause.«

Alarmiert sieht Harper auf. »Ist etwas passiert? Soll ich mitkommen?«

Ich versuche mich in einem beruhigenden Lächeln. »Nein, mach dir keine Umstände. Wir sehen uns später.« Ich winke den anderen zu und stapfe an Jackson vorbei in Richtung meines Zuhauses. Ethan und Miles starren mich mit hochgezogenen Augenbrauen an.

»Fragt nicht«, murre ich, bleibe jedoch kurz für einen Handschlag stehen. »Wir sehen uns.«

Ohne auf eine Reaktion zu warten, gehe ich den Strand entlang.

Kapitel 16

Ich grabe mich tiefer in die Decke und versuche das Klopfen an meiner Tür zu ignorieren. Seit gestern Nachmittag habe ich mein Bett so gut wie nicht mehr verlassen. Außer um mal kurz ins Badezimmer zu verschwinden oder etwas zu Essen zu holen, konnte ich mich zu nichts aufraffen.

Mit einem Seufzer greife ich nach meinem Kissen und lege es mir aufs Gesicht. Vielleicht kann ich Harpers penetrantes Geklopfe so besser ignorieren. Bestimmt will sie mich wieder fragen, ob ich an PMS leide und sie mir einen Tee bringen soll. Der Witz war bereits beim ersten Mal nicht gut.

Aber ich wollte mir noch den heutigen Tag Zeit zum Trübsalblasen nehmen und um darüber nachzudenken, wie ich meinen Eltern am besten beibringe, dass ich auf einen Jungen stehe. Vielleicht kann ich es noch ein paar Tage hinauszögern. Bis zu meiner Beerdigung oder so.

Ich greife nach dem Kissen und werfe es aus dem Bett. »Ja, verdammt noch mal. Komm rein.«

Als sich die Tür öffnet und Jackson mein Zimmer betritt, bleibt mir fast die Luft weg. Er lehnt sich gegen das Holz und blickt mich traurig an. Er sieht in seinen schwarzen Shorts und dem engen grauen T-Shirt so gut aus, dass mir das Schlucken schwerfällt.

»Wegen gestern …«, beginnt er zu sprechen, lässt den Satz jedoch unvollendet und starrt auf den Boden.

Gleichzeitig sagen wir dann: »Es tut mir leid!« Unsere Blicke treffen sich und wir müssen schmunzeln.

»Steh da nicht so herum«, befehle ich ihm. Mit bedächtigen Schritten geht er auf mich zu und setzt sich auf die Bettkante.

»Wie kommst du hier rein?«, möchte ich wissen.

»Deine Mutter hat mich hereingelassen. Sie hatte übrigens einen Rollkoffer dabei und schien es eilig zu haben.«

Ich lasse mich wieder zurück in mein Kissen sinken. »Sie trifft sich mit meinem Vater am Flughafen. Die beiden haben einen geschäftlichen Termin und wollen danach in Miami ausspannen.«

Ich weiß nicht, aber wenn dieser Junge lächelt, dann macht das etwas mit mir und mein Herz beginnt extrem unregelmäßig in meiner Brust zu klopfen.

»Natürlich. Wieso nicht ein paar Tage Urlaub machen? Gibt ja hier keinen Strand.« Ich liebe den sarkastischen Tonfall, der in seiner Stimme mitschwingt. »Ich habe gehört, das Meer ist von hier aus echt schwer zu erreichen.«

Ich boxe ihm gegen die Schulter. »Sei nicht so frech«, tadele ich ihn. Anders als Jacks kann ich verstehen, dass sie ein paar Tage ohne uns verbringen wollen. Harper und ich können manchmal sehr anstrengend sein.

»Was tust du denn, wenn ich es weiterhin bin?« Er wackelt mit den Augenbrauen und entlockt mir damit ein belustigtes Schnauben.

Blitzschnell richte ich mich auf, packe ihn bei den Schultern und will ihn mit mir aufs Bett ziehen. »Dann muss ich dich irgendwie ruhigstellen.«

»Warte, warte«, meint er lachend. Er kickt seine Flipflops von den Füßen und folgt mir aufs Bett. Als ich mich hinlege, strecke ich meinen Arm aus. Sofort versteht er meine stumme Bitte, denn er schmiegt seinen Kopf an meine Brust. Eine Weile genieße ich stumm seine Anwesenheit und kämme mit meinen Fingern durch seine weichen blonden Haare.

»Ich wollte gestern noch bei dir vorbeikommen«, gestehe ich Jackson. »Es war dumm, dass ich abgehauen bin. Ich habe überreagiert.«

Jackson brummt eine leise Zustimmung und ich schnippe ihm mit einem Finger gegen sein Ohrläppchen.

»Hey«, beschwert er sich. »Du hast überreagiert. Ich aber auch, und das tut mir leid«, gesteht er mir zu.

»Danke«, flüstere ich leise.

»Nicht dafür. Dadurch, dass ich bereits eine Weile eine Beziehung mit einem anderen geführt habe, und das auch durchaus in der Öffentlichkeit, fällt es mir schwer, mich zurückzuhalten. Vor allem bei dir.« Kurz verstummt er. »Dass du dich nach dem harmlosen Kuss panisch umgesehen hast, war wie eine Ohrfeige für mich.«

Ein bisschen kann ich ihn verstehen. »Ich gebe wirklich mein Bestes, Jackson.« Meine Stimme klingt niedergeschlagen. »Ich werde versuchen, mich in Zukunft zu bessern. Aber für manche Schritte brauche ich vielleicht noch etwas Zeit.«

Jackson rutscht so lange in meinem Bett herum, bis er mich ansehen kann, dabei aber immer noch in meinen Armen liegt. »Bei was zum Beispiel?«, möchte er wissen.

»Dich in der Öffentlichkeit zu küssen. Oder einfach mit dir Händchen halten.« Ich muss meine Augen schließen. »Ich habe es noch nicht einmal geschafft, Ethan von uns zu erzählen. Da kann ich nicht einfach mit dir herumknutschen, ohne ihn wenigstens vorzuwarnen.«

Jackson haucht mir einen zärtlichen Kuss auf mein Kinn. »Das kann ich verstehen. Vor allem hätte ich das auch gar nicht von dir erwartet. Nicht vor Jeff.«

»*Jeff*.« Der Name schmeckt bitter auf meiner Zunge und es kostet mich große Überwindung, ihn auszusprechen.

»Es ist erstaunlich, wie abfällig du diesen Namen betonen kannst.« Schon wieder rutscht Jackson in meinem Bett herum, so lange, bis sein Kopf direkt neben meinem liegt und wir uns in die Augen sehen können. Meine blau. Seine braun.

»Ich würde mich ja jetzt dafür entschuldigen, aber das wäre dann ganz und gar nicht aufrichtig.«

Meine Worte lassen Jacksons Mundwinkel zucken. »Er ist mein Exfreund. Du wirst dich damit abfinden müssen, dass es vor dir einen anderen gab.«

Ich muss hart schlucken. »Was soll das bedeuten?«, frage ich ihn.

»Ich wollte gestern bei dir vorbeikommen«, erzählt Jackson, ohne auf meine Frage einzugehen.

»Lass mich raten. Da *Jeff* bei dir war, konntest du das nicht.«

Mit seiner Hand macht Jackson eine Teils-teils-Geste und legt sie danach auf meine Brust. »Habe ich dir schon gesagt, wie gut es sich anfühlt, wenn ich dich berühre?«

Obwohl ich mich geschmeichelt fühle, presse ich meine Lippen aufeinander und wende den Blick ab. »Du lenkst ab.«

»Nein, das stimmt nicht. Ich wollte dir das einfach unbedingt sagen. Was ich aber auch nicht vergessen darf, dir zu erzählen, ist, dass ich gestern ein langes Gespräch mit Jeff hatte und ihn heute zum Flughafen gebracht habe.« Leicht stupst Jackson mit seiner Nasenspitze gegen meine, doch die liebevolle Geste kann mein schmerzendes Herz nicht wirklich beruhigen.

Einerseits bin ich erleichtert, dass Jeff endlich die Stadt verlassen hat. Andererseits habe ich keine Ahnung, worüber die beiden gesprochen haben. Vielleicht hat Jackson es sich doch nochmal überlegt und … keine Ahnung. Er verwirrt mich. In seiner Nähe kann ich einfach nicht rational denken.

»Habt ihr euch darüber unterhalten, wie ihr das Zusammenleben regelt, wenn du wieder nach Massachusetts zurückgehst?«, frage ich deshalb geknickt.

Dass Jackson seine Augen verdreht, macht die Situation nicht besser. »Eigentlich dachte ich eher, du würdest vielleicht mit mir in eine Studentenbude ziehen, sollte das mit uns klappen.«

Ich räuspere mich. »Als Mitbewohner?«

»Nein, als mein fester Freund.«

Mein Herz schlägt plötzlich aufgeregt in meiner Brust. Aber nicht weil ich Panik bekomme, sondern weil mir der Gedanke gefällt. Harvard war schon immer mein Traum. Es liegt also nicht nur an Jackson, dass die Aussicht, in Massachusetts zu leben, mich zum Strahlen bringt. Auch wenn es für konkrete Pläne definitiv zu früh ist, freue ich mich, dass er mich mit einplant.

»Was ist mit Jeff?« Ich weiß nicht, wie oft ich diese Frage bereits gestellt habe, aber ich muss endlich eine eindeutige Antwort aus seinem Mund hören, damit ich mit meiner Eifersucht abschließen kann.

»Wenn du darauf bestehst, können wir gerne ein WG mit ihm gründen«, zieht Jackson mich auf. Er grinst, als ich ihn böse anfunkele, scheint aber zu verstehen, was ich von ihm hören will. »Ich habe ihm erklärt, dass es für uns keine Zukunft gibt. Weder jetzt noch in einem Jahr, weil ich jemanden kennengelernt habe.«

Er nimmt mein Gesicht in seine Hände und sieht mich mit einem so intensiven Blick an, dass ich Probleme habe, ihm standzuhalten.

»Mason, ich habe mich in dich verliebt.«

Seine Worte machen mich so glücklich, wie ich es noch nie in meinem ganzen Leben war. Ganz nah rutsche ich an ihn heran, bis sich unsere Nasenspitzen fast berühren.

»Ich mich auch in dich, aber das weißt du vermutlich schon.«

Jackson lächelt. »Vielleicht hast du es in letzter Zeit ein- oder zweimal erwähnt.«

Er überbrückt die letzten Zentimeter zwischen uns und legt seine Lippen sanft auf meine. Es ist nicht mehr als eine federleichte Berührung. Als er sich wieder zurückzieht, sieht er mir einfach nur in die Augen.

Wir liegen eine ganze Weile völlig entspannt in meinem Bett. Manchmal reden wir, doch die meiste Zeit schweigen wir und genießen einfach die Nähe des anderen. Und immer wieder berühren Jacks und ich uns. Es ist so schön, dass ich das jetzt einfach tun kann, ohne ein schlechtes Gewissen zu haben oder mich gegen meine Gefühle wehren zu müssen.

Ich spiele gedankenverloren mit Jacksons Fingern. Als es an der Tür klopft, bin ich gerade dabei, seine Hand an meinen Mund heranzuziehen, um einen Kuss darauf zu hauchen. Jackson will sofort von mir abrücken, als es ein weiteres Mal klopft, doch ich halte ihn an der Hüfte fest.

»Nicht«, bitte ich ihn leise.

Niemals habe ich etwas Schöneres gesehen, als das strahlende Lächeln, das gerade in seinem Gesicht erscheint.

»Herein«, rufe ich laut.

Sofort öffnet sich die Tür und Harper steht gemeinsam mit Dan in meinem Zimmer.

»Ich habe dir doch gesagt, dass er nicht alleine ist«, murmelt Harper.

Dan sieht überall hin, nur nicht auf das Bett, in dem Jackson und ich liegen. Vermutlich ist es eigenartig für ihn, mich mit jemand anderem als mit seiner Schwester zu sehen.

»Kann ich euch helfen?«, frage ich.

»Ja, dein bester Freund terrorisiert mich mit Telefonanrufen, da du nicht an dein Handy gehst.« Mit ihrem Kopf nickt Harper in Richtung Nachttisch.

»Es ist auf lautlos gestellt.« Ich werfe einen Seitenblick zu Jackson, der mich mit gerunzelter Stirn betrachtet. Seit Harper und Dan im Raum sind, hat er noch kein Wort gesagt. Ob es ihm unangenehm ist, dass sie uns dabei erwischt haben, wie wir kuscheln? Immerhin liegt mein Bein immer noch über seinem.

»Na gut. Dann lassen wir euch wieder alleine.« Harper lächelt und ich freue mich darüber, dass sie mir Jackson anscheinend gönnt, jetzt, wo sie ihr Glück gefunden hat. Sie kam gestern mit leuchtenden Wangen nach Hause und hat mir glücklich erzählt, dass Dan sie begleitet hat. Und dass sie es miteinander versuchen wollen. Gott. Sei. Dank. Ich bin froh, dass die beiden endlich den Sprung ins Ungewisse wagen. Es wäre zu schade, wenn er bald in einen Flieger gestiegen wäre, ohne vorher seinen Beziehungsstatus zu überdenken.

Ich halte kurz inne, denn ich kann nicht glauben, wie weit die Ferien bereits fortgeschritten sind. Ich habe viel zu viel Zeit damit verbracht, Jackson aus dem Weg zu gehen, anstatt die Zeit mit ihm zu nutzen. Ein Fehler, den ich definitiv nicht wiederholen werde.

»Wenn ihr wollt, könnt ihr gerne bleiben. Wir könnten uns unterhalten oder etwas zu essen bestellen?«, biete ich an.

Dan schüttelt den Kopf, grinst dabei aber. »Nein, danke. Wenn es dich nicht stört, würde ich gerne ein bisschen Zeit allein mit Harper verbringen. Immerhin muss ich bald weg.«

Die Miene meiner Schwester verdüstert sich bei diesem Gedanken ein wenig. Ich kann nachvollziehen, wie es in Harper aussieht. Vermutlich hat sie große Angst, dass ihre Liebe der Distanz nicht gewachsen ist.

»Oh«, ist alles, was ich dazu sage.

»Viel Spaß«, ruft Jackson und lässt mich leicht zusammenzucken.

»Den werden wir haben«, meint Dan grinsend, und meine Schwester und ich stöhnen gleichzeitig auf.

»Das solltest du echt nicht neben mir sagen«, weise ich ihn zurecht.

»Ich merke es mir für das nächste Mal.« Dan greift nach Harpers Hand und zieht sie hinter sich aus dem Zimmer. Die Tür fällt ins Schloss und ich kuschele mich wieder näher an Jackson.

Jackson sieht mich erstaunt an. »Wieso haben sie nicht gefragt, warum wir so eng beieinander im Bett liegen?«

»Harper und Dan wissen bereits, dass ich auf dich stehe.«

Jacksons Mund klappt weit auf. »Ich dachte, nur Mia weiß davon. Und das alleine aus dem Grund, weil ich es ihr erzählt habe.«

Sanft lege ich meine Hand auf seine Wange. »Nein, ich habe zuerst Dan und dann Harper von meinen Gefühlen für dich erzählt.« Verlegen beiße ich mir auf die Lippe. »Na gut. Dan hat unser nächtliches Telefonat belauscht, aber Harper wollte ich von meinen Gefühlen zu dir erzählen. Übrigens habe ich auch Emily gesagt, dass ich schwul bin.« Kurz verstumme ich, entscheide mich aber dazu, ihm die ganze Wahrheit zu erzählen. »Allerdings weiß sie noch nicht, dass ich mich in dich verliebt habe.« Ich streichele mit meinem Finger über die Falten, die sich auf seinem Gesicht bilden.

»Wieso?«

»Weil ich sie nicht verletzen will. Wir sind erst ein paar Tage getrennt und sie soll sich nicht noch schlechter fühlen, bei dem Gedanken, dass ich glücklich in deinen Armen liege.«

Jackson nickt verstehend mit dem Kopf. »Gut, irgendwie kann ich das nachvollziehen.«

»Danke.«

»Ich kann nicht fassen, dass du es ihnen gesagt hast.« In einer beiläufigen Geste wandern Jacksons Hände in seine Haare.

Meine Mundwinkel sinken nach unten. »Hätte ich das nicht tun sollen?«

Seine Augen weiten sich. »Nein, nein. Ich freue mich darüber«, sagt er schnell. »Ich hätte nur nicht damit gerechnet, dass du so schnell dazu bereit bist.«

Etwas verlegen kaue ich auf meiner Unterlippe herum. »Na ja … ich habe ihnen aber auch gesagt, dass sie es fürs Erste für sich behalten sollen, da ich es dem Rest meiner Freunde selbst erzählen möchte.«

Jackson beugt sich zu mir und seine Lippen schweben nur wenige Millimeter über meinen. Die Sehnsucht danach, dass er mich küsst, wird fast übermächtig groß.

»Das ist völlig in Ordnung. Immer ein Schritt nach dem anderen.«

Er verschließt meinen Mund mit seinem. Zärtlich leckt er mit der Zungenspitze über meine Unterlippe und ich komme der Aufforderung gerne nach und öffne meinen Mund für ihn. Es ist der erste richtige Kuss, den wir heute austauschen. Zuvor waren es immer nur kleine Küsschen. Meine Haut kribbelt, als Jackson sich ganz nah an mich presst und mit seiner Hand über meine Seite streicht.

»Ich küsse dich so wahnsinnig gerne«, raunt er mir zu.

»Da kann ich nur zustimmen.« Unwillig mache ich mich von Jackson los und lehne mich über ihn, damit ich mein Smartphone erreichen kann. »Und jetzt sollte ich Ethan anrufen, damit er nicht hier auftaucht.«

Nachdenklich legt Jackson seine Stirn in Falten.

»Das steht dir nicht«, erkläre ich ihm und versuche mit meinen Fingern die Falten zu glätten.

»Wieso hast du deinem besten Freund noch nichts von uns erzählt?«, möchte er wissen.

Ich setze mich auf, um Zeit zu schinden, denn eine eindeutige Antwort auf diese Frage habe ich leider nicht.

Schnell fügt er hinzu: »Versteh mich nicht falsch. Ich will dich nicht dazu zwingen, ihm zu sagen, dass das zwischen uns mehr als Freundschaft ist, aber es wird bestimmt nicht leichter, je länger du es vor dir herschiebst!«

Unschlüssig zucke ich mit den Schultern. »Vermutlich waren wir einfach nie lange genug allein, um ein Gespräch in Gang zu bringen«, rede ich mich heraus. Bisher hatte ich nicht den Mumm dazu.

Jackson legt seine Hand in meinen Nacken und streichelt sanft über die freiliegende Haut. »Mach dir keine Gedanken. Irgendwann wird der richtige Zeitpunkt kommen.«

Dankbar lächele ich ihn an und wende mich meinem Smartphone zu. Ethan hat mich neun Mal angerufen und auch drei WhatsApp-Nachrichten geschickt.

Stirnrunzelnd wähle ich seine Nummer. Anstatt mich mit einem »Hallo« zu begrüßen, keucht er ein »Endlich« in die Leitung.

Ich stelle das Telefon auf laut, damit Jackson mithören kann. »Hast du mich so sehr vermisst?«, ziehe ich Ethan auf.

»Nein, aber ich versuche hier etwas zu planen und du nimmst einfach nicht ab«, beschwert er sich.

Verwirrt sehe ich zu Jackson, doch der zuckt nur mit den Schultern. »Wie bitte?«, frage ich nach.

»Miles kann morgen in sein WG-Zimmer einziehen«, beginnt Ethan zu erzählen.

»Aha.« Ich wüsste nicht, warum Ethan deswegen großartige Pläne schmieden müsste.

»Alter, hast du vergessen, dass wir ihm beim Umzug helfen müssen?«

Ich nicke Jackson zu, sage aber zu Ethan: »Nein.« Belustigt schüttelt Jackson seinen Kopf.

»Ich kenne dich …«, kommt es auch schon durch die Leitung. »Du hast es vergessen. Aber ist ja auch egal. Ich dachte, wir könnten einen kleinen Männerurlaub an unseren Trip nach Tallahassee anhängen.«

»Wer kommt mit?«, möchte ich wissen.

»Miles und ich bisher. Dan darfst du überreden.«

Ob das klappt? Immerhin verlässt er uns ebenfalls bald und hat noch eine ganze Menge zu erledigen. Und ohne Jackson möchte ich nirgends hinfahren. Ich sehe ihn fragend an und hoffe, dass er meine stumme Frage versteht. Er nickt.

»Kann ich machen.« Nach einer kurzen Pause sage ich: »Ich werde Jackson auch fragen, ob er mitkommen möchte.«

»Alles klar.«

Nur zu gerne würde ich mir mit Jackson ein Zimmer teilen, deshalb stelle ich die nächste Frage so beiläufig wie möglich. »Wo sollen wir denn in Tallahassee übernachten? Miles schläft doch bestimmt in seiner WG?« Gespannt warte ich auf die Antwort.

»Nope.«

»Spann mich nicht auf die Folter«, bitte ich meinen besten Freund.

»Ungefähr fünfzig Minuten von Tallahassee entfernt liegt der Apalachicola National Forest. Wir werden dort campen.«

Also, das klingt ja nicht gerade spannend. Ich verziehe mein Gesicht, doch als ich zu Jackson blicke, sieht er richtig begeistert aus und nickt erfreut.

»Klingt gut«, würge ich deshalb hervor. Einige Sekunden herrscht Stille.

»Eigentlich hätte ich damit gerechnet, dich erst davon überzeugen zu müssen.«

Ich lache laut auf. »Ich bin eben immer für eine Überraschung gut«, ziehe ich Ethan auf. Auch in Bezug auf meine sexuelle Orientierung.

»Wirklich! Ich plane dann mal weiter und gebe dir heute Abend Bescheid, was du einpacken sollst.« Ethan klingt bereits wieder abgelenkt.

»Ich nehme mal an, ein Zelt wäre von Vorteil?«

»Ganz bestimmt sogar. Bis bald.«

Wieder krabbele ich über Jackson, um das Telefon zurück auf den Nachttisch zu legen. Auffordernd streckt er seine Hand aus und ich schmiege mich an seine Brust.

»Ich hoffe, du bist dir darüber im Klaren, dass du mit mir in einem Zelt schlafen musst.«

»Ich glaube, damit komme ich klar, Mason«, antwortet er mir. Ich schließe meine Augen und genieße das Gefühl, in Jacksons Armen zu liegen.

Kapitel 17

Tief ziehe ich mir die Kapuze meines Pullovers in die Stirn. Es ist einfach noch zu früh und zu kalt, um nur mit einem Shirt herumzulaufen.

»Hey«, begrüße ich Jackson, als ich um meinen Wagen herumjogge. In einen übergroßen Hoodie gehüllt und mit einem gepackten Rucksack auf den Schultern hat er bereits auf mich gewartet. Ich sehe mich um. Da ich weit und breit weder andere Menschen noch Autos erspähen kann, gebe ich ihm einen keuschen Kuss auf die Lippen und umarme ihn kurz. Grinsend greife ich nach seiner Kapuze und ziehe sie ihm über den Kopf.

»Heute Partnerlook?«, frage ich, während ich auf meinen eigenen Pullover deute.

»Sieht ganz so aus.« Jackson geht an mir vorbei, um den Kofferraum zu öffnen. Verdutzt sieht er ins Innere. »Was ist das alles?«

Na, was wohl? »Das Zeug für den Ausflug.« Im Kofferraum liegen drei Zelte, mehrere Schlafsäcke, Decken, ein Campingkocher und noch so einiger anderer Krempel. Da sein Rucksack bestimmt nicht mehr hineinpasst, schließe ich die Klappe wieder.

»Sollten wir nicht eigentlich Miles' Sachen nach Tallahassee bringen?« Er klingt ehrlich verwirrt.

Ich nehme Jackson seinen Rucksack ab und werfe ihn auf die Rückbank. Mit einer Handbewegung gebe ich ihm zu verstehen, dass er einsteigen soll. Mit schnellen Schritten geht er um den Wagen herum und lässt sich auf den Beifahrersitz sinken. Sobald er sitzt, steige ich ebenfalls ein.

Bevor er dazu kommt, seinen Gurt einrasten zu lassen, ziehe ich Jackson an mich heran und lege meine Lippen ein weiteres Mal auf seine. Er lässt seine Hand in meinen Nacken wandern und intensiviert den Kuss, der nach Zahnpasta schmeckt. Mein Atem beschleunigt sich und das Kribbeln auf meiner Haut setzt wieder ein. So geht es mir jedes Mal, wenn er mich küsst. Ich liebe dieses Gefühl und will es auskosten, solange wir noch allein sind. Viel zu schnell für meinen Geschmack zieht Jacks sich wieder zurück.

Ich schnalle mich an und lege meine Hände aufs Lenkrad. Lächelnd drehe ich mich nochmals zu ihm.

»Du darfst mich nicht mehr küssen. Ich glaube, ich habe vergessen, wie man das Auto lenkt.« Verlegen streiche ich mir eine Haarsträhne aus dem Gesicht. Ich kann nicht glauben, dass ich das gerade laut ausgesprochen habe.

»Soll ich fahren?«

Etwas beleidigt stelle ich fest, dass Jackson nicht so durcheinander aussieht, wie ich es bin.

»Nein, nein! Geht schon.« Über mich selbst den Kopf schüttelnd, gebe ich Gas. »Also. Der Umzug«, beginne ich zu reden. »Miles.«

»Hast du neben dem Autofahren auch verlernt in ganzen Sätzen zu sprechen?«, zieht mich Jackson lachend auf.

Schnell boxe ich ihm gegen die Schulter. »Nein. Ich musste nur kurz meine Gedanken sammeln, du Penner.«

Jackson legt seine Hand auf mein Knie. »Ich merke es schon, Rocky.«

Es amüsiert mich, dass er so gute Laune hat, obwohl wir - für meine Verhältnisse - mitten in der Nacht losfahren. Es ist noch nicht mal sechs Uhr morgens.

»Wow. Würde ich dich noch nicht lieben, dann wäre es spätestens jetzt so weit«, sagt Jackson beiläufig, als er die beiden Kaffeebecher in der Mittelkonsole entdeckt.

Ich schlucke einige Male. Hat er mir gerade ganz beiläufig gesagt, dass er mich liebt?

Um nicht auszuflippen, klammere ich mich fester ans Lenkrad. Vermutlich hat er die Worte nur so dahingesagt, ohne über den tieferen Sinn oder die Bedeutung nachzudenken. Soll ich ihm ebenso beiläufig sagen, dass ich ihn liebe? Oder lieber ganz direkt? Oder gar nicht? Ich überlege so lange, bis mir klar wird, dass der Moment für eine Erwiderung längst vorbei ist. Einige Male muss ich mich räuspern.

»Alsoooo …«, knüpfe ich an unser Gespräch von vorhin an. »Dan und Ethan haben Miles' Zeug in ihren Autos verstaut. Wir treffen uns ins ein paar Stunden, um gemeinsam zu frühstücken. Ich hoffe, niemand hat verschlafen.«

Jackson trinkt immer noch von seinem Kaffee. »Das wäre auch kein Wunder.« Beiläufig zieht er die

Kapuze wieder von seinem Kopf und kämmt sich durch seine verstrubbelten Haare. »Ich penne jeden Moment ein«, gesteht er mir. Das hätte ich aufgrund seiner guten Laune jetzt nicht erwartet.

Da ich immer noch völlig durcheinander bin, wäre es mir ganz recht, wenn Jackson ein bisschen schlafen würde. »Tu dir keinen Zwang an.«

Etwas unsicher sieht er zu mir, nickt dann aber. »Okay. Ich schließe noch für ein paar Minuten die Augen.«

Er lehnt seinen Kopf gegen das Fenster, während ich den Wagen zur Interstate 75 lenke. Nachdem Jackson eine halbe Stunde nichts mehr gesagt hat, bin ich mir sicher, dass er schläft.

»Ach du Scheiße«, flüstere ich und fahre mir durch die Haare. Jackson bringt mich völlig durcheinander. Seit ich ihn getroffen habe, ist mein Leben das reinste Chaos, und doch würde ich rein gar nichts anders machen, auch wenn ich die Chance dazu hätte. Weil ich ihn ebenfalls liebe.

Ich will gar nicht daran denken, was meine Eltern dazu sagen würden, wenn ich ihnen Jackson als meinen Partner vorstelle. Aber ich will das mit uns. Unbedingt. Ich kenne diesen Jungen ein paar Wochen und spreche bereits von Liebe. Ich kann über mich selbst nur den Kopf schütteln, doch es ändert nichts an meinen Gefühlen. Ich habe mich ihm auf unerklärliche Art zugehörig gefühlt. Und das von der ersten Sekunde an. Bis jetzt ist dieses Gefühl nicht verschwunden. Im Gegenteil, es ist nur noch intensiver geworden. Genauso wie das

Herzklopfen, wenn er mich küsst, oder das Kribbeln, wenn er mich berührt. Das alles ängstigt mich einerseits, andererseits habe ich mir immer gewünscht, dass es mich mal erwischt.

Ich lenke den Wagen auf den Seitenstreifen.

Da es hier so uneben ist, wird Jackson durch die leichten Erschütterungen wach. Verschlafen hebt er seinen Kopf und sieht mich aus zusammengekniffenen Augen an.

»Gibt's schon Frühstück?«

Ich nehme sein Gesicht in meine Hände. »Ich liebe dich. Willst du mein fester Freund sein?« Die Worte sage ich so schnell, dass ich sie selbst fast nicht verstehe.

Die Verwirrung steht Jackson ins Gesicht geschrieben, doch er erwidert: »Ich liebe dich auch. Und ich dachte eigentlich, dass ich das seit gestern bin.«

Ein erleichterter Seufzer entringt sich meiner Brust und ich schlinge dankbar meine Arme um ihn. »Du weißt nicht, wie viel mir das bedeutet.«

»Ich weiß, wir hatten einen ziemlich holprigen Start.« Er muss Jeff und Emily nicht erst erwähnen, damit ich weiß, worüber er spricht. »Aber zweifele nicht an meinen Gefühlen für dich.«

Ich beiße mir auf die Unterlippe und er streichelt sanft über meine Wange, während er sich umsieht. »Was ist passiert, dass du unbedingt hier halten musstest, um mir deine Liebe zu gestehen?«

Verlegen lege ich meine Hände auf meine Wangen. Bestimmt bin ich ein klein wenig rot. »Ich hatte seit der Abfahrt Zeit, um über uns nachzudenken.«

»Und du bist zum Ergebnis gekommen, dass du mich liebst?«

Nein, das wusste ich bereits. »Offensichtlich.«

»Sehr gut. Aber ich schlafe besser nicht weiter. Nur zur Sicherheit, weißt du?« Mein Blick muss Bände sprechen. »Damit du deine Meinung nicht mehr änderst«, erklärt er mir grinsend und küsst mich sanft auf die Wange.

»Das wäre doch zu schade, oder?« Belustigt schüttele ich den Kopf. »Und um deine Frage zu beantworten: Es sind noch ungefähr fünfzehn Minuten bis zu dem Truck Stop, an dem wir uns mit den anderen treffen. Dann bekommst du Frühstück.«

»Bis dahin muss ich wohl von Luft und Liebe leben«, meint er lächelnd.

Scheiße, wenn er das tut, strahlt sein ganzes Gesicht.

Er legt seine Hand in meinen Nacken und zieht mich nah zu sich. Sanft stupst er seine Nase gegen meine. Langsam glaube ich, er weiß bereits, wie sehr mir das gefällt. Glücklich schließe ich die Augen und warte mit leicht geöffneten Lippen auf seinen Kuss. Ich werde nicht enttäuscht, denn keine Sekunde später spüre ich seine weichen Lippen auf meinen. Zuerst noch zögerlich, dann immer drängender.

Ein Hupgeräusch lässt mich zusammenzucken. Schnell ziehe ich mich von Jacks zurück und sehe mich um. Erschrocken beobachte ich, wie Dans Wagen ungefähr fünfzig Meter vor uns hält. Kurz darauf läutet mein Telefon, das ich mit der Freisprecheinrichtung gekoppelt habe.

»Hallo?«, krächze ich.

»Habt ihr eine Panne?«, will Dan wissen.

»Nein, alles okay. Wir fahren gleich weiter. Danke der Nachfrage«, rattere ich schnell herunter.

»Wir treffen uns dann bald«, höre ich nun auch Miles' Stimme. Panisch weiten sich meine Augen. Wieso fährt er nicht mit Ethan? Und was ist, wenn er mich mit Jacks beobachtet hat und es meinem besten Freund vor mir erzählt?

»Gut. Bis gleich«, würge ich mühsam hervor. Ich drücke das Gespräch weg und wende mich Jackson zu. Ich kann nicht verhindern, dass meine Stimme ein wenig panisch klingt. »Meinst du, sie haben uns gesehen?«

Auch Jackson bemerkt es und presst seine Lippen fest aufeinander. Er verschränkt die Arme vor der Brust und sieht geradeaus. »Wäre das so schlimm?«

»Ja … ich meine, nein.« Mit zittrigen Händen kämme ich durch meine Haare. Wieso kann ich nicht einfach zu Jackson stehen? Ich habe ihm gerade gesagt, dass ich ihn liebe, und keine fünf Minuten später lasse ich ihn meine Panik vor einem ungewollten Outing spüren. Dabei weiß Dan schon Bescheid und Miles hätte bestimmt kein Problem damit. Immerhin ist er Jacksons Cousin.

»Ich wollte es ihnen doch selbst sagen. Also, Miles. Und ganz besonders Ethan.«

»Ethan war doch nicht mal im Wagen«, murmelt Jackson, der mein Unbehagen offensichtlich nicht verstehen kann. Ich will mich doch outen. Zum passenden Zeitpunkt. »Und so leid es mir tut, Miles weiß bereits über uns Bescheid.«

Ich reiße meine Augen weit auf. »Was?«

Sofort verteidigt er sich: »Ich habe auch jemanden zum Reden gebraucht.«

»Das hast du doch bereits mit Mia.« Ich schmolle.

Jackson zuckt mit den Schultern und wendet seinen Blick ab.

Versöhnlich lege ich meine Hand auf seinen Oberschenkel. »Tut mir leid. Du hast alles Recht der Welt, über uns zu reden. Egal, ob mit Mia oder Miles.« Langsam dreht Jackson seinen Kopf wieder zu mir. »Ich weiß, dass ich nicht immer einfach bin. Und ich erzähle es Ethan bald. Dann brauchen wir uns« – vor allem ich – »keine Gedanken mehr zu machen, ob es irgendjemand durch Zufall herausfinden könnte.«

Der grimmige Gesichtsausdruck, den Jackson noch einige Sekunden zuvor zur Schau getragen hat, wird weicher. »Ist in Ordnung. Und jetzt gib Gas. Ich habe Hunger.«

Ich will Jackson nicht noch mehr verärgern, also setze ich den Blinker und fädele mich in den Verkehr ein. Da ich absolut verstehen kann, dass es für ihn nicht leicht ist, mein kleines Geheimnis zu sein, mache ich ihm keinen Vorwurf wegen seines ruppigen Tonfalls. Ich verstehe ihn sogar. Es kann doch nicht sein, dass ich Jackson vor meinem besten Freund verheimliche, obwohl er mir so wichtig ist.

»Ich werde heute noch mit Ethan sprechen. In Ordnung?«, konkretisiere ich nach einer Weile des

Schweigens meine Pläne. Es muss sein. Ich möchte nicht, dass Jackson auf den Gedanken kommt, dass ich mich für ihn schäme. Und ich will eine richtige Beziehung mit ihm. Da macht es wenig Sinn, wenn wir uns zu Hause verstecken, weil ich panische Angst vor der Reaktion anderer Menschen habe.

»Ach, Mason.« Jackson klingt unglücklich. »Ich will dich zu nichts zwingen. Tu es nur, wenn du dir sicher bist.«

Ich taste nach seiner Hand. Ein Laut der Erleichterung entfährt mir, als ich sie finde und meine Finger mit seinen verschränke. »Das bin ich. Es ist falsch, nicht zu meinen Gefühlen für dich zu stehen.«

Hoffentlich wird es nicht allzu schlimm. Immerhin haben bisher ja alle ganz cool reagiert. Wieso sollte es bei Ethan anders sein?

»Sollen wir es ihm gemeinsam sagen?«, bietet Jackson mir an.

Ich zucke mit den Schultern. »Keine Ahnung. Entscheiden wir das spontan.«

»Geht klar.«

Auf einem Straßenschild erkenne ich, dass es nicht mehr allzu weit bis zu unserem Treffpunkt ist. »In hundert Metern haben Sie Ihr Ziel erreicht«, erklärt uns kurz darauf das Navi.

»Ich hasse es, gleich so tun zu müssen, als wärst du nur ein Kumpel«, meint Jackson.

Ich seufze leise. »Nicht mehr lange«, verspreche ich ihm zum wiederholten Mal. »Aber ein Truck Stop scheint mir nicht gerade die geeignete

Location für diese Art von Gespräch zu sein.« Ich lenke den Wagen in eine Parklücke und sehe mich um. »Und ich gebe doch wirklich mein Bestes. Bis vor den Ferien hatte ich keine Ahnung, dass ich auf Jungs stehe«, versuche ich ihm mein Dilemma deutlich zu machen.

»Wie kann man so etwas nicht wissen?«, murmelt Jackson.

»Frag mich etwas Leichteres«, antworte ich in gereiztem Tonfall. Versöhnlicher füge ich hinzu: »Vermutlich, weil du einfach zu weit weg gewohnt hast.« Ich zucke mit den Schultern. »Du bist der einzige Junge, der mich jemals interessiert hat.«

Jacksons Hand legt sich wie von alleine auf meine Wange. »Und wie sieht es mit Mädchen aus? Was war das mit Emily?«, fragt er. »Ich könnte mir nicht vorstellen, *Dinge* mit einem Mädchen zu tun.«

»Dinge, ha?«

Er nickt. »Du weißt, was ich meine.«

Natürlich weiß ich das. »Es hat mir gefallen. Die Dinge, die ich mit Emily gemacht habe.« Jacksons Mundwinkel wandern nach unten. »Aber als ich dich kennengelernt habe, hat sich alles geändert. Ja, ich finde Frauen nach wie vor attraktiv.« Ich pieke Jacks mit meinem Finger in die Brust. »Aber ich war noch nie in ein Mädchen so verliebt wie in dich.«

»Aber du hast gesagt, du liebst Emily. Oder hast sie geliebt.« Ich wusste, dass mir dieses Geständnis zum Verhängnis werden würde.

»Nur wie Familie. Sie war immer meine beste Freundin. Und als es von mir erwartet wurde, mehr.« Ich kann nur hoffen, dass Jacks versteht, dass das mit ihm anders ist als alles andere zuvor.

»Von deinen Freunden?«, möchte er wissen. Am liebsten würde ich das Thema fallen lassen, doch ich bin ihm ein paar Antworten schuldig.

»Nicht ausschließlich. Auch meine Eltern fanden die Idee von Emily und mir gut. Sie haben uns in die entsprechende Richtung gelenkt.«

»Wie meinst du das?«

Verlegen kratze ich mich am Kopf. »Unsere Eltern fanden die Idee gut, die Firmen irgendwann zu fusionieren.« Und ich fand die Idee auch nicht unbedingt schlecht, deshalb hatte ich mich darauf eingelassen.

»Was machen Emilys Eltern?«, fragt Jackson.

»Im- und Export.«

»Und deine Alkohol, oder?« Als ich nicke, lacht Jackson laut auf. »Ich hatte schon wieder verdrängt, dass du der Promille-Prinz von Naples bist.«

»Eher von Amerika«, murmele ich, obwohl ich nicht will, dass sich das Imperium meiner Familie negativ auf Jacksons Meinung über mich auswirkt. Denn obwohl ich vorhabe, mal in unser Familienbusiness einzusteigen, möchte ich nicht, dass er mich für ein privilegiertes Söhnchen aus gutem Hause hält, das nichts kann, außer zu tun, was die Eltern ihm diktieren. Und ja, eine Weile habe ich genau das getan, jedoch aus einem einfachen Grund: Ich mag Emily wirklich sehr gerne. Immer noch. Und ich hätte mir vorstellen können, bis ans Ende meines Lebens mit ihr zusammen zu sein. Wenn ich Jackson nicht kennengelernt hätte, dann wäre es auch bestimmt so gekommen. Schickes Haus, tolle Frau, zwei Kinder und ein Hund.

»Das habe ich vermutet. Ist es auch das, was du mal machen willst?« Die hochgezogenen Augenbrauen verraten mir, dass Jackson nicht davon überzeugt ist. Wir kennen uns aber noch viel zu kurz, als dass er erahnen könnte, wie gerne ich das Geschäft meiner Familie übernehmen will.

Sofort antworte ich: »Wer möchte denn nicht eines Tages der Promille-Prinz sein?«

Er schüttelt leicht seinen Kopf. »Meinst du, es wäre ein Problem, wenn der Prinz statt einer Prinzessin … nun ja … einen anderen Prinzen an seiner Seite hat?«

Meine Hände verirren sich in seine Haare und ich lehne meine Stirn gegen seine: »Nicht, wenn es nach mir geht.«

Da jemand auf der Beifahrerseite an das Fenster klopft, zucke ich plötzlich zusammen. Ich muss wirklich damit aufhören, wie ein verschrecktes Reh zu reagieren, nur weil uns jemand bei einem intimen Moment beobachten könnte, denn mein Verhalten verletzt Jackson. Dennoch fühle ich mich seltsam erleichtert, als ich Dan erkenne.

Jackson steigt aus und ich tue es ihm nach. Ich winke Dan zu, der nur seine Augen verdreht. »Ihr solltet euch ein bisschen zurückhalten, wenn du dich nicht unfreiwillig outen möchtest«, zischt er leise.

»Schon gut«, versuche ich ihn zu beruhigen, während Jackson flüstert: »Dann hätte das Versteckspiel bald ein Ende.«

Kurz drücke ich seine Hand. »Das wird es, versprochen.«

Gemeinsam gehen wir zur Raststätte. »Es gibt übrigens eine kleine … Unvorhergesehenheit«, lässt uns Dan wissen.

Laut pruste ich los. »Ist das überhaupt ein richtiges Wort?«

»Erinnere dich in ein paar Minuten wieder daran, dass du gerade noch herzhaft gelacht hast«, meint Dan, und ich höre die Beunruhigung deutlich aus seiner Stimme heraus.

»Ach du Scheiße«, zischt Jackson. »Was will sie denn hier?«

Stirnrunzelnd sehe ich zu meinem Freund und danach in die Richtung, in die er blickt.

»Emily«, hauche ich beinahe tonlos. Meine Schritte werden langsamer, bis ich ganz stehen bleibe. Dan und Jackson gehen noch ein paar Schritte, bis ihnen auffällt, dass ich nicht mehr neben ihnen bin. Böse funkele ich Dan an. »Hättest du uns nicht vorwarnen können?« Schon vorab zu wissen, dass meine Exfreundin ebenfalls an dem Ausflug teilnimmt, wäre nett gewesen.

»Das wollte ich doch gerade«, verteidigt er sich. »Und ich wusste nicht, dass meine Schwester mitkommt. Dann hätte ich Harper doch auch eingeladen.« Er sieht geknickt aus bei dem Gedanken, den heutigen und morgigen Tag ohne sie zu verbringen. »Ethan hat sie bestimmt abgeholt, als ich schon auf dem Weg zu Miles war.«

Deshalb ist also Miles mit Dan gefahren. Weil Ethan den Beifahrersitz für Emily gebraucht hat.

»Was hat er sich dabei nur gedacht?«, fragt Jackson in die Runde.

Dan und ich können beide nur den Kopf schütteln. Ich nehme an, dafür hat nicht einmal mein bester Freund eine Erklärung. Manchmal macht er einfach Dinge, ohne vorher über die Konsequenzen nachzudenken. Diese Aktion geht genau in diese Richtung.

Ich atme tief durch. »Keine Ahnung. Aber gehen wir sie einfach begrüßen und verhalten uns ganz normal.«

Jackson sieht so unglücklich aus, wie ich mich fühle, nickt aber. Dan ist der Erste, der sich umdreht und auf Emily, Ethan und Miles zugeht. Jackson und ich folgen ihm.

»Das wird schon«, rede ich ihm gut zu. Ich weiß in diesem Moment nicht, ob ich Jackson oder mich beruhigen möchte.

Emily sieht schüchtern zu Boden, als wir bei ihnen ankommen. Ich nehme sie kurz in den Arm. »Hey, Em.«

Dann drehe ich mich zu Ethan und begrüße ihn mit einem Halb-Umarmen-, Halb-Schulterklopf-Ding. »Wieso hast du sie mitgebracht?«, flüstere ich ihm zu. Schließlich hat er diesen Ausflug als Männerurlaub angepriesen.

»Ihr müsst wieder normal miteinander umgehen. Wie Freunde. Das ist ein guter Anfang«, wispert er ebenso leise zurück.

Nicht ganz überzeugt von seinen Worten mache ich einen Schritt zurück und sehe ihn mit erhobenen Augenbrauen an. Dass er meinem Blick ausweicht, beunruhigt mich.

»Wollen wir frühstücken?«, reißt uns Miles aus unserem stummen Blickduell. »Ich habe Hunger.«

Wir gehen nach drinnen und suchen uns einen großen Tisch aus. Die angespannte Stimmung wird von Sekunde zu Sekunde weniger. Nach einer Weile wird es sogar ziemlich lustig, und sogar Emily kann langsam wieder lachen. Unter dem Tisch halte ich die ganze Zeit über Jacksons Hand, und als wir das Restaurant verlassen, habe ich das Gefühl, dass der Ausflug bestimmt schön wird und wir uns alle schon irgendwie zusammenraufen werden.

Kapitel 18

»Und du willst wirklich nicht mehr mitkommen?«, frage ich Miles.

Nur noch Jackson und ich sind bei ihm in der neuen Wohnung. Ethan, Emily, Dan und meine Schwester haben sich bereits auf den Weg zum Nationalpark gemacht. Harper ist überraschenderweise vor ein paar Stunden aufgetaucht, da Jackson – die alte Petze – ihr sofort erzählt hat, dass auch Emily an unserem Ausflug teilnimmt. Daraufhin hat sich Harper in den nächsten Flieger nach Tallahassee gesetzt, um sich uns anzuschließen.

»Nein, ich bleibe lieber hier«, wehrt Miles ab und wirft seinen neuen Mitbewohnern einen kurzen Blick zu. Ein paar ziemlich coole Typen, mit denen ich mich ausgezeichnet verstanden habe. Wenn es mit meinen Collegeplänen für Massachusetts nichts wird, wäre Tallahassee eine gute Option. Aber dann definitiv in dieser WG. Vielleicht kann ich ja Miles von einem Stockbett überzeugen.

Ich zucke mit den Schultern und ziehe ihn kurz darauf in meine Arme. »Mach's gut. Und melde dich hin und wieder.«

Während Jackson sich ebenfalls von seinem Cousin verabschiedet, scherze ich noch ein wenig mit meinen neuen Kumpels. Die lassen es sich natürlich auch nicht nehmen und drücken mich kurz. Ich glaube, sie haben bemerkt, dass zwischen Jackson und mir etwas läuft, da ich ihn ständig ansehen muss. Jackson scheint das allerdings nicht bemerkt zu haben, denn er war den ganzen Tag über damit beschäftigt, seinen vermeintlichen Konkurrenten böse Blicke zuzuwerfen. Und sie machen sich einen Spaß daraus, ihn ein wenig aufzuziehen.

Als er sich jetzt zu uns stellt, lege ich sofort meinen Arm um seine Schulter und ziehe ihn etwas näher an mich heran. Ethan und Emily sind bereits weg, also brauche ich meine Gefühle für Jackson nicht mehr zu verstecken.

»Bis bald«, verabschiedet er sich höflich von den anderen. Der Körperkontakt hat ihn wohl etwas besänftigt.

Unten auf der Straße schüttelt Jackson meinen Arm ab und geht mit vor der Brust verschränkten Armen neben mir her. Plötzlich sieht er wieder ein wenig angepisst aus. Da hab ich mich wohl zu früh gefreut. Anders als bei Emily stört es mich aber nicht. Ich fühle mich sogar geschmeichelt.

»Na, schwelgst du in Erinnerungen an deine neuen Freunde?«, fragt Jackson mich bissig, als ich den Wagen aufschließe. Wir stehen in einer Seitenstraße, da wir nicht alle direkt vor der WG einen Parkplatz gefunden haben. Da in meinem Auto kein Zeug von Miles war, habe ich es etwas weiter weg abgestellt. Anstatt den Wagen zu umrunden, um mich auf den Fahrersitz zu setzen, gehe ich auf ihn zu.

»Nein. Eher an deine Eifersucht.«

»Ich?« Er schüttelt abwehrend seinen Kopf. »Da täuscht du dich aber.« Seine Arme hat er immer noch bockig vor der Brust verschränkt. Jacks sieht dabei so süß aus, dass ich nicht anders kann, als sein Gesicht zwischen meine Hände zu nehmen, um ihn zu küssen. Es dauert nicht lange, bis er sich in meine Arme fallen lässt und den Kuss erwidert.

Es ist das erste Mal, dass ich in der Öffentlichkeit dazu stehe, dass ich ihn liebe. Ich kümmere mich nicht darum, ob uns jemand beobachtet, und es ist mir egal, was andere über uns denken. Alles, was zählt, ist Jackson in meinen Armen.

Kurz unterbreche ich unseren Kuss. »Ich will keine anderen Typen. Nur dich.« Er ist der Einzige, der mich dazu bringt, ihn küssen zu wollen. Und das tue ich ausgiebig.

Jackson macht sich viel zu früh von mir los. Seine Stimme klingt rau, als er spricht. »Wir sollten losfahren.«

Ich lächele ihn an. »Ich würde dich viel lieber noch ein bisschen küssen«, hauche ich gegen seine Lippen.

»Wenn wir jetzt nicht aufhören, zerre ich dich in das nächste Hotel«, droht er mir. Eigentlich gar keine schlechte Idee. Doch Ethan würde mir niemals verzeihen, wenn ich den Ausflug sausen lasse. Außerdem will ich ihm endlich von Jackson und mir erzählen. Ich seufze.

»So schön der Gedanke auch ist, wir sollten die anderen nicht hängenlassen. Außerdem bleibt uns ja eine ganze Nacht gemeinsam im Zelt«, versuche ich ihn zu trösten. Manchmal hasse ich es, vernünftige Entscheidungen zu treffen.

Ich öffne Jackson die Tür, was er mit einem Augenrollen quittiert, und steige danach selbst in den Wagen.

Mein Freund legt eine Heavy-Metal-CD ein und bringt mich damit fast um den Verstand. Irgendetwas stimmt mit seiner Familie nicht, denn es kann doch nicht wahr sein, dass sowohl Miles und Mia als auch Jackson auf den gleichen ohrenbetäubenden Krach stehen. Doch ich mag ihn viel zu sehr, um mich darüber zu beschweren. Außerdem besänftigt er mich, indem er immer wieder den Kontakt zu mir sucht. Manchmal legt er seine Hand auf meinen Schenkel, dann haucht er mir einen Kuss auf die Wange.

So vergeht die Fahrt ziemlich schnell. Im Nationalpark steige ich mit einem glücklichen Grinsen im Gesicht und einem lauten Pfeifen in den Ohren aus dem Auto.

»Da seid ihr ja endlich«, begrüßt uns Ethan, der sofort auf uns zuläuft. »Ihr habt ja ewig gebraucht«, beschwert er sich.

»Echt? Dabei sind wir kurz nach euch aufgebrochen«, antworte ich. Und geknutscht haben Jackson und ich jetzt nicht so besonders lange. Eigentlich viel zu kurz für meinen Geschmack. Wir hätten ruhig noch eine Zeit lang an das Auto gelehnt rummachen können. Jackson, der bereits beim Kofferraum steht, reicht Ethan alle drei Zelte.

»Hier, bitte.«

Dankbar nimmt Ethan sie entgegen und nickt mit dem Kopf zum Horizont. »Wir sollten uns mit dem Aufbau beeilen, damit wir vor Sonnenuntergang fertig sind.«

»Ja, Mom«, sage ich mit einem Grinsen und lehne mich in den Kofferraum. Ich nehme das restliche Zeug aus dem Wagen, während Jackson seine Hände bereits voll hat. Mit meinem Hintern, den er knetet. Ich bin so aufgeheizt von seinen Berührungen, dass ich mich fast nicht mehr zurückhalten kann. Doch ich darf nicht einfach über ihn herfallen. Nicht, solange Ethan nichts von uns weiß. Und Emily sollte ich auch endlich reinen Wein einschenken. Es bringt nichts, sie noch länger zu belügen.

Ich nehme an, dass es sie mehr verletzen würde, wenn sie durch Zufall erfährt, wie lange das mit Jackson und mir bereits läuft, als wenn ich es ihr gestehe.

»Jackson, nimm bitte deine Hände da weg und hilf mir, den ganzen Krempel rüber zu den anderen zu tragen.« Ich werfe ihm einen tadelnden Blick zu.

»Na gut«, murmelt er und versucht eine beleidigte Miene zu ziehen, folgt mir aber ohne Proteste zu unseren Freunden.

Die sind bereits damit beschäftigt, ihre Zelte aufzustellen. Emily hilft Ethan, Harper natürlich Dan.

Also nehme ich mir kurz darauf das dritte, um es gemeinsam mit Jackson aufzubauen. Offensichtlich haben wir uns stumm auf diese Schlafeinteilung geeinigt, und ich werde mich bestimmt nicht darüber aufregen. Wobei ich eigentlich damit gerechnet hätte, dass Emily das Zelt mit Harper teilt. So kann man sich täuschen.

Als das Nachtlager steht, beuge ich mich hinein, um meinen Schlafsack auszurollen. Jackson schiebt sich ganz dicht an meinem Körper vorbei ins Innere. Das macht er doch absichtlich. Immer wieder diese heimlichen kleinen Berührungen.

Ich krabbele zu Jackson und gebe ihm einen kurzen Kuss auf die Lippen. Der Eingang unseres Zeltes steht abgewandt von den anderen, also brauche ich keine Angst davor zu haben, erwischt zu werden.

»Später«, vertröste ich Jackson, nachdem ich mich von ihm gelöst habe.

Keine Ahnung, wie ich es zurück zum Lagerfeuer schaffe, ohne Jackson ein weiteres Mal zu küssen. Nervös rutsche ich auf meinem Hintern herum, bis ich es nicht mehr aushalte.

»Ich gehe mich mal ein bisschen umsehen, solange es noch nicht richtig dunkel ist«, verkünde ich.

Sofort ist Jackson, der einige Meter von mir entfernt sitzt, auf den Beinen. »Ich komme mit. Nicht, dass du dich noch verläufst.« Seine Stimme klingt spöttisch.

Bevor noch jemand auf die Idee kommt, sich uns anzuschließen, drehen wir uns um und gehen in Richtung Wald. Sobald alle außer Sichtweite sind, greife ich nach Jacksons Hand.

»Es ist der absolute Horror, Zeit mir dir zu verbringen und dich nicht eine Sekunde berühren zu dürfen«, gestehe ich ihm.

Ich stoppe, doch er bleibt erst einen Meter entfernt von mir stehen. An der Hand, die ich immer noch halte, ziehe ich ihn näher zu mir. »Wem sagst du das.«

Jede Faser meines Körpers sehnt sich danach, Jackson zu berühren. Ihn zu küssen. Ihn zu lieben.

»Wenn wir wieder zurück beim Lagerfeuer sind, erzählen wir ihnen davon. Es wird zwar für Emily nicht schön, aber ich kann nicht mehr anders.« Ich schaffe es einfach nicht mehr, vor den anderen so zu tun, als würde Jackson mir nichts bedeuten.

Er strahlt mir entgegen, als ich meinen Kopf ein wenig senke, um meine Lippen endlich wieder auf seine zu legen. Seine Hände wandern zu meiner Brust und er krallt sich regelrecht in meinem T-Shirt fest. Entschlossen dränge ich ihn zu einem Baumstamm, bis er mit dem Rücken dagegen stößt. Den Kuss unterbreche ich dabei keine Sekunde, und als ich meine Zunge in seinen Mund schiebe, stöhnt er heiser auf. Es freut mich, dass ich offensichtlich die gleiche Wirkung auf ihn habe wie er auf mich.

Ich würde gerne ewig mit Jackson hierbleiben, doch das geht nicht, also zerstöre ich die kleine Blase, in der wir uns gerade befinden.

»Wir sollten zurück.« Ich hoffe, er hört das Bedauern in meiner Stimme.

Er sieht nicht besonders begeistert aus, nickt aber trotzdem. Händchenhaltend gehen wir zurück zu den anderen.

»Je schneller wir die Lagerfeuer-Romantik hinter uns bringen, desto eher können wir in unser Zelt«, sagt Jackson und wackelt mit den Augenbrauen. »Und dann habe ich etwas gut bei dir, dafür dass ich jetzt die Finger von dir lasse.«

Als sich der Wald lichtet, lässt er mich auch gleich wie zum Beweis los.

»Das musst du nicht«, sage ich.

Mit schräg gelegtem Kopf sieht er mich an. »Wie meinst du das?«

»Na, mich loslassen.« Ich deute auf unsere Hände. »Oder die Finger von mir lassen«, präzisiere ich. »Na gut, vielleicht sollten wir nicht zu offensichtlich turteln, wenn Ethan und Emily von uns wissen, aber wir brauchen uns dann nicht mehr vor unseren Freunden verstecken.«

»D-du willst es ihnen wirklich sagen? Jetzt?«, stottert Jackson.

Es wundert mich nicht, dass er an meinem Vorhaben zweifelt. In letzter Zeit war ich nicht gerade für meine Entschlossenheit bekannt. Ich bleibe stehen und nehme seine Hand in meine.

»Genau das habe ich vor.«

Obwohl ich es Jackson versprochen habe, wirkt er nun doch etwas überrumpelt. Er stolpert hinter mir her in Richtung Lager, dabei bin ich doch derjenige, der zittrige Knie hat. Als wir dort ankommen, liegen Harper und Dan auf dem Boden und machen Dinge

– Gott sei Dank angezogen –, die ich so nie sehen wollte.

»Geht in euer Zelt«, brumme ich und halte meinen freien Unterarm vor meine Augen. Emily und Ethan haben sie wohl mit ihrer wilden Knutscherei ebenfalls in die Flucht geschlagen.

»Daran solltest du dich gewöhnen«, meint Jackson und sticht mich mit seinem Ellbogen in den Bauch.

»Leider«, antworte ich, zwinkere Dan und Harper aber zu, damit sie wissen, dass ich es nicht so meine.

Ich streiche leicht über Jacksons Handrücken. »Jacks und ich lassen euch gleich wieder alleine«, verspreche ich, »wenn ihr uns verratet, wo wir Emily und Ethan finden. Ich muss mit ihnen reden.«

Dan deutet mit der Hand auf einen Punkt hinter mir, während Harper ihren Mund öffnet, um etwas zu sagen. Doch so weit kommt es nicht, denn Emilys Stimme ertönt in meinem Rücken. »Ich bin hier.«

Langsam drehe ich mich um und Jackson tut es mir gleich. Leider müssen wir dazu unsere ineinander verschränkten Hände lösen, was Emily aber nicht davon abhält, uns mit unlesbarer Miene zu betrachten.

»Wieso habt ihr gerade Händchen gehalten?«, fragt sie mit zittriger Stimme.

Ich nehme einen tiefen Atemzug. »Darüber wollte ich gerade mit dir sprechen.«

Ethan stellt sich neben Emily und legt ihr beschützend einen Arm um die Schulter. Ich entscheide mich dafür, die Wahrheit kurz und schmerzlos auszusprechen.

»Jackson und ich sind zusammen.«

Emily presst die Lippen fest aufeinander, während Ethan laut aufschreit: »Du bist schwul?«

Danke. Jetzt sind auch die Camper rund um uns herum über meine sexuelle Orientierung bestens im Bilde.

Ich komme nicht dazu, meinem besten Freund zu antworten, denn Emily schluchzt laut auf. »Also hattest du doch bereits jemand Neuen.«

Tränen laufen ihr über das Gesicht und sie versucht sie mit dem nackten Unterarm wegzuwischen. Genau dieses Szenario wollte ich die ganze Zeit über verhindern.

»Nicht direkt«, versuche ich mich zu erklären. »Als ich Jackson das erste Mal gesehen habe, wurde mir klar, dass ich dich nicht mehr liebe.« Dem schmerzvollen Gesichtsausdruck nach zu urteilen, habe ich die falschen Worte gewählt, trotzdem rede ich weiter. »Jackson hat mein Herz vom ersten Moment an zum Klopfen gebracht und ich konnte mich nicht mehr gegen meine Gefühle wehren«, reite ich mich immer weiter in die Scheiße. Aber was bringt es, jetzt noch zu lügen?

»Also bist du jetzt mit einem Jungen zusammen?«, will Ethan wissen und schüttelt fassungslos den Kopf.

»Ja«, antwortet Jackson. »Mason und ich haben uns verliebt. Es war nicht geplant, aber …« Mein Freund weiß offensichtlich nicht, wie er diesen Satz beenden soll.

Ethan macht einen Schritt nach vorne und wendet sich dann an Harper und Dan. »Und ihr wusstet es?«

Ich werfe einen Blick über meine Schulter und sehe, dass sie nicken.

Emily geht ein paar Schritte auf die beiden zu. »Danke, dass du mich vorgewarnt hast«, sagt sie an ihren Bruder gewandt. Sie stolpert einige Schritte in Richtung Lagerfeuer und lässt sich davor auf den Boden plumpsen. Ethan folgt ihr und setzt sich mit ein bisschen Abstand neben sie. Emily sieht mit ihren verschränkten Armen so niedlich aus, dass ich sie am liebsten drücken würde. Sie ist immer noch eine meiner besten Freundinnen, auch wenn sie das im Moment wohl etwas anders sieht.

Ich lege Jackson eine Hand in den Rücken und ziehe ihn ebenfalls zum Feuer. Wir setzen uns neben Ethan. Dan und Harper haben es in der Zwischenzeit geschafft, sich aus der Horizontalen in die Senkrechte zu begeben.

»Also …«, beginne ich zu sprechen. »Hat noch jemand Fragen?« Besser kurz und schmerzlos, als lange drum herum reden.

Ethan hebt seine Hand genau so, wie er es in der Schule auch immer macht. »Ja, ich. Seit wann zum Teufel stehst du auf Jungs?« Entschuldigend sieht er zu Jackson. »Nichts gegen dich, Mann, aber ich bin etwas verwirrt.«

Ich räuspere mich einige Male. »Keine Ahnung.« Es spielt für mich auch keine Rolle, also sage ich: »Vermutlich seit dem Augenblick, als ich Jackson getroffen habe.«

»Du hast dich also nie zu anderen Männern hingezogen gefühlt?«, lautet Ethans nächste Frage. Genau wie Dan damals.

Ich schüttele den Kopf. »Nein.« Ich verdrehe meine Augen. »Auch wenn du dir das vielleicht wünschst, hast du keine Chancen bei mir«, ziehe ich ihn auf. Kann mir mal jemand den Mund zuhalten?

Jackson legt seine Hand um meine Schulter und zieht mich näher an sich heran. »Ich bin froh, dass ich der einzige Mann für dich bin«, murmelt er in mein Ohr.

Emily wendet demonstrativ den Blick ab und ich deute leicht mit dem Kopf in ihre Richtung, damit Jackson versteht, dass wir neben ihr nicht allzu sehr turteln sollen. Ich habe sie schon genug verletzt.

»Emily, möchtest du nicht auch etwas fragen?«, meint Ethan dann. »Immerhin wusstest du nicht, dass Mason schwul ist.«

Emily zuckt mit den Schultern. »Ich wusste es bereits. Dan und Harper ebenfalls. Nur die Sache mit Jackson ist mir neu.«

Ethan wirft mir einen fassungslosen Blick zu. »Emily wusste es auch? Wussten es eigentlich alle außer mir?«

Ich denke kurz nach. Dadurch, dass Jackson mit Mia und Miles über uns gesprochen hat, muss ich – ob ich will oder nicht – auf die Frage mit einem klaren »Ja« antworten.

»Wieso hast du mir nichts davon erzählt?« Seine Stimme wird von Wort zu Wort lauter. Das Schlimmste ist aber nicht, dass er fast schreit, als er am Ende seines Satzes ankommt, sondern die Enttäuschung, mit der er mich ansieht.

Mit beiden Händen wische ich mir über mein Gesicht. »Ich wollte es dir so oft erzählen. Aber zuerst musste ich selbst damit klarkommen, überhaupt auf Männer zu stehen, und dann habe ich irgendwie immer den richtigen Augenblick abgewartet.«

Er wendet den Blick ab und murmelt: »Den hast du definitiv verpasst.«

Ich sehe in die Runde. Harper schaut mich mitleidig an, Emily ignoriert mich und Dan wirkt so, als wäre er lieber ganz woanders.

»Das mit Jackson und mir geht auch noch gar nicht lange«, versuche ich mich zu verteidigen.

Ethan wirkt nicht einmal ein bisschen besänftigt. »Darüber reden wir noch.« Er beißt sich auf die Unterlippe. »Und über ein paar andere Sachen«, fügt er hinzu.

Ich lege meine Hand auf Jacksons Knie, der das Gespräch bisher eher stumm verfolgt hat, genauso wie Dan und Harper.

»Es tut mir leid«, entschuldige ich mich. Keine Ahnung, wie oft ich diese Worte in den letzten Wochen ausgesprochen habe. Bestimmt an die hundert Mal. »Ich wollte dir nichts verheimlichen. Und dir auch nicht, Emily.«

Sie sieht zuerst mich, danach Jackson an. »Und ihr seid jetzt zusammen? So richtig?«

Ich spüre, wie Jackson sich ein bisschen mehr aufrichtet. »Ja, Mason ist mein fester Freund. Wir haben uns ineinander verliebt.«

Plötzlich klappt Emilys Mund weit auf. »Der Morgen«, keucht sie, »als ich euch gemeinsam im Bett gefunden habe … Ist da schon etwas gelaufen?«

Schnell sage ich: »Nein, Emily. Da ist nichts zwischen uns gelaufen.« Auf emotionaler Ebene bestimmt, aber nicht auf körperlicher. Zumindest nicht an diesem Tag. Mein schlechtes Gewissen wird fast übermächtig. Wenn ich ganz ehrlich zu mir bin, habe ich Emily mit Jackson betrogen. Mehrmals. »Aber ich habe Jackson zweimal geküsst, als wir noch zusammen waren.«

Getroffen hält sie sich die Hand vor den Mund. Den Schock in ihren Augen zu sehen, lässt mich den Blick abwenden. Traurig starre ich auf den Boden.

Im nächsten Moment liege ich auf dem Rücken. Jemand hat mich nach hinten gestoßen. Verwirrt sehe ich hoch und bemerke, wie Ethan und Jackson sich gegenseitig an ihren T-Shirts festhalten und so aussehen, als würden sie jeden Moment explodieren.

»Du schlägst Mason nicht.« Jacksons Stimme klingt ernst und bedrohlich. Ich versuche immer noch zu verstehen, was gerade passiert. Anscheinend wollte Ethan Emilys Ehre verteidigen und Jacks … meine.

»Das habe ich bereits erledigt«, meldet sich Dan wenig hilfreich zu Wort. Ich kann mich nur allzu lebhaft an mein blaues Auge erinnern, und ich denke, die anderen auch. Nur der wahre Grund dafür dürfte ihnen neu sein.

Ich rappele mich hoch und stelle mich neben Ethan und Jackson, die sich immer noch keinen Zentimeter voneinander entfernt haben.

»Du hast sie betrogen«, knurrt Ethan. »Und das, obwohl du immer betont hast, du würdest es nicht tun. Jetzt verstehe ich auch, wieso Dan dich geschlagen hat.« Endlich lässt er los, um eine kreisrunde Handbewegung zu machen, die uns alle einschließt. »Du hast nicht nur Emily belogen, sondern uns alle.«

Jackson baut sich zu seiner vollen Größe auf. »Meinst du nicht, für Mason ist die Situation auch so schwer genug? Er stellt fest, dass er schwul ist, und muss irgendwie damit klarkommen.«

Ethan schüttelt den Kopf. »Na, du hast ihm ja ganz gut geholfen, sich damit zu arrangieren.«

Dan steht nun ebenfalls neben uns, vermutlich um eine Prügelei zu verhindern, sollte doch noch irgendjemand seine Nerven verlieren. Jackson rauft sich die Haare. »Was hätte ich denn tun sollen? Wir haben anfangs beide gegen unsere Gefühle gekämpft. Ich war der festen Überzeugung, dass Mason hetero ist.«

Sein ganzer Körper wirkt angespannt, deshalb mache ich einen Schritt auf ihn zu und greife nach seiner verkrampften Hand. Sanft streichele ich darüber, um ihn ein bisschen zu beruhigen.

»Scheiße, ich habe Mason das erste Mal geküsst. Nicht er mich. Ich habe mir genommen, was ich wollte, ohne dass es mir zustand.« Er lässt meine Hand los und drängt sich an Ethan vorbei. Vor

Emily, die von Harper im Arm gehalten wird, lässt er sich auf die Knie sinken. »Es tut mir leid. Ich hätte das nicht tun sollen, aber ich habe mich in Mason verliebt. Und er sich in mich. Wenn du – oder ihr alle – jemanden braucht, den ihr hassen wollt, dann entscheidet euch bitte für mich.«

Emily schüttelt eine Weile ihren Kopf. So lange, bis sie sich vermutlich in der Lage fühlt, mit Jackson zu sprechen. »Ich hasse Mason nicht. Und dich auch nicht.« Harper streichelt ihr beruhigend über den Oberarm. »Ihr könnt nichts für eure Gefühle.«

»Danke«, haucht Jackson und steht auf. Mit traurigem Blick kommt er auf mich zu und ich nehme ihn sofort in den Arm. Wir stehen eine Weile fest aneinandergelehnt da. Als wir uns wieder voneinander lösen, befindet sich immer noch ein verlegener Ethan neben uns. Dan sitzt bei seiner – und meiner – Schwester und redet leise mit ihnen.

»Ich glaube, an diesen Anblick werde ich mich nie gewöhnen«, meint Ethan, straft seine Worte durch ein angedeutetes Lächeln jedoch Lügen. Er hat seine Hände in die Hosentaschen gestopft und die Schultern hochgezogen.

»Da kann ich dir leider nicht helfen«, meine ich grinsend. Jackson lehnt sich an mich und sieht interessiert zu Ethan. »Ich liebe Jackson nämlich.«

»Irgendwie … freue ich mich für dich. Du bist nämlich immer noch mein bester Freund«, erklärt er mir. »Auch wenn du diesen Titel eigentlich gar nicht mehr verdient hättest und ich es ziemlich scheiße finde, wie alles gelaufen ist. Du hättest echt mal mit mir reden sollen!«

»Und wieso wolltest du dich gerade auf Mason werfen?«, möchte Jackson wissen.

Dankbar lächele ich ihm zu, da er genau die Frage stellt, auf die ich gerne eine Antwort hätte, die ich aber niemals selbst stellen würde.

»Ich bin Footballer. So lösen wir unsere Probleme«, scherzt er.

Leider kann ich gerade nicht wirklich darüber lachen. Ethan sieht mich entschuldigend an und fragt: »Gehen wir ein kleines Stückchen?«

Jackson runzelt zwar die Stirn, folgt Ethan aber nach kurzem Zögern. Wir entfernen uns ein bisschen von den Zelten. Stirnrunzelnd beobachte ich Ethan dabei, wie er von einem Fuß auf den anderen tritt.

»Alter, wieso bist du so nervös?«, frage ich ihn. »Du bist doch nicht eifersüchtig, weil du etwas von mir willst?«

Plötzlich sprudeln die Worte aus ihm heraus. »Ich stehe auf Emily.«

Eine Sekunde dachte ich wirklich, dass er Gefühle für mich hat. Als Jackson meine Hand ein wenig zu fest drückt, wird mir klar, was Ethan da gerade gesagt hat.

Er. Mag. Meine. Exfreundin. Eigentlich dachte ich immer, sie könnten sich nicht besonders gut leiden.

»Du hast aber nicht vergessen, dass du mit meiner Cousine zusammen bist, oder?«

Eigentlich hätte ich angenommen, dass Jackson die Worte schreien würde, doch er spricht leise.

»Jetzt komm mir mal nicht mit dieser Doppelmoral«, sagt Ethan zu meinem Freund. Es wäre so viel leichter, wenn die beiden sich gut verstehen würden. Aber das hat ja auch bei Emily und ihm nicht geklappt. Allerdings weiß ich jetzt, was das Problem war.

»So leid es mir tut«, sage ich an Jackson gewandt, »aber er hat recht.« Entschuldigend zucke ich mit den Schultern.

Böse funkelt Jackson Ethan an. »Dann begeh nicht den gleichen Fehler und mach sofort mit ihr Schluss.« Mit verengten Augen dreht er sich um und stapft zurück zu den anderen. Schweigend stehen Ethan und ich eine Weile nebeneinander, bis ich plötzlich laut lachen muss.

»Was ist so witzig?«, möchte Ethan von mir wissen.

»Wir sind doch alle irre«, murmele ich immer noch belustigt. »Ich dachte mal, Harper steht auf Jackson, und kam mir echt mies dabei vor, dass ich was vom Schwarm meiner Schwester wollte. Dann die Sache mit Dan und Harper …« Ich werde wieder von einem Lachkrampf geschüttelt. »Ich meine, mein Nachbar und guter Freund steht auf meine Schwester, und das obwohl ich mit seiner Schwester zusammen war.« Langsam scheint Ethan zu begreifen, worauf ich hinauswill. »Und jetzt erzählt mir mein bester Freund, dass er auf meine Exfreundin steht.« Fest presse ich mir die Hand vor den Mund, um nicht wieder hysterisch loszulachen, aber ich schaffe es nicht. Ach du Scheiße. Es dauert ewig, bis ich mich einkriege.

Als ich meinen kleinen Anfall unter Kontrolle gebracht habe, sehe ich Ethan mit schräg gelegtem Kopf an. »Wie lange willst du schon was von ihr?«

Ich bin nicht mal im Ansatz eifersüchtig. Viel eher enttäuscht, denn hätte ich gewusst, dass Ethan auf Em steht, hätte ich viel eher mit ihr Schluss gemacht …

»Ach …« Er macht eine wegwerfende Handbewegung. »Zwei … drei Jahre vielleicht.«

… oder wohl niemals etwas mit ihr angefangen.

Seufzend reibe ich mit beiden Händen über mein Gesicht. »Und du bist nicht auf die Idee gekommen, mir mal zu sagen, dass du auf sie stehst?«, frage ich vorwurfsvoll. Wir hätten uns viel Ärger ersparen können. Wir sollten echt mehr miteinander reden.

»Bist du doch bei deinen Gefühlen für Jackson auch nicht.«

»Und wir nennen uns beste Freunde«, murmele ich. Ich kann nicht fassen, dass wir während der Schulzeit jeden Tag miteinander abhängen, jedoch nie wichtige Themen angeschnitten haben.

»Gefühle waren bei uns nie ein Thema. Bisher haben wir das immer mit uns selbst ausgemacht«, bringt er unser Problem auf den Punkt. Partys, Sport oder Playstation-Spiele waren anscheinend genug Stoff für stundenlange Unterhaltungen. Was sind wir doch für oberflächliche Idioten.

»Vielleicht sollten wir das in Zukunft lassen?«, schlage ich vor.

»Sehe ich auch so.« Ethan streckt mir seine Hand entgegen und ich schlage ein.

»Freunde?«

»Freunde«, bestätigt er.

Und als solche gehen wir wieder zu den anderen. Nur dass niemand mehr vor dem Lagerfeuer sitzt. Unschlüssig sehen wir uns um. Bestimmt sind sie bereits in die Zelte gekrochen.

Ich sehe Ethan mit schräg gelegtem Kopf an. »Du wirst nichts tun, womit Emily sich unwohl fühlt, oder?«, flüstere ich ihm zu. Immerhin steht er auf sie. »Oder Mia«, erinnere ich ihn an seine Freundin.

»Emily braucht einen guten Freund. Der will ich ihr sein.«

Ich kann nur hoffen, dass er die Wahrheit sagt. Was sollte ich auch tun? Emily mit in mein Zelt nehmen? Wohl kaum.

»Du hast doch gesehen, wie sehr Heimlichkeiten andere verletzen. Mach nicht den gleichen Fehler wie ich«, bitte ich ihn.

Er nickt und geht auf sein Zelt zu. Ich bleibe noch kurz und lösche das Lagerfeuer. Ich glaube, niemand hat noch Lust, den Abend gemeinsam ausklingen zu lassen.

Als ich endlich zu Jackson ins Zelt krabbele, liegt er bereits in seinem Schlafsack und lächelt mir entgegen. Sieht so aus, als hätte er seine gute Laune zurück, oder er versucht darüber hinwegzusehen, dass der Freund seiner Cousine auf eine andere steht.

Als er sich aufrichtet, bemerke ich dass er kein T-Shirt mehr trägt. Ich ziehe mir mein eigenes ebenfalls über den Kopf und krabbele zu ihm. Er streckt seine Arme nach mir aus und ich lasse mich nur zu gerne in seine Umarmung fallen. Gemeinsam sinken wir zurück und ich liege mehr auf als neben ihm. Es fühlt sich gut an, Jackson Haut an Haut zu spüren. Ehrfürchtig betrachte ich ihn und fahre mit meinen Fingern über seine Brust.

»Lass uns schlafen«, murmele ich, während ich ihm einen kleinen Kuss gebe.

Er lässt seine Hand an meinem Körper herunterwandern, bis er meine Shorts erreicht.

»Schlafen, ha?«

Es wäre zu verführerisch, dem Verlangen nachzugeben, aber ich kann nicht. Verliebt lächele ich ihn an.

»Ich meine es ernst«, sage ich und stupse mit meiner Nase gegen seine.

»Wieso?«, raunt er. Ich versuche seinen enttäuschten Gesichtsausdruck auszublenden, um nicht weiter in Versuchung zu kommen.

Anstatt seine Frage zu beantworten, deute ich auf mein Ohr. »Hörst du das?«

Zaghaft nickt er, als er die leisen Seufzer wahrnimmt.

»So gern ich einen Schritt weiter gehen würde ...«, flüstere ich in sein Ohr »... ist hier leider nicht der richtige Ort und jetzt nicht der passende Zeitpunkt.«

»Du hast recht.« Er seufzt.

Ich lege mich auf den Rücken und strecke meine Hand aus. »Jetzt komm her. Ich will kuscheln.«

Es verwundert mich selbst, dass es mir reicht, Jackson einfach nur im Arm zu halten, ohne über ihn herzufallen. Doch es ist so. Nichts hat sich jemals besser angefühlt als dieses Gefühl der Zusammengehörigkeit, das ich nur bei ihm empfinde.

Kapitel 19

»Endlich sind wir wieder zu Hause«, seufze ich erschöpft und lasse mich auf mein Bett fallen. Der Ausflug ging zwar noch ziemlich harmonisch zu Ende, aber es hat uns allen eine Menge abverlangt. Ich glaube, wenn wir alle nicht so eng miteinander befreundet wären, hätten diese ganzen kleinen und größeren Dramen das Ende unseres Grüppchens bedeuten können.

Als wir am nächsten Morgen gemeinsam frühstückten, konnten wir halbwegs normal miteinander reden. Emily sah zwar ziemlich zerzaust aus, doch ich hatte das Gefühl, dass es ihr bereits ein klein wenig besser ging als am Abend zuvor.

»Danke, dass ich die Nacht heute bei dir verbringen darf«, raunt Jackson mir zu. »Irgendwie war der Gedanke, dass deine Schwester und deine Exfreundin nur wenige Meter von uns entfernt im Zelt liegen, ziemlich abturnend.« Schön, dass wir einer Meinung sind.

Jackson pfeffert seinen Rucksack auf meinen Schreibtisch, dabei flattern ein paar Blätter nach unten.

»Sorry, ich will dich nicht enttäuschen, aber Harper schläft auch hier nur ein paar Meter entfernt.«

Gedankenverloren greift er nach meinen Zeichnungen. »Aber hier gibt es *richtige* Wände«, murmelt er.

Ich rappele mich auf, um zu sehen, was er so genau betrachtet. Er hält das Bild von uns in den Händen, das ich nach dem Tag am Strand gezeichnet habe. Es zeigt uns, wie wir gemeinsam am Pier stehen und auf das Meer hinausblicken.

»Gefällt es dir?«, frage ich unsicher. Ich habe mir wirklich Mühe damit gegeben und es würde mich ein bisschen enttäuschen, wenn er es nicht mögen würde.

Eine Weile bleibt er stumm und starrt nur weiter auf das Papier. Andächtig fährt er die Bleistiftlinien nach. »Ich liebe es.«

Gut, denn ich habe es nur für ihn gezeichnet. »Es gehört dir.«

Lächelnd dreht er sich zu mir um und küsst mich kurz. Als ich meine Arme um ihn schlingen will, stoppt er mich. Verwirrt sehe ich ihn an.

Sofort streichelt er beruhigend über meine Wange. »Kann ich ins Badezimmer gehen? Der Ausflug war zwar toll, aber ich habe das Gefühl, ich muss mir erst den ganzen Dreck vom Körper waschen.«

Ich verstehe ihn nur zu gut, denn auch ich sehne mich nach einer heißen Dusche. »Natürlich, nimm mein Badezimmer«, biete ich ihm an. »Ich gehe in der Zwischenzeit ins große Bad.« Dann können wir uns schneller gemeinsam in mein Bett werfen und die Zweisamkeit nachholen, die gestern Abend dank der dünnen Zeltwände nicht möglich war.

»Oder wir steigen gemeinsam in die Dusche«, schlägt er vor. Sein Angebot kommt völlig unerwartet und wirft mich ein wenig aus der Bahn. Ich muss schockiert aussehen, denn sofort rudert Jackson zurück. »Wir müssen das nicht tun. Vergiss einfach, was ich gesagt habe.«

Er dreht sich zu seinem Rucksack um, anscheinend auf der Suche nach … irgendetwas. Nervös knabbere ich auf meiner Unterlippe herum.

Es ist ja nicht so, als würde mich sein Angebot abschrecken, aber ich fühle mich im Moment einfach so schrecklich unsicher und bin total aufgeregt. Es könnte doch sein, dass eines zum anderen führt und ich dann feststelle, dass ich keine Ahnung habe, was ich tun muss. Scheiße. Dazu brauche ich nicht einmal abwarten, denn ich *habe* keine Ahnung, wie das zwischen Jungs abläuft. Wobei das auch nicht stimmt. Theoretisch ist mir der Ablauf bekannt, aber ich … verdammt noch mal. Ich bin nervös.

»Die Frage klingt jetzt vielleicht ein wenig eigenartig«, meint Jackson seufzend. »Aber kannst du mir frische Unterwäsche leihen? Ich dachte, ich hätte noch welche, aber …« Kurz sieht er mich an, dann senkt er seinen Blick. »Oder ich dusche einfach zu Hause.« Er dreht sich wieder zu seinem Rucksack, dieses Mal um alle Gegenstände, die er rausgenommen hat, wieder einzupacken.

»Nein, Jackson«, sage ich bestimmt. »Ich will, dass du bleibst.« Er dreht sich zu mir um. »Bitte«, füge ich noch hinzu.

»Okay.« Er schafft es immer noch nicht, mir in die Augen zu sehen. »Du kannst mir auch eine Pyjamahose leihen und ich ziehe die an.« Er zuckt mit den Schultern.

Ich atme tief durch, mache einen Schritt auf ihn zu. »Du könntest aber auch nackt schlafen.«

Meine Hand ist zittrig, als ich nach seiner greife und ihn zu meinem kleinen Badezimmer ziehe. Ich schalte das Licht ein und lasse Jackson los. Danach stelle ich das Wasser an. Als ich mich umdrehe, bemerke ich, dass er an der geschlossenen Tür lehnt und mich beobachtet.

»Wir müssen das nicht tun. Also, wenn es dir zu schnell geht«, bietet er mir an.

»Das ist es nicht, aber ich habe so etwas noch nicht getan.«

Jackson runzelt die Stirn. »Geduscht?«, fragt er grinsend und entschärft damit die angespannte Situation.

Lässig schlendert er auf mich zu und sieht mir tief in die Augen. Als er seine Stirn gegen meine lehnt, fühle ich mich seltsam erleichtert.

»Du weißt, was ich meine«, sage ich leise.

»Ja. Aber du solltest einfach tun, was dir in dem Moment richtig vorkommt, und nicht zu viel darüber nachdenken. Alles andere übernehme ich.« Für mich fühlt es sich gut an, dass Jacks die Führung übernimmt.

»Okay.«

Sanft lehne ich meine Stirn gegen seine. Jackson lächelt mich an, bevor er meinen Mund mit seinem verschließt. Seine Hände wandern über meinen Körper und verirren sich unter mein T-Shirt. Ich keuche erschrocken auf, da seine Finger verdammt kalt sind. Jackson lacht in unseren Kuss, während sich auf meinem ganzen Körper eine Gänsehaut bildet.

»Ich muss dich etwas fragen ...«, murmele ich und merke bereits, wie meine Wangen sich röten.

»Alles«, haucht Jackson und knabbert sich von meinem Kinn weiter bis zu meinem Ohr.

Ich räuspere mich ein paar Mal. »Wenn du mit einem Jungen schläfst ...«, beginne ich, werde aber sofort unterbrochen.

»Wenn ich mit dir schlafe!«, berichtigt er mich.

»Genau. Übernimmst du dann eher ...« Mitten im Satz breche ich ab, da die Worte einfach nicht meinen Mund verlassen wollen. Natürlich ist mir klar, wie zwei Männer miteinander schlafen. Aber ich habe keine Ahnung, wie man entscheidet, wer nun ... der gebende und wer der nehmende Part ist.

»Was?«, fragt er leise nach.

Ich hole tief Luft. Das hier ist Jackson. Der Junge, für den ich mein bisheriges Leben über den Haufen geworfen habe und mit dem ich über alles reden kann.

»Bist du der aktive oder eher der passive Part?« Ich spreche schnell und bin mir nicht sicher, ob er mich überhaupt verstanden hat.

Leicht beißt Jackson in mein Ohr und flüstert: »Womit du dich wohler fühlst.«

»Keine Ahnung.« Vermutlich fühle ich mich am wohlsten, wenn ich das Gleiche mache wie bisher. Auch wenn ich im Moment den Gedanken an Emily nicht zulassen will, komme ich nicht darum herum, mir vorzustellen, wie es sein wird, wenn statt ihr nun Jackson unter mir liegt. Es würde sich irgendwie vertrauter anfühlen. Alles andere würde mich heute vermutlich überfordern.

»Ich denke, ich weiß, womit du fürs Erste besser zurechtkommst. Vertrau mir einfach«, bittet er mich.

Als Antwort nicke ich.

Jackson löst sich von mir, nur um sich in den Nacken zu greifen und sein T-Shirt auszuziehen. Mit leicht geöffneten Lippen starre ich auf seine Brust, die ich gerade noch befühlt habe. Obwohl ich ihn bereits mehrere Male mit nacktem Oberkörper gesehen habe, haut mich der Anblick jedes Mal wieder aus den Socken. Jackson angezogen ist schon ein toller Anblick, aber Jackson ohne Shirt … War es hier im Badezimmer die ganze Zeit über schon so heiß?

Ich muss einige Male schlucken. Das ist auch schon das Einzige, was ich im Moment zustande bringe, außer starren. Eventuell könnte ich vergessen haben, wie man sich auszieht. Gott sei Dank geht es nur mir so, denn Jackson greift nun nach dem Saum meines Shirts und zieht es mir über den Kopf.

Wir keuchen beide gleichzeitig laut auf und dann passiert alles ziemlich schnell. Unsere Münder krachen aufeinander und sofort schiebe ich meine Zunge in Jacksons Mund. Eng presse ich mich an ihn. Meine Hände lasse ich über seinen Rücken wandern. Ich spüre die harten Muskeln, dabei ist er kein typischer Muskelprotz. Er ist einfach gut definiert.

»Du fühlst dich so atemberaubend an«, flüstere ich, als ich kurz Luft hole. Meine Hände wandern zu seinem Gürtel. Zeitgleich greift er nach meinem. Wir ziehen uns nach und nach aus, bis wir uns nackt gegenüberstehen. Jackson greift nach meiner Hand und zieht mich in die Dusche.

»Wir werden das hier schnell machen.«

Mit gerunzelter Stirn sehe ich ihn an. »Also, ich bin jetzt nicht gerade der große Romantiker, aber ich habe mir unser erstes Mal dann doch etwas anders vorgestellt«, erkläre ich ihm und kann nicht verhindern, dass ich leicht gereizt klinge.

»Ich habe die Dusche gemeint, Mason«, erklärt er geduldig.

»Oh.« Damit Jackson nicht bemerkt, dass es mir peinlich ist, ihn falsch verstanden zu haben, drehe ich mich um und greife nach dem Duschgel. Er drückt sich von hinten an mich und nimmt es mir aus der Hand. Danach beginnt er mich einzuseifen, während er immer wieder kleine Küsse in meinen Nacken haucht. Ich entspanne mich immer weiter, höre auf zu denken und beginne endlich zu fühlen.

»Fertig«, lässt er mich nach einer Weile wissen. Die ganze Zeit über hatte ich ihm den Rücken zugekehrt, doch jetzt drehe ich mich endlich zu ihm um. Ich sehne mich nach seinen Lippen, die ich auch sofort mit meinen verschließe. Doch er macht sich von mir los.

»Warte, warte«, keucht er. »Wenn du nicht willst, dass es peinlich für mich wird, dann solltest du jetzt aufhören und aus der Dusche steigen.«

Ich brauche ein paar Sekunden, bis der Sinn seiner Worte in meinem Gehirn ankommt. Grinsend tue ich ihm den Gefallen und schlinge mir ein Handtuch um die Hüften, während Jackson im Schnellmodus seinen Körper einseift. Es ist herrlich, ihn dabei zu beobachten, wie er sich beeilt. Hat fast etwas von einer Slapstick-Einlage.

Als er tropfend neben mir steht, reiche ich ihm ein Handtuch, in das er sich schnell einwickelt. Mit einer Hand verstrubbele ich seine Haare, die genauso nass sind wie meine. Doch ich komme nicht dazu, sie zu trocknen. Jacks greift nach meiner Hand und zieht mich zurück ins Zimmer. Beim Bett angekommen, beginnt er mich sofort wieder zu küssen. Gemeinsam lassen wir uns nach hinten fallen.

Ich liege halb auf Jacks und streiche ihm eine seiner blonden Haarsträhnen aus dem Gesicht. Es bedeutet mir eine ganze Menge, dass wir nun gemeinsam hier liegen. Zu Beginn des Sommers hätte ich nicht damit gerechnet, dass wir einmal knutschend in meinem Bett landen. Zu zweit. Verliebt. Und auch wenn ich mich anfangs gegen meine Gefühle gewehrt habe, bin ich froh, dass ich die Kurve gekriegt habe.

Mein Herz hämmert aufgeregt in meiner Brust, als ich beginne, Jacksons Oberkörper mit Küssen zu bedecken. Je weiter ich nach unten wandere, desto hektischer geht sein Atem. Meiner ebenfalls.

Erst jetzt wird mir klar, was Jackson vorhin gemeint hat mit: *Du solltest einfach tun, was dir in dem Moment richtig vorkommt.* Denn einfach alles fühlt sich gerade so an, als hätte es immer so sein sollen.

***

»Mason?«, höre ich die Stimme meiner Mutter. Sie klingt erschrocken.

Mit klopfendem Herzen löse ich mich aus Jacksons Umarmung und setze mich auf.

»Alles in Ordnung?«, frage ich. Meine Eltern sollten doch eigentlich noch in Miami sein. Oder?

Mit großen Augen starrt sie mich an und ich sehe an meinem Körper hinab. Schnell bedecke ich meine Blöße mit der Bettdecke und versuche auch Jacksons nackten Po darunter zu verstecken.

»Scheiße«, flüstere ich und rüttele an seiner Schulter. »Wach auf.«

Meine Mutter sieht von Jackson zurück zu mir. Immer und immer wieder. Dazwischen flackert ihr Blick zu den benutzten Taschentüchern auf meinem Fußboden, und als wären die noch nicht Anhaltspunkt genug, liegt auch noch eine leere Kondomverpackung neben dem benutzten Kondom. Ich schlucke mehrmals gegen den Kloß in meinem Hals an, doch er verschwindet nicht. Jackson reibt sich über seine Augen, setzt sich auf und wird kreidebleich. Vermutlich hätte er sich, ebenso wie ich, unser Outing ein klein wenig anders vorgestellt.

»Wir sehen uns zum Frühstück«, sagt meine Mutter leise, und der Blick, den sie mir zuwirft, beschert mir eine Gänsehaut. Sie schließt die Tür hinter sich. Ich starre eine ganze Weile stumm darauf.

»Es tut mir leid«, flüstert Jackson.

»Du kannst doch nichts dafür.«

»Ich hätte erst hier schlafen sollen, nachdem du deinen Eltern von uns erzählt hast.« Jackson sieht traurig aus.

Ich lehne mich vor und gebe ihm einen Kuss auf die Lippen. »Wir machen das schon. Gehen wir am besten gemeinsam nach unten und stellen uns der Sache.«

Ein minimales Lächeln erscheint auf seinem Gesicht. »In Ordnung.« Jackson zögert merklich, bevor er weiterspricht. »Was tust du, wenn uns deine Eltern den Umgang miteinander verbieten?«

Mit gerunzelter Stirn sehe ich ihn an. »Ich bin achtzehn. Was sollen sie denn tun? Mir Hausarrest geben?« Viel mehr ängstigt mich der Gedanke, dass sie mich deswegen verurteilen. Hausarrest wäre mein geringstes Problem, doch ich nicke Jackson aufmunternd zu. Er soll nichts von meinen Befürchtungen erfahren.

»Zum Beispiel. Oder mich nicht mehr zu dir lassen.«

Ich mache eine abwehrende Handbewegung. »Dann treffen wir uns in Zukunft eben bei deinen Eltern. Die ich übrigens nur allzu gerne kennenlernen würde.«

Ein kleines Lächeln schleicht sich auf sein Gesicht. »Ehrlich?«

»Natürlich.« Ich greife mir an die Brust. »Was denkst du denn?« Meine andere Hand lege ich in Jacksons Nacken und ziehe ihn zu mir, um ihn kurz auf die geschlossenen Lippen zu küssen. »Aber zuerst ziehen wir uns an und stellen uns meinen Eltern.«

Jackson seufzt, lässt sich aber anstandslos von mir hochhelfen. Ich werfe ihm frische Unterwäsche, Jeans und ein Hemd entgegen. Mit hochgezogenen Augenbrauen sieht er mich an.

»Reicht für das Frühstück keine Jogginghose?«

Bedauernd schüttele ich meinen Kopf. »Nicht heute.« Es ist zwar Donnerstag und nicht Wochenende, aber mein Vater hat immer noch Urlaub und liebt es, gemeinsam mit uns zu frühstücken, wenn er die Gelegenheit dazu hat. »Wenn du Glück hast, essen wir ohne Emily und Dans Familie.«

Natürlich haben auch Emilys Eltern zeitgleich Urlaub. So läuft das immer.

Sein Mund klappt weit auf. »Scheiße. Eure Familien sollten sich wirklich ein Haus teilen, so wie ihr aufeinanderhockt. Platz genug wäre ja.«

Ein Glucksen kommt aus meiner Brust, während ich mein Hemd zuknöpfe. Als wir beide vollständig angezogen sind, ziehe ich Jackson ins Badezimmer, damit wir unsere Zähne putzen können. Er trödelt absichtlich herum, was mich zum Grinsen bringt, obwohl ich scheißnervös bin.

Als wir fertig sind, verschränke ich unsere Hände miteinander und führe Jackson die Stufen nach unten ins Esszimmer. Mit klopfendem Herzen stelle ich fest, dass wir leider Pech haben und sowohl die gesamte Familie Bennett als auch die Familie Baker samt Dan und Emily anwesend sind.

Missbilligend zieht meine Mutter die Augenbrauen zusammen, als sie bemerkt, dass wir uns an den Händen halten. Harper sieht mir aufmunternd entgegen. Mein Vater und die Bakers sind so sehr in ein Gespräch vertieft, dass sie uns nur kurz zunicken und unsere verschränkten Hände nicht bemerken.

Enttäuscht stelle ich fest, dass keine zwei Plätze nebeneinander frei sind und ich deshalb nicht bei Jackson sitzen kann. Bedauernd sehe ich ihn an. Emily, die meinen Blick bemerkt, steht auf und will sich auf den freien Stuhl neben Harper setzen, doch sofort stoppt meine Mutter sie.

»Bleib! Du sitzt doch immer da.« Ja, Emily hat einen festen Sitzplatz an der Tafel. An uns gewandt sagt meine Mutter: »Nehmt endlich Platz.«

Es gefällt mir nicht, wie meine Mutter sich gerade benimmt, denn so ist sie eigentlich nie.

Eine Weile läuft das Frühstück ganz gut, auch wenn ich nicht den Arsch in der Hose habe, mich vor allen zu outen. Doch das ändert sich, als sich Alice, Ems Mutter, mir zuwendet: »Ihr seid so ein hübsches Paar.«

Zuerst denke ich, sie meint Jackson und mich, doch sie betrachtet Emily und mich wohlwollend. Schockiert wende ich mich meiner Ex zu. Emily schüttelt sofort den Kopf, als Antwort auf meine stumme Frage. Panisch sehe ich zu Jackson, der plötzlich viel aufrechter neben Harper sitzt als noch von ein paar Minuten. Nun haben wir plötzlich auch noch die ungeteilte Aufmerksamkeit von Emilys Dad.

»Wirklich zu schade, dass ihr euch getrennt habt.«

Ich nehme an, weder Emily noch Jackson haben große Lust auf dieses Tischgespräch. Ich übrigens auch nicht.

»Tja, es hat einfach nicht mehr gepasst«, antworte ich ausweichend.

Nun dreht sich auch mein Vater zu uns. »Lasst die beiden in Ruhe. Sie sind zu jung, um sich fest zu binden.« Dankbar lächele ich zu ihm, während er Ems Dad auf die Schulter klopft, der zustimmend nickt. »Unsere Kinder werden noch früh genug erwachsen.« Er zwinkert mir zu und sein Tonfall klingt locker, als er weiterspricht: »Vielleicht ist das nur eine Phase und in ein paar Jahren passt es wieder besser zwischen Emily und Mason.«

Ich beobachte Jackson dabei, wie er seine Gabel zur Seite legt und einige Male schlucken muss.

»Darauf würde ich nicht wetten«, sage ich etwas zu ruppig zu meinem Dad, aber ich habe Panik, dass Jackson jede Minute aufspringt und den Raum verlässt, wenn ich nicht bald etwas unternehme.

Ich werde das Gefühl nicht los, dass für unsere Eltern die Beziehung zwischen Emily und mir noch nicht vom Tisch ist und sie nur auf ein Comeback warten. Darauf können sie ewig warten, denn das wird nicht passieren. Auch wenn sie sich noch so sehr wünschen, die Firmen zu fusionieren. Das muss doch auch anders gehen als über uns. Alles, was ich jemals wollte, war, die Firma meines Vaters zu übernehmen, aber ich habe Angst, dass es an die Bedingung geknüpft ist, Emily zu heiraten. Langsam rutsche ich mit meinem Stuhl zurück, um aufstehen zu können.

»Jackson ist mein Freund. Mein fester Freund. Wir haben uns ineinander verliebt.«

Absolute Stille herrscht im Esszimmer. Dan nickt mir anerkennend zu, während Emily mich aufmunternd anlächelt.

Harper murmelt leise: »Na endlich.«

»Ich bin schwul«, präzisiere ich meine Worte, damit auch wirklich jeder sie versteht. »Und deine Firma kannst du gerne behalten. Oder sie Harper geben.« Ich gehe um den Tisch herum, stelle mich hinter Jackson und lege meine Hände auf seine Schultern.

Mein Vater runzelt verwirrt die Stirn. »Wie meinst du das?«

Auch die Bakers sehen verwirrt aus, nur meine Mutter massiert mit zwei Fingern ihre Nasenwurzel. Alice, Ems Mom, steht auf, kommt auf mich zu und umarmt mich.

»Ich finde es zwar schade, da ich dich gerne in meiner Familie gehabt hätte, aber ich bin stolz auf dich.«

Auch ihr Mann kommt auf mich zu und streckt mir seine Hand entgegen. »Ich weiß nicht genau, was ich sagen soll. Glückwunsch vielleicht.« Danach schüttelt er meine Hand.

»Emily. Dan.« Die Bakers lächeln in die Runde. »Wir gehen besser nach Hause.«

Sofort springen meine Freunde auf. Emily drückt mich, bevor sie geht, und Dan legt mir kurz seine

Hand auf die Schulter. Ehrlich. Ich habe die beiden gar nicht verdient.

Gleich darauf fällt die Tür ins Schloss und ich zucke zusammen. Danach hüllt uns wieder das Schweigen ein, das seit meinem Outing herrscht. Mein Vater durchbricht die Stille.

»Es tut mir leid«, sagt er und steht auf. Erstaunt sehe ich ihm in die Augen. »Aber dachtest du, du darfst nur mein Nachfolger werden, wenn du hetero bist?«

Ich zucke mit meinen Schultern. »Ich dachte immer, Emily zu heiraten wäre Teil des Deals. Familienfusion und so.«

Mein Vater geht auf mich zu und nimmt mich in den Arm. »Blödsinn«, murmelt er. »Das Unternehmen geht zu fünfzig Prozent an dich, die anderen fünfzig Prozent bekommt deine Schwester. Egal, ob ihr verheiratet oder ledig seid, Kinder habt oder nicht.«

Als Dad mich loslässt, sehe ich mit großen Augen zu Harper. Sie wirkt ebenfalls erstaunt.

»Das heißt, euch ist es egal, mit wem wir zusammen sind?«

»Ja«, sagt er. »Das mit der Firmenfusion war für die Bakers und uns einfach immer eine Art Witz. Es gibt schon lange Zeit Pläne in diese Richtung, nur haben wir diese nie konkretisiert. Als wir einmal zu tief ins Glas geschaut haben, hat sich eine Art Running Gag zwischen uns entwickelt.«

Wow, ich habe ja immer vermutet, dass auch mein Vater Humor besitzt, wenn auch eine ganz andere

Art. Eine, die offensichtlich niemand unter zwanzig versteht. Bedauernd zuckt er mit den Schultern.

»Ich hatte keine Ahnung, dass ihr Kinder das so ernst nehmt.« Er sieht in seinem Hemd aus wie ein Schuljunge, der etwas ausgefressen hat.

»Jackson?«, spricht er meinen Freund an und streckt ihm seine Hand entgegen. Lächelnd schüttelt Jackson sie. »Herzlich willkommen in der Familie.«

Das Strahlen, das sich in meinem Gesicht ausbreiten will, wird nur von einer Kleinigkeit getrübt.

Ich drehe mich zu meiner Mutter. »Mom?«

Meine Mutter sieht meinen Vater an. »Das ist nicht dein Ernst, oder?« Mich würdigt sie keines Blickes.

»Was ist los, Liebling?«, will auch mein Vater wissen und sieht besorgt zu seiner Frau.

»Ihr könnt gerne so tun, als wäre alles in bester Ordnung, aber ohne mich.« Danach dreht sie sich um und verlässt das Esszimmer.

Mit offenem Mund starre ich ihr hinterher. War das gerade ihre Art, mir zu sagen, dass sie mit meiner Beziehung zu Jackson nicht klarkommt? Ich taumele ein paar Schritte und lasse mich auf den nächstbesten Stuhl fallen. Natürlich habe ich damit gerechnet, dass irgendjemand meine Beziehung zu einem Jungen nicht so locker sieht, aber ich hatte nicht damit gerechnet, dass dieser Mensch meine Mutter ist.

Jackson kniet sich vor mich. »Mason, ist alles in Ordnung?« Seine Stimme zittert.

»Ich … ich weiß es nicht.« Fragend sehe ich zu meinem Vater. Er kommt zu mir und drückt meine Schulter.

»Ich rede mit ihr«, verspricht er, bevor er auf dem Absatz kehrtmacht und ihr hinterhereilt.

Harper schiebt ihren Stuhl geräuschvoll zurück und kommt um den Tisch gelaufen. Sie quetscht sich an Jackson vorbei und setzt sich auf meinen Schoß. Die Arme schlingt sie fest um meinen Hals.

»Es muss einen Grund haben, warum Mom so reagiert hat«, versucht sie mich aufzuheitern. Klappt nur leider nicht, denn ich fühle mich mies. Die lauten Stimmen aus der Küche machen die Sache nicht besser.

»Was stimmt nicht mit dir?«, schreit mein Vater. »Da drinnen sitzt dein Sohn, den es eine ganze Menge Mut gekostet hat, uns zu erzählen, dass er einen Freund hat. Ein wirklich netter Junge, wenn du mich fragst, aber das kannst du nicht wissen, da du ihn nicht einmal angesehen hast.«

»Weil er für mich nicht existiert«, brüllt sie zurück.

Ich habe meine Eltern mein ganzes Leben lang noch nie miteinander streiten gehört. Ich schiebe Harper von mir weg. Sie versteht, was ich will, und steht auf. Weder Jackson noch ich müssen uns das antun. Ich strecke ihm meine Hand entgegen.

»Wenn jemand fragt …«, sage ich an meine Schwester gewandt. »Ich bin bei Jackson zu Hause.«

Kapitel 20

»Wir sollten uns langsam für die Schule fertig machen«, höre ich Jacksons Stimme neben mir.

»Keine Lust«, antworte ich. Ich bleibe lieber im Bett. Wie könnte ich auch zur Highschool fahren, wenn ich nicht mal die Kraft dazu habe, meinen Arm von meinem Gesicht zu nehmen. Ich hasse es, dass ich zu einem theatralischen Häufchen Elend geworden bin. Aber die Sache mit meiner Mutter macht mich echt fertig. In einer Stunde geht der Unterricht wieder los und ich sollte davor wirklich nach Hause, um meinen Schulkram zu holen, obwohl sich alles in mir dagegen sträubt.

Ich habe unser Haus nach dem Streit einfach verlassen und rein gar nichts mitgenommen. Gott sei Dank ist Jackson nur ein wenig kleiner als ich, denn so kann ich in der Zwischenzeit seine Sachen anziehen. Ich möchte nicht wissen, was Ethan zu meinem neuen Look sagt, wenn er mich so sieht. Vermutlich zieht er mich auf.

Mir ist klar, dass es auf Dauer nicht so weitergehen kann. Den heutigen Tag schaffe ich auch ohne meine persönlichen Sachen, aber spätestens am Nachmittag sollte ich wirklich nach Hause und mich meiner Mutter stellen. Und das, obwohl sie mich kein einziges Mal angerufen hat. Die Frau, die nicht schlafen kann, wenn ich nachts aus bin, schert sich einen Dreck darum, wie es mir geht.

Dafür telefoniere ich jeden Tag mit meinem Vater. Irgendwie eigenartig, aber mein Coming-out hat uns einander näher gebracht. Ich erkenne jetzt wieder mehr den Dad in ihm als den Businesstypen.

Dass Jackson wieder zu mir ins Bett krabbelt, merke ich daran, dass sich die Matratze bewegt. Er hat sich, nachdem wir aus dem Badezimmer zurückgekommen sind, schnell angezogen. Ich trage immer noch meinen – nein! – seinen Pyjama. Na ja. Immerhin war ich schon Zähne putzen. Jacks beginnt sanft über meinen Körper zu streicheln und ich denke mir nicht das erste Mal in den letzten Tagen, wie außergewöhnlich er ist. Er erträgt meine schlechte Laune, ohne zu murren. Ich höre es neben mir rascheln. Nun nehme ich meinen Arm doch noch runter und schiele zu Jacks.

»Ich weiß nicht, aber mir scheint, dass du noch nicht sehr weit mit diesem Buch gekommen bist.«

Es ist das Gleiche, das ich bei meinem ersten Besuch in seinem Zimmer entdeckt habe. Ziemlich sicher steckt das Bild von uns noch an der gleichen Stelle. Dafür hat sich sein Zimmer in der Zwischenzeit verändert, denn seine Umzugskartons sind endlich angekommen. Eine ganze Menge Heavy-Metal-CDs stehen fein säuberlich in einem CD-Ständer. Nicht zu vergessen die unzähligen Bücher, die er sogar farblich in sein Regal einsortiert hat. Ich durfte ihm dabei nicht helfen.

Als er auf die Idee gekommen ist, ein Poster von Zac Efron aufzuhängen, habe ich ihn allerdings gestoppt. Der ist definitiv zu alt für ihn. Am besten lasse ich mal ein übergroßes Foto von mir drucken, um mein Revier zu markieren.

Jacks schnaubt belustigt. »Seit ich in Naples bin nicht. Da hast du recht.«

»Woran das wohl liegt?«, frage ich ihn.

»Vielleicht an diesem heißen Typen, den ich kennengelernt habe. Es hat mich eine ganze Menge Zeit gekostet, ihn in mein Bett zu bekommen«, meint er grinsend.

Ich drehe mich auf den Bauch. »Und in dein Herz«, sage ich zu ihm und lege meine Hand auf seine Brust.

»Nein«, sagt er dann. »Da war er schon von Anfang an.«

Ich rutsche etwas hoch, um ihm einen keuschen Kuss zu geben. »Was machen wir, wenn meine Mom nicht zur Vernunft kommt? Ich kann doch nicht ewig bei dir bleiben.«

Ich möchte nicht darüber nachdenken, was ihre offensichtliche Ablehnung bedeutet. Mein Dad ist der Meinung, dass ich ein paar Tage bei Jackson bleiben soll, bis er meiner Mutter Vernunft eingebläut hat. Seine Worte, nicht meine.

»Doch«, widerspricht Jackson mir sofort. Wir wissen beide, dass es nicht so ist. Ich will nicht darüber nachdenken, was passiert, wenn mich meine Mutter zu einer Entscheidung zwingt. Für meine Familie und gegen Jackson.

Es klopft an Jackson Zimmertür und seine Mutter Sophie steckt den Kopf herein. Sie kommt mit einem Teller auf uns zu. Ich schiele darauf, obwohl ich gar keinen Hunger habe. Der ist mir leider in den letzten Tagen abhandengekommen.

Jackson greift sofort nach einer Toastbrotscheibe, bevor Sophie überhaupt dazu kommt, etwas zu sagen. Mit einem Kopfschütteln stellt sie den Teller auf dem Bett ab. Danach setzt sie sich zu uns. Mitfühlend sieht sie mich an.

»Wie geht es dir, Mason?«

Sie ist so toll. Als Jackson und ich nach dem Katastrophen-Frühstück zu ihnen nach Hause gekommen sind, hat sie mich sofort auf die Couch gesetzt und mir Kekse gebracht. Es war angenehm, ein wenig von ihr bemuttert zu werden. Vermutlich habe ich sie das auch merken lassen, denn sie hat bis heute nicht damit aufgehört.

Ich zucke mit den Schultern, da ich Angst habe, vor Sophie in Tränen auszubrechen. Sie streichelt sanft über mein Bein.

»Das wird schon wieder«, tröstet sie mich mit einer dieser Standardfloskeln.

»Ich muss wieder nach Hause«, antworte ich ihr niedergeschlagen.

»Ich weiß. Aber unsere Tür steht dir jederzeit offen. Du kannst gerne noch länger bleiben, wenn es dir damit besser geht.« Sie wuschelt mir kurz durch meine ungekämmten Haare, bevor sie den Raum verlässt.

»Von mir aus kannst du gerne hier einziehen«, sagt Jackson plötzlich.

Ich setze mich auf und greife nun doch nach einer Toastbrotscheibe. »Ein bisschen früh für einen gemeinsamen Wohnsitz«, sage ich zu ihm.

Jackson rappelt sich hoch und sieht mir tief in die Augen. »Ich habe einfach Angst, dass das hier der Anfang vom Ende ist«, gesteht er mir plötzlich. »Und das, obwohl es noch nicht einmal richtig begonnen hat.«

Der Bissen bleibt mir fast im Hals stecken. Mühsam schlucke ich ihn nach unten und lasse den angebissenen Toast zurück auf den Teller fallen. Sanft lege ich meine Hand an seine Wange.

»Das wird es nicht. Mach dir keine Sorgen.«

»Wieso bist du dir so sicher?« Es bricht mir fast das Herz, Jackson so niedergeschlagen zu sehen.

»Ganz einfach.« Ich lehne mich ein Stückchen vor. »Weil ich dich liebe.« Als ich meine Stirn gegen seine lehne, schlingt er seine Arme um mich und zieht mich mit sich nach hinten.

»Trifft sich gut«, neckt er mich. »Ich liebe dich nämlich auch.«

»Und das werden wir jetzt allen zeigen«, sage ich mit mehr Motivation in der Stimme, als ich tatsächlich fühle. Ich springe aus dem Bett und gehe auf die Tür zu, hinter der sich Jacksons Kleidung befindet. »Was soll ich anziehen?«, frage ich ihn und drehe mich lächelnd zu ihm um. »Partnerlook?«

Jackson rappelt sich nun ebenfalls auf und folgt mir. Von hinten umarmt er mich. »Sorry, damit kann ich nicht dienen. Aber ich finde es ziemlich heiß, dass du meine Klamotten trägst.«

Damit bringt er mich zum Schmunzeln. »Deine Pyjamahosen sind auch wirklich verdammt sexy«, schieße ich zurück und drehe mich in seinen Armen. Seine Hände legen sich auf den karierten Stoff und er schiebt mich zurück zum Bett. Leider stoppt er, bevor wir uns darauf fallen lassen können.

»Halt! Was tue ich da?«, fragt er sich und schüttelt den Kopf. »Wir machen uns jetzt für die Schule fertig«, erinnert er mich. »Und mit wir meine ich eigentlich dich.«

»Schon gut.« Ich strecke meine Hände in die Luft, als würde ich mich ergeben. Nach einem letzten Kuss suche ich mir Kleidung aus, die für den ersten Schultag angemessen erscheint.

»Hast du vor, dich als Präsidentschaftskandidat aufstellen zu lassen?«, möchte Jacks mit einem Blick auf das Hemd, das ich gewählt habe, wissen.

»Nein, nur als Schulsprecher«, antworte ich ihm gedankenverloren.

Er reitet Gott sei Dank nicht weiter auf meinem Outfit herum, und nachdem wir uns von seiner Mutter verabschiedet haben, sitzen wir in meinem Wagen. Jacksons Dad ist bestimmt schon in der Arbeit. Gesehen habe ich ihn heute noch nicht. Aber er ist mindestens so cool wie Sophie.

Sie steht vor der Haustür und winkt uns fröhlich. Mit einem Lächeln winke ich zurück.

»Sie liebt mich.«

Jackson stopft seinen Schulrucksack in den Fußraum. »Das tut sie. Wie könnte sie auch nicht?«, meint er.

Meine Lippen beben leicht, als er sich von mir losmacht. »Scheiße, ich bin so aufgeregt«, gestehe ich ihm, als mir wieder klar wird, wohin wir gerade fahren. Zum Beweis zeige ich ihm meine zittrige Hand. Unsere Mitschüler werden heute von Jackson und mir erfahren und ich bin mir sicher, dass nicht alle Reaktionen positiv ausfallen werden. Vor allem nach der Sache mit meiner Mutter.

»Du bist also nervös«, stellt er fest.

»Sollte ich besser nicht sein, oder? Immerhin ist heute dein erster Tag an einer neuen Schule. Nicht meiner.« Für mich ist es nur der erste Tag, an dem ich nicht mehr mit meiner Freundin an der Highschool auftauche, sondern mit meinem festen Freund.

»Ach, ich kenne da bereits ein paar coole Kids«, erwidert er und stupst mit seiner Nasenspitze leicht gegen meine. Ich liebe es, dass er nicht damit aufhört, mich zu necken. Das hilft mir sehr in der momentanen Situation.

Ich starte den Wagen und fahre los. »Die musst du mir dann auch vorstellen«, ziehe ich ihn auf. Ein Seitenblick zu Jackson verrät mir, dass er schmunzelt.

»Witzig wie eh und je.« Kopfschüttelnd schnallt er sich an. Er rutscht so weit nach vorne, wie es der Gurt zulässt, und versucht mir forschend in die Augen zu sehen.

»Wenn du unsere Beziehung noch eine Weile geheim halten willst, habe ich kein Problem damit«, bietet er mir an.

Einen kurzen Augenblick bin ich in Versuchung und will das Angebot annehmen. Doch dann schüttele ich den Kopf. »Nein. Wir werden keine offensichtliche Liebesshow abziehen, aber uns auch nicht verstecken.«

Jackson nickt. »Sehe ich auch so.«

Keine zehn Minuten später halten wir auf dem Parkplatz der Schule neben Mias Wagen. Ich steige aus und gehe um das Auto herum zu Jackson, der gerade seinen Rucksack schultert.

Ich bemerke die neugierigen Blicke unserer Mitschüler. Meine Trennung von Emily hat bereits die Runde gemacht, und auch dass es einen neuen Mitschüler geben wird, ist keinem mehr neu. Da wir gemeinsam hier auftauchen, erspare ich allen auf dem Parkplatz die Mühe, zweimal gaffen zu müssen. Ich lege meine Hand auf Jacksons Rucksack und schiebe ihn weiter zum Eingang.

»Los geht's. Ich bringe dich ins Sekretariat.« Gemeinsam kämpfen wir uns an den Schülern vorbei ins Gebäude und auf direktem Weg zu Ms Collister, der Schulsekretärin. Vor der Glastür nicke ich Jackson zu. »Ich warte hier draußen auf dich.«

Entspannt lehne ich mich an die gegenüberliegende Wand und schließe für ein paar Sekunden die Augen. Länger ist es mir nicht gegönnt, denn ich höre eine schüchterne Stimme meinen Namen aussprechen.

»Mason?«

Seufzend öffne ich meine Augen und starre das definitiv jüngere braunhaarige Mädchen an.

»Stimmt es, dass du und Emily miteinander Schluss gemacht habt?«

Ich sehe mich irritiert um und stelle fest, dass sie nicht allein ist. Auch ein paar Freundinnen stehen mit erwartungsvollen Blicken in ihrer Nähe. Obwohl sie süß ist, möchte ich sie schnell wieder loszuwerden. Kurz nicke ich ihr zu.

»Ja, das stimmt«, erkläre ich ihr so freundlich wie möglich.

Leider verschwindet sie nicht und spielt stattdessen aufgesetzt mit einer Haarsträhne. Hoffentlich taucht Jackson bald wieder auf. Nicht dass sich noch mehr Mädchen ermutigt fühlen, mich anzusprechen. Natürlich fühle ich mich durch die Aufmerksamkeit geschmeichelt, aber es stört mich auch ein bisschen.

Meine Gebete werden erhört und Jackson kommt, ein Blatt Papier studierend, aus dem Sekretariat zurück. Ich strahle ihm entgegen.

»Heißt das, du bist Single?« Das Mädchen gibt nicht auf. Merkt sie nicht, dass sie stört?

»Nein, ich bin vergeben«, lasse ich sie wissen.

»Aber … man hat dich in den Ferien nur in Begleitung von deinen Freunden gesehen. Keine anderen Mädchen.«

Na, da hat wohl jemand seine Hausaufgaben gemacht. Meine heute ohnehin ziemlich wechselhafte Laune sinkt auf dem unsichtbaren Barometer ein weiteres Stückchen nach unten. Jackson hat ihre Worte offenbar gehört und stellt sich neben mich. Ich stoße mich von der Wand, lege ihm einen Arm um die Schulter und drücke ihm einen Kuss auf die Wange.

»Liegt daran, dass ich mit Jackson zusammen bin.«

Ich lasse das Mädchen stehen und gehe gemeinsam mit Jackson los. Verdammt, ich zittere am ganzen Körper und kann immer noch nicht glauben, dass ich das eben wirklich getan habe. Ich habe öffentlich zugegeben, dass Jacks mein Freund ist.

Er lehnt sich zu mir und flüstert: »Ich bin stolz auf dich.«

»Ich weiß nicht, was ich darauf antworten soll«, gestehe ich ihm, lächele ihn aber dankbar an. »Was ist dein erstes Fach?«, versuche ich abzulenken.

»Angewandte Mathematik.«

»So ein Zufall.« Händchenhaltend schlendern wir den Gang entlang zum Klassenzimmer. »Meines auch.«

Natürlich bemerke ich die Blicke meiner Mitschüler. Manche starren uns mit großen Augen an, andere verziehen angewidert das Gesicht. Doch es ist mir egal. Wichtig ist nur, dass Jackson nun immer an meiner Seite bleibt. Na ja, dass meine Mutter
vielleicht noch einlenkt, wäre natürlich auch schön.

Vor dem Mathematikraum steht Ethan, gemeinsam mit Mia. Und sie küssen sich. Scheiße, sein Geständnis habe ich in den letzten Tagen vollkommen verdrängt. Dass Jackson nicht mehr an meiner Seite geht, bemerke ich erst, als er mich an unseren ineinander verschlungenen Händen zu sich zieht.

»Was tut er denn da? Er kann doch nicht mit ihr zusammen bleiben, wenn er sie nicht liebt.« Bockig verschränkt er seine Hände vor der Brust. »Ich fand sein Geständnis bereits bei unserem Campingausflug nicht gut, aber das hier ist doch die Höhe. Kein normaler Mensch verhält sich so. Ethan ist ein riesiges Arschloch.«

Meine Augenbrauen wandern weit nach oben. »Ach so?« Verletzt von seinen Worten, gehe ich einen Schritt zurück. In meiner Brust bemerke ich ein Stechen, das vor ein paar Sekunden noch nicht da war. Mehrmals reibe ich mit meiner Hand darüber, damit es wieder verschwindet.

Erst jetzt scheint Jackson zu bemerken, was er gerade zu mir gesagt hat. Abwehrend streckt er seine Hände in die Luft. »Ich habe es nicht so gemeint. Das mit Emily, dir und mir war doch etwas völlig anderes.«

Die ersten Köpfe drehen sich interessiert in unsere – oder wohl eher in meine – Richtung. Als Schulsprecher kennt mich hier natürlich so gut wie jeder. Und auch wenn es arrogant klingt, viele interessieren sich einfach dafür, was in meinem Leben vor sich geht.

Mit mühsam kontrolliertem Gesichtsausdruck mache ich einen Schritt auf ihn zu. Immer wieder öffne und schließe ich meine Faust. »Wenn du mich fragst, ist die Situation völlig gleich.«

Danach drehe ich mich um und marschiere an Ethan und Mia vorbei ins Klassenzimmer. Ethan gebe ich eine leichte Kopfnuss, als ich an ihm vorbeischlüpfe. Er ist schließlich schuld daran, dass ich jetzt mit Jacks Streit habe.

Meine Gefühle für Jackson sind stark, vielleicht geht es Ethan mit Emily ähnlich. Warum er den Arsch nicht hochbekommt und dazu steht, weiß ich nicht. Aber ich kenne meinen besten Freund gut genug, um zu wissen, dass das mit Emily keine einfache Schwärmerei ist. Ethan ist nicht der Typ, der sich in irgendetwas verrennt. Okay, vielleicht hätte er Mia nicht küssen sollen, aber verdammt noch mal, ich habe es bei Emily doch nicht anders gemacht. Also ist Ethan wohl nicht das einzige Arschloch hier.

Mit fest aufeinandergepressten Zähnen lasse ich mich in der dritten Reihe auf einen Stuhl sinken. Es ist immer ratsam, nicht in der letzten Reihe zu sitzen, denn dann steht man unter Dauerbeobachtung der Lehrer.

Ethan kommt mit gerunzelter Stirn in den Klassenraum. Sofort nimmt er neben mir Platz, wie auch schon in den Jahren zuvor. Meinen Rucksack werfe ich auf den Tisch, der auf der anderen Seite direkt an meinen grenzt, da immer vier Schüler in einer Reihe sitzen. Ich hoffe, dass sich Jackson trotz unserem Streit den Tisch neben mir aussucht.

»Was ist gerade passiert?«, fragt Ethan.

»Du bist passiert«, knurre ich.

»Wie meinst du das?«

»Denkst du, es ist leicht für Jackson zu sehen, dass du Mia küsst, obwohl du sie nicht liebst, sondern auf meine Exfreundin stehst?«, zische ich leise.

Ethan greift nach meiner Schulter. »Das ist natürlich nicht optimal. Aber ich weiß, dass Emily nichts von mir will, also versuche ich die Gefühle zu vergessen.«

Ich kann nicht anders und verdrehe meine Augen. Das Ganze kommt mir ziemlich bekannt vor. »Indem du weiterhin mit Mia rummachst?«

Er zuckt mit den Schultern.

Frustriert lasse ich meinen Kopf auf den Tisch knallen. »Das wird nicht funktionieren«, murmele ich dem Holz entgegen.

»Ach, und wie kommst du drauf?«

Ich lege meinen Kopf auf meinen rechten Unterarm, damit ich Ethan ansehen kann. »Vielleicht weil ich einen Teil des Sommers darauf verschwendet habe, genau das zu versuchen?«

Ethan verzieht sein Gesicht. »Sorry.«

Ich winke ab. »Schon gut.«

Das ist es wirklich. Ethan ist mein bester Freund und ich würde wirklich alles für ihn tun. Auch mich für ihn mit meinem festen Freund streiten.

»Woher weißt du eigentlich, dass Emily nichts von dir will?« Ein bisschen neugierig bin ich ja schon. Ich meine, klar, wir sind erst seit kurzem getrennt, aber Ethan ist toll. Sonst wäre er nicht mein bester Freund.

»Weil … Es sind bestimmte Dinge beim Campen vorgefallen.«

»Bitte sag mir, dass du mit bestimmten Dingen nicht Sex meinst.«

Ethan hat zumindest den Anstand, rot zu werden.

Ich seufze laut auf. Na toll. »Meinst du nicht, es wäre klüger gewesen zu warten? Immerhin hat Em erst eine Trennung hinter sich und du Arsch hast eine Freundin.«

»Ich weiß, ich weiß. Es war ein Fehler. Em hat mir befohlen, Mia nichts von unserem Ausrutscher zu erzählen.« Na, das kommt ihm vermutlich gerade recht. »Bist du eifersüchtig?«, will er dann wissen.

»Nein!« Bin ich nicht. Ich mag Emily, aber nur als Freundin. Sie kann tun und lassen, was sie will, und auch wenn ich mir Sorgen um sie mache, hoffe ich, dass sie weiß, was gut für sie ist.

»Aber wieso schaust du jetzt so angepisst?« Mit schräg gelegtem Kopf sieht Ethan mich an.

»Weil du dich genauso dumm verhältst wie ich.« Vermutlich verstehen wir uns nur so gut, weil wir beide Idioten sind.

»Sprich bitte nicht in Rätseln.« Ein leichtes Lächeln stiehlt sich auf Ethans Mund, das ich nicht erwidern kann.

»Jackson hat sich eben über dein Verhalten aufgeregt. Weil du Mia küsst, obwohl du eine andere liebst. Und das kotzt wiederum mich an, weil ich mich genauso dumm angestellt habe wie du. Mach doch nicht die gleichen Fehler wie ich. Das verletzt andere nur, und daran Schuld zu sein, ist nicht besonders toll.«

Ethan versteht anscheinend immer noch nicht, was ich ihm sagen will. »Also hast du dich für mich eingesetzt, oder was willst du mir hier gerade erklären?«

»Wenn du es so sehen willst …« Ich kann meinen Satz nicht mal beenden, denn Ethan schlingt seine Arme um mich und zieht mich kurz auf seine Brust. Als er mich loslässt und ich mich umsehe, ob jemand unser Gespräch belauscht hat, steht natürlich Jackson vor uns. Ich deute auf den Platz neben mir.

»Setz dich doch zu uns«, biete ich ihm an.

Das »Danke« aus seinem Mund klingt alles andere als dankbar. Ich reibe mir über mein Gesicht. Wie konnte der Tag nur so in die Hose gehen?

Jackson schmeißt seine Sachen mehr auf den Tisch, als dass er sie legt. Er beugt sich nach vorne, um Ethan anzusehen. »Ich schwöre dir« – mit seinem Finger zeigt er auf meinen besten Freund – »wenn du es Mia nicht sagst, dann mache ich es.«

Mein fester und mein bester Freund funkeln sich böse an. Ich kann nicht anders, als immer wieder vom einem zum anderen zu sehen.

»Das geht dich einen Scheißdreck an«, fährt Ethan Jackson an, und ich seufze frustriert. Natürlich kann Ethan sich nicht normal verhalten und dazu beitragen, dass sich die Situation entspannt. Ich stoße ihm mit dem Ellbogen in die Seite.

»Und ob es mich etwas angeht«, keift Jacks zurück.

»So«, mische ich mich ein. Zuerst drehe ich mich zu Ethan. »Du wirst mit Mia sprechen und ihr die

Wahrheit erzählen. So schnell wie möglich.« Danach wende ich mich Jackson zu. »Und du wirst in der Zwischenzeit die Füße stillhalten. Ethan hat die Chance verdient, selbst mit Mia zu sprechen. Stell dir vor, Emily hätte von jemand anderem von uns erfahren. Glaubst du, dann wären wir jetzt glücklich zusammen? Es ist auch so schwer genug.« Anfangs spreche ich noch leise, doch von Wort zu Wort werde ich lauter.

Jackson beißt sich auf die Unterlippe. »Tut mir leid. Alles.« Er sieht so unglücklich aus, dass ich mich zu ihm beuge und meine Stirn gegen seine lehne.

»Schon gut. Mir tut es ebenfalls leid«, entschuldige ich mich und reibe verlegen über meinen Nacken. »Danke, dass du das alles akzeptierst.«

»Was meinst du?«

»Einfach alles. Das Chaos mit Emily. Jetzt Ethan.« Mit dem Kopf deute ich kurz in seine Richtung. »Dann noch die Sache, dass du bereits eine Beziehung an der Öffentlichkeit geführt hast, aber es mit mir immer nur schrittweise vorangeht. Das muss dir doch wie ein gewaltiger Rückschritt vorkommen, oder?«

Jackson legt seine Hand an meine Wange. »Das mit dir ist definitiv kein Rückschritt. Es ist viel mehr, als ich je erwartet hätte. Wir machen das in deinem Tempo, okay? So dass du dich wohlfühlst. Für mich ist es völlig in Ordnung, wenn wir uns unter vielen fremden Leuten zurückhalten.«

Ich weiß, er will mir helfen, aber ich möchte keine Heimlichkeiten mehr.

»Danke.« Ich versuche ebenfalls dieses Nase-an-Nase-Ding, das Jacks immer bei mir macht. »Aber das wird nicht notwendig sein. Ich will das mit uns. Mit allen Konsequenzen.«

Wir sehen uns in die Augen und ich gebe ihm einen kleinen Kuss auf die geschlossenen Lippen, bevor ich mich zurückziehe.

Ich lehne mich in meinem Stuhl zurück und bemerke erst jetzt, wie ruhig es im Klassenzimmer geworden ist. Unauffällig sehe mich im Raum um. Meine Mitschüler starren Jackson und mich mit großen Augen an. Okay. Ich habe vergessen, dass wir uns in der Schule zurückhalten wollten.

Das Wort »Schwuchtel« durchbricht die Stille.

»Scheiße«, murmele ich und drehe mich zum Sprecher um. Es ist Ethans Footballteamkollege Joey, der mich wie ein ekelhaftes Insekt betrachtet. Ich stehe auf und gehe zu dem Tisch hinter mir. Mit vor der Brust verschränkten Armen stelle ich mich vor ihn.

»Haben wir beide ein Problem?«, frage ich. »Bisher sind wir immer ganz gut miteinander ausgekommen.«

Ich bemerke, dass Jackson hinter mir steht, bevor ich seine Hand auf meiner Schulter spüre. Keine Ahnung, ob er mir beistehen oder mich im Notfall zurückhalten will.

»Bisher«, beginnt Joey, »hast du auch nicht mit Männern rumgemacht.«

Ich zucke mit den Schultern. »Da kannte ich auch ihn noch nicht.« Lächelnd lege ich meinen Arm um Jacks' Schulter. Bereitwillig lässt er sich an meine Seite ziehen. »Das ist mein fester Freund Jackson.«

Danach drehe ich mich zu den anderen um. »Ob jemand ein Problem damit hat, ist mir scheißegal«, sage ich an niemand Bestimmten gewandt. »Aber wir leben nicht mehr in der Steinzeit. Ich habe festgestellt, dass es nicht darauf ankommt, welches Geschlecht der Mensch hat, den du liebst. Bei mir ist es zufällig ein Mann, und ich werde mich deswegen noch lange nicht verstecken.«

Das Klatschen, das leise einsetzt, kommt allerdings von keinem Mitschüler, sondern von unserer Mathematiklehrerin. Wäre ja jetzt auch ein bisschen zu hollywoodmäßig gewesen.

»Sehr richtig, Mason.«

Mit roten Wangen gehe ich zurück zu meinem Stuhl und auch Jackson nimmt neben mir Platz. Ethan schüttelt belustigt den Kopf.

»Wie ich sehe, hast du deinen neuen Mitschüler bereits vorgestellt. Jackson, wenn du uns auch noch erzählen möchtest, wo du zuvor gelebt hast, dann komm doch kurz nach vorne und stell dich vor.«

Ich drücke kurz Jacksons Hand, bevor er sich an mir vorbei zur Lehrerin schiebt. Auch seine Wangen sind leicht gerötet.

»Übrigens«, wendet sich Ms Miller nochmals an mich. »Du solltest dich wieder zum Schulsprecher aufstellen lassen.« Sie zwinkert mir zu. Mein Herz klopft immer noch ziemlich heftig, als Jackson mit seiner Vorstellung beginnt.

»Hallo. Mein Name ist Jackson, ich komme aus Massachusetts und ich stehe auf Mason.« Als meine Mitschüler lachen, ist das Eis gebrochen. Ich werfe einen kurzen Blick über meine Schulter zu Joey, der mich immer noch mit hochgezogenen Augenbrauen mustert. Vielleicht kommt er nicht mit der Beziehung zwischen Jackson und mir klar, aber das muss er auch nicht. Die Einzigen, auf die es wirklich ankommt, sind Jackson und ich. Also sehe ich wieder nach vorne und lächele meinen Freund an. Ich weiß, dass auch wenn wir gerade gestritten haben, wir dennoch zusammengehören.

Kapitel 21

»Bist du dir wirklich sicher, dass wir da jetzt einfach reingehen sollen?«, fragt Jackson unsicher, als ich den Motor meines Wagens abstelle.

»Na ja, etwas anderes bleibt mir ja kaum übrig. Ich brauche ein paar Dinge aus meinem Zimmer.« Kurz überlege ich. »Wir schleichen rein, packen ein paar Sachen zusammen und dann gehen wir einfach wieder.«

Mit gerunzelter Stirn schaut Jackson mich an. »Sorry, aber das kommt mir eigenartig vor.« Er verschränkt die Arme vor der Brust. »Als würdest du ins eigene Haus einsteigen«, murmelt er.

Ich drehe mich zu ihm und hauche einen Kuss auf seine Lippen. Zwischen uns ist wieder alles wie vor unserer kleinen Meinungsverschiedenheit. Nachdem wir in der Mittagspause nochmals geredet haben, musste auch Jackson einsehen, dass Ethan seine Probleme selbst regeln muss. Wir können ihn nicht dazu zwingen, Mia von seinem Ausrutscher zu erzählen. Allerdings hat Jackson Ethan ein kleines Ultimatum gesetzt. Und ich habe mich nicht weiter eingemischt, da ich genug mit meinen eigenen Problemen zu tun habe.

Seufzend mache ich mich von ihm los. »Wenn sie mit mir reden will, wird sie schon kommen«, sage ich noch, bevor ich aus dem Wagen aussteige.

Jacks tut es mir gleich und ist sofort wieder an meiner Seite. Mit seiner Hand um meine Schulter gehen wir zum Eingang und ich schließe die Tür auf. Kurz lausche ich auf verdächtige Geräusche, doch als ich nichts höre, ziehe ich meinen Freund ins Haus. Leise steigen wir die Treppen nach oben und schaffen es unentdeckt in mein Zimmer.

Mit klopfendem Herzen schließe ich die Tür hinter uns und lehne mich dagegen. »Ich fühle mich wirklich wie ein Einbrecher«, sage ich und schneide eine Grimasse.

»Meine Rede.« Jacks sieht sich suchend um. »Was jetzt?«

Ich gehe zu meinem Schrank und ziehe eine Tasche raus. »Wir packen.«

»Du bleibst also echt noch bei mir?«, fragt er. Seinen Tonfall kann ich nicht ganz deuten.

»Solange du mich bei dir haben willst.« Unsicher sehe ich ihn an. Lieber falle ich Jackson noch ein Weilchen auf die Nerven, als in einem Zuhause bleiben, in dem ich offenbar nicht mehr erwünscht bin. Jackson überbrückt den Abstand zwischen uns mit wenigen Schritten.

»Dann für immer«, meint er grinsend und küsst mich. Meine Hände machen sich sofort selbständig und schieben sich unter sein T-Shirt. Ich kann einfach nicht genug von ihm bekommen und muss ihn ständig betatschen. Jackson scheint es nicht anders zu gehen, denn er presst sich ziemlich eindeutig an mich. Ich vergesse, warum wir hier sind, und gerade als ich dabei bin, ihm sein T-Shirt auszuziehen, räuspert sich jemand hinter uns.

Sofort fahren wir auseinander, als hätten wir etwas Schlimmes getan. Meine Mutter steht mit unleserlicher Miene im Türrahmen.

»Hi«, begrüße ich sie etwas unbeholfen. Jackson schiebt sein Shirt nach unten und stellt sich an meine Seite. Er legt mir eine Hand auf die Schulter, und diese Geste berührt und beruhigt mit gleichermaßen, denn er zeigt mir damit, dass ich das hier nicht alleine durchstehen muss.

»Mason«, schluchzt meine Mutter plötzlich und stürmt auf mich zu. Ich finde mich in einer Umarmung wieder, mit der ich nicht gerechnet hätte. Meine Mom weint fürchterlich, lässt mich dabei aber keine Sekunde los.

»Es tut mir leid, Mason«, entschuldigt sie sich immer wieder bei mir. Das ist eher meine Mutter als die Frau, die mir nach meinem Outing nicht mehr in die Augen sehen konnte. Sie macht sich ein wenig los, um ihre Hand nach Jackson auszustrecken.

»Bei dir muss ich mich ebenfalls entschuldigen, Jackson«, sagt sie kleinlaut. Etwas ungelenk zieht sie auch meinen Freund in unsere Umarmung. Der lässt es einfach geschehen. Als sie sich nach einer Weile wieder fasst, lässt sie uns los. Ihr Make-up ist völlig verschmiert und sie versucht es notdürftig wegzuwischen. Obwohl ich warten wollte, bis sie mir ihr Verhalten erklärt, muss ich die Frage einfach stellen.

»Was ist beim Frühstück passiert, Mom? Ich bin mir sicher, dass du wegen meiner Beziehung zu Jackson nicht einfach so ausgeflippt bist.« Ich muss wissen, was der Grund für ihr Verhalten war.

»Gehen wir in die Küche? Ich koche uns einen Tee und dann reden wir darüber«, antwortet sie.

Am liebsten würde ich jetzt gleich wissen, was los ist, aber wenn sie dazu ein Heißgetränk braucht, an dem sie sich festhalten kann, dann will ich mich mal nicht so anstellen. Ich nicke und sehe unschlüssig zu Jackson. Er hat seine Hände in die Hosentaschen gesteckt und wirkt, als würde er sich unwohl fühlen.

»Ich gehe dann mal besser nach Hause.«

Sofort schüttelt meine Mutter den Kopf. »Nein. Bleib, Jackson. Ich weiß nicht, ob ich unseren schlechten Start jemals wiedergutmachen kann, aber ich will, dass du verstehst, warum ich so reagiert habe.«

Jackson zuckt mit den Schultern. »Geht klar.«

Ich drehe mich wieder zu meiner Mutter. »Gib uns ein paar Sekunden, wir kommen gleich nach.«

Mit einem »Bis gleich« verlässt sie mein Zimmer.

Etwas nervös sehe ich Jackson an. »Das war heftig.«

Er kommt auf mich zu und greift nach meiner Hand. »Von Ich-ignoriere-diesen-Typen zu Komm-lass-uns-Kuscheln in weniger als zehn Sekunden. Ich habe es drauf. Nenn mich Schwiegermutterliebling«, scherzt er.

Ich lege meine Hände an seine Hüften und ziehe ihn zu mir. Ich mache dieses Nase-reib-Ding, das mir jedes Mal fast den Atem raubt, wenn Jacks es tut. »Danke.«

»Wofür?«, fragt er ehrlich verwirrt.

»Dafür, dass du so bist, wie du bist.« Ich greife nach seiner Hand, einfach weil ich es kann. Und weil, egal was meine Mutter sagt, ich sie niemals wieder loslassen möchte. Seite an Seite verlassen wir mein Zimmer und steigen die Stufen nach unten. »Ich könnte keinen Tag mehr ohne deine blöden Sprüche überleben.«

Jackson lacht leise. »Du hast damit angefangen. Immerhin hast du mich gefragt, ob ich deine Schwester umgebracht habe.«

»War wohl die beste Anmache deines Lebens«, gebe ich zurück.

»Auf jeden Fall.«

Lächelnd betreten wir die Küche. Meine Mutter sitzt bereits am Küchentisch und erwartet uns mit für mich nicht lesbarer Miene.

»So hast du nie gelächelt, als du noch mit Emily zusammen warst.«

Keine Ahnung, was ich darauf erwidern soll. Vermutlich die Wahrheit. »Ich war auch niemals so verliebt in sie, wie ich es in Jackson bin.«

Jackson drückt mir einen Kuss auf die Wange, und auf das Gesicht meiner Mutter stiehlt sich ein kleines Lächeln. Gemeinsam mit meinem Freund nehme ich gegenüber meiner Mom Platz. Abwartend sehe ich sie an.

»Es tut mir leid, dass ich es zuerst nicht verstanden habe.« Sie macht eine kurze Pause, ehe sie sich berichtigt. »Oder wohl eher nicht verstehen wollte.« Zittrig greift meine Mom nach meiner Hand. »Auch wenn es wie eine Ausrede klingt …

aber das liegt an meiner Vergangenheit«, sagt sie leise.

Meine Augenbrauen wandern in die Höhe, denn ich habe keine Ahnung, was sie meinen könnte. Ich sehe sie wohl ziemlich irritiert an, denn sie spricht sofort weiter.

»Mein Bruder war ebenfalls schwul.«

Okay. Meine Mutter hat die Bombe zielsicher über meinem Kopf detonieren lassen und ich muss einige Male zwinkern, bevor die Worte auch wirklich meinen Verstand erreichen.

»Mom, du bist ein Einzelkind!«, weise ich sie zunächst auf das Offensichtliche hin. Ich bin mir ganz sicher, dass meine Großeltern kein zweites Kind haben.

Sie schüttelt ihren Kopf. »Das stimmt nicht so ganz. Ich hatte einen älteren Bruder.«

Unter dem Tisch taste ich nach Jackson und kralle meine freie Hand in seinen Oberschenkel.

»Hatte?«, frage ich nach. »Es gibt nirgendwo Fotos vom ihm. Wieso schweigt ihr ihn tot?« Haben sie ihn vielleicht verstoßen?

Meine Mom wendet den Blick von mir ab und kaut nervös auf ihrer Unterlippe herum. »Mason«, flüstert sie fast. »Er hat sich das Leben genommen.«

Ach. Du. Scheiße. Schockiert starre ich meine Mutter an, die sich verstohlen eine Träne aus dem Augenwinkel wischt.

»Weil er schwul war? Oder depressiv?« In meinem Kopf schwirren noch tausend weitere

Fragen herum, doch ich versuche für den Anfang die – für mich – wichtigsten zu stellen.

»Ja.« Mom greift nach einer Serviette und beginnt sie in tausend Einzelteile zu zerrupfen. Stumm starre ich auf den kleinen Haufen, der sich auf der Tischplatte bildet. »Für deine Großeltern war er aber schon vorher tot.« Sie wirkt so klein und verletzlich, wie ich sie noch nie gesehen habe.

Mein Vater wählt genau diesen Moment, um nach Hause zu kommen. Sofort eilt er auf meine Mutter zu und zieht sie in seine Arme.

»Wusstest du davon?«, frage ich ihn.

Sofort schüttelt er den Kopf. »Nein, sie hat es mir erst nach deinem Outing erzählt.« Er sieht mich bedauernd an. »Entschuldigung, dass ich dich im Unklaren gelassen habe. Ich war der Meinung, dass sie es dir selbst sagen muss.«

Jackson räuspert sich einige Male, bevor er sich in unser Gespräch einklinkt. »Hätten Sie es Mason überhaupt erzählt, wenn wir nicht zufällig aufgetaucht wären? Ich meine, wir wollten nur ein paar Sachen abholen.«

Ich höre meine Mutter laut schlucken. »Ich war heute bereits bei dir zu Hause, Jackson. Zuerst wollte ich mit deiner Mutter reden, um sie zu fragen, ob ich bei euch überhaupt erwünscht bin.«

Jacksons Miene wird etwas weicher und er nickt. »Aber zuerst dachten Sie, Sie tun es Ihren Eltern gleich? Immerhin hat es so ausgesehen, als wäre Ihr Sohn ebenfalls für Sie gestorben«, fährt Jackson fort. Er sagt ganz ehrlich, was er sich denkt, und ist dabei auch gar nicht unfreundlich. Dennoch zwicke ich ihn heftig in den Oberschenkel. Es scheint ihn nicht zu stören.

»Stimmt doch«, brummt er in meine Richtung. An meine Mutter gewandt, sagt er dann: »Sie haben Mason in den letzten Tagen kein einziges Mal angerufen, und jetzt kommen Sie hier mit dieser herzerwärmenden Story.«

»Jackson«, warnen ihn mein Vater und ich gleichzeitig. Einerseits freue ich mich, dass er für mich Partei ergreift und meiner Mom zeigt, wie sehr sie mich mit ihrem Verhalten getroffen hat. Andererseits ist sie eben auch meine Mutter. Ich habe Angst, dass die beiden sich niemals wirklich mögen werden, wenn sie einen so schlechten Start haben.

»Nein!« Er schüttelt meine Hand ab und lehnt sich weit über den Tisch. »Wissen Sie, wie es Ihrem Sohn in den letzten Tagen gegangen ist? Er war nicht er selbst. Weil er nicht wusste, ob seine Familie noch hinter ihm steht oder nicht.«

Ich will gerade den Mund aufmachen, doch meine Mutter kommt mir zuvor.

»Danke, dass du für ihn da warst«, murmelt sie. »Und ich habe deine Worte verdient.« Sie lehnt sich etwas fester an meinen Vater. »Ich habe es einfach nicht mehr geschafft, klar zu denken. Ich weiß, das ist keine Entschuldigung, aber ich konnte einfach nicht aus meiner Haut. Ich war so in der Vergangenheit gefangen und hatte Angst, dass sich alles wiederholt.« Es scheint wirklich so, als wäre meine Mutter nicht mehr hier, sondern irgendwo anders, während sie weiterspricht: »Jason wurde gemobbt, weil er schwul war und es nicht verleugnet hat. Das wurde ihm einfach zu viel.«

Ich werfe Jackson einen kurzen Seitenblick zu, bevor ich mich wieder meiner Mom zuwende. »Hat er einen Abschiedsbrief hinterlassen?«

Es will nicht in meinen Kopf, dass ich einen Onkel hatte, der sich das Leben genommen hat, weil er schwul war.

Sie schüttelt den Kopf. »Nein. Hat er leider nicht. Ich kann also nur Vermutungen anstellen«, wispert sie. »Ich denke, er war in den Star des Footballteams verliebt. Sie waren gute Freunde, doch Pete konnte nicht damit umgehen, dass sein ehemals bester Freund nun mehr in ihm sah. Als Jason ihm seine Liebe gestand, konnte Pete sie nicht erwidern. Jason war schon vor dieser Sache nicht besonders beliebt an der Schule, aber zumindest geduldet. Doch als sich Pete von ihm abwendete, wurden die schiefen Blicke immer schlimmer.« Tief holt meine Mutter Luft. »Jason hat Pete öffentlich zur Rede gestellt und dieser hat ihn im Gegenzug vor der ganzen Schule gedemütigt. Ich war dabei und habe nichts dagegen getan.« Tränen rollen aus Moms Augen und mein Vater greift nach einer Serviette, um die salzigen Spuren von ihrer Wange zu wischen. »Danach hat Jason sich immer weiter zurückgezogen. Ich hätte irgendwas tun müssen, doch dazu kam es nicht mehr. Auch meine Eltern haben ihr Verhalten später sehr bereut.«

Ich muss einige Male schlucken, denn ich hätte nie damit gerechnet, dass die Reaktion meiner Mutter einen so traurigen Hintergrund hat. Und ich kann Grandpa und Grandma, die ihr Kind verstoßen haben, nicht mit den liebevollen Großeltern in Einklang bringen, die sie ihr gesamtes Leben lang für mich waren. Die beiden unterstützen mich bei allem, was ich tue.

Jackson seufzt. »Viele Leute können Homosexuelle auch heute noch nicht akzeptieren.«

»Deine Großeltern haben aus ihren Fehlern gelernt«, sagt sie an mich gewandt. »Und auch ich möchte sie keinesfalls wiederholen.« Sie muss sich kurz räuspern, da ihre Stimme wegbricht. »Mason, ich liebe dich und es ist mir egal, ob du mit einem Jungen oder einem Mädchen zusammen bist, solange du glücklich bist. Und falls du gemobbt wirst, würde ich mir wünschen, dass du sofort zu mir kommst und es mir erzählst.« Da ist wieder, die Löwenmama. »Ich werde nicht noch einmal tatenlos dabei zusehen, wie so etwas passiert.«

Jackson rempelt mich leicht an. »Ich denke nicht, dass Mason der Typ Mensch ist, der sich leicht mobben lässt.«

Ich zucke nur mit den Schultern, da ich keine Ahnung habe, ob Jackson mit seiner Aussage richtig liegt. »Zumindest bin ich einer, der sich wehrt«, antworte ich.

Meine Mom steht auf und breitet ihre Arme aus. »Also kannst du mir meinen Aussetzer verzeihen?«

Ich sehe zu meinem Dad, der mir aufmunternd zunickt. Sofort dränge ich mich an Jackson vorbei, um meine Mom zu umarmen.

»Natürlich«, sage ich. Ich kann einfach nicht nachtragend sein.

Sie bleibt vor Jackson stehen und sieht ihn unsicher an. Auch er verlässt seinen Platz und lässt sich kurz in die Arme meiner Mutter ziehen. Jeder andere Mann hätte vermutlich die Flucht ergriffen, doch Jacks ist auch bei dem Drama mit meiner Mutter an meiner Seite.

Sie sieht Jackson fest ins Gesicht. »Herzlich willkommen in der Familie. Ich hoffe, auch du kannst bald über mein Verhalten hinwegsehen. Es tut mir wirklich leid!«

Jackson legt den Kopf schräg. »Schon in Ordnung«, beruhigt er sie. »Ich war heute auch nicht gerade höflich und dafür möchte ich mich ebenfalls entschuldigen.«

Dafür bekommt Jackson jetzt auch noch einen Kuss auf die Wange von meiner Mutter.

»Hey«, protestiere ich. »Der gehört mir.«

Das bringt sowohl Mom als auch Dad zum Lachen. Mein Vater steht auf und legt seinen Arm um Moms Schulter.

»Ich freue mich für euch beide«, versichert uns meine Mutter noch einmal. »Auch wenn ich mich erst an den Gedanken gewöhnen muss, dass ich ab jetzt mit meinem Sohn *und* meiner Tochter über Jungs sprechen kann.«

Ich verdrehe meine Augen. »Glaub mir. Das wird nie passieren.«

Ich küsse Jackson auf die Wange und danach setzen wir uns nochmals und trinken zu viert unseren Tee. Ich bin verdammt froh, dass meine Mutter über ihren Schatten gesprungen ist und ich nun doch nicht mit Jackson zusammenziehen muss. Wäre auch ein klein wenig übereilt gewesen, nach einer Woche Beziehung. Obwohl ich es mir für die Zukunft durchaus vorstellen könnte.

Nachdem sich Harper zu uns gesellt hat, haben wir den ganzen Tag gemeinsam als Familie verbracht. Abends wirft es mich fast aus den Socken, als meine Mutter fragt, ob Jackson bei uns übernachten möchte. Natürlich stimmt er zu, nachdem er kurz mit seiner Mom telefoniert hat.

Ich bin froh, als wir endlich die Tür meines Zimmers hinter uns schließen. Der Tag war die reinste emotionale Achterbahnfahrt. Gerade als ich mich aufs Bett fallen lassen will, steuert Jackson zielstrebig auf meinem Kleiderschrank zu.

»Was tust du da?«, frage ich ihn.

»Ich sichere mir gleich deine guten Teile für morgen, damit ich nicht in so einem Streberoutfit wie du in die Schule muss«, zieht er mich auf.

Ich stelle mich hinter ihn, um ihn zu umarmen. »Erstens habe ich das Streberoutfit aus deinem Schrank und zweitens gefällt es dir doch.«

Mit einem Lächeln im Gesicht dreht er sich zu mir um und legt seine Hände in meinen Nacken.

»Erwischt«, raunt er und legt seine Lippen auf meine.

»Hättest du nach unserem ersten Treffen damit gerechnet, dass wir am Ende des Sommers gemeinsam hier stehen und uns küssen?«

Seine Mundwinkel heben sich und er schenkt mir dieses ganz spezielle Jackson-Lächeln.

»Nein, aber ich habe es gehofft.«

Zehn Jahre später …

Epilog

Gut gelaunt verlasse ich das Bürogebäude und gehe auf Emily zu.

»Wie geht's dir, Sunshine? Du solltest wirklich nicht mehr in die Firma kommen.« Zur Untermalung meiner Worte tätschele ich ihren kugelrunden Bauch. »Und was macht meine kleine Prinzessin?« Ich gehe etwas in die Knie und rede auf das Baby ein.

Als ich wieder auftauche, sehe ich Emily tadelnd an. »Du solltest dich besser hinlegen. Du warst den ganzen Tag auf den Beinen.« Suchend sehe ich mich um und kann über mich selbst nur den Kopf schütteln. Als würde auf dem Firmengelände irgendwo ein Bett stehen.

»Keine Sorge. Die Liege, die du mir besorgt hast, ist toll. Die letzten Monate habe ich jede Mittagspause darauf verbracht.« Sie lächelt mich an. »Und der Kleinen und mir geht es sehr gut, Promille-Prinz. Mach dir nicht immer so viele Sorgen.«

Grinsend verdrehe ich die Augen. »Ich wusste, es kommt zu Problemen, wenn Jackson den *tollen* Spitznamen in eurer Nähe verwendet.«

Leicht stößt sie mich mit dem Ellbogen an. »Und ich bin ihm verdammt dankbar dafür.«

Etwas irritiert werfe ich einen Blick auf die Uhr. Bereits kurz nach fünf.

»Wo ist dein Mann?«, will ich von ihr wissen.

»Bestimmt jeden Moment da«, antwortet sie lächelnd. Und sie verspricht nicht zu viel. Nur zwei Minuten später braust ein Wagen auf das Firmengelände meiner Familie. Ich öffne Emily die Autotür und helfe ihr beim Einsteigen. Mit spöttischem Gesichtsausdruck sehe ich Ethan an.

»Auch hier gilt die Straßenverkehrsordnung.«

Er winkt ab. »Willst du mich verhaften?«, fragt er, doch offensichtlich erwartet er keine Antwort auf seine Frage, denn er küsst Emily. Viel zu stürmisch angesichts der Tatsache, dass ich ihnen dabei zusehe.

»Das könnte ich bestimmt«, meine ich scherzhaft. »Immerhin befindest du dich auf Privatbesitz.« Leider hört er meine schlagfertige Antwort nicht, da er immer noch an seiner Frau herumfummelt. Es wundert mich ernsthaft, dass sie gerade ihr erstes Kind erwarten und nicht das zehnte.

Ich setze mich auf den Rücksitz und warte ungeduldig darauf, dass Ethan endlich Gas gibt.

Eigentlich fahre ich lieber selbst, aber Jackson hat Emily und mich heute Morgen zur Arbeit gefahren. Deshalb haben weder sie noch ich einen eigenen Wagen hier.

»Sag deiner Frau, sie darf ab morgen nicht mehr kommen«, brumme ich.

Endlich lösen sich die beiden voneinander. Emily hebt entschuldigend ihre Hände. »Ich weiß, ich weiß. Aber ich möchte, dass alles reibungslos läuft, während ich weg bin.«

Als ich in die Firma meines Vaters eingestiegen bin, habe ich Emily in den Ohren gelegen, dass sie nach ihrem Abschluss unbedingt für mich arbeiten muss. Nach langem Hin und Her hat sie eingewilligt und die Finanzabteilung übernommen. Also, nicht sofort. Ich bin ja kein Idiot, aber als der alte CFO in den Ruhestand ging, war es klar, dass Emily den Posten bekommt. Jeden Tag beweist sie mir, wie recht ich mit meiner Entscheidung hatte, sie in die Firma zu holen. War ja auch so - oder so ähnlich - geplant.

»Das wünschen wir uns alle. Aber du hast deine Vertretung doch ausreichend eingearbeitet«, erinnere ich sie. Sie soll so lange bei der kleinen Prinzessin zu Hause bleiben, wie sie möchte. Ethan lenkt den Wagen zu uns nach Hause. Und damit meine ich nicht mein Elternhaus, sondern das Haus von Jackson und mir. Ich liebe es seit unserem Einzug heiß und innig.

Erstens liegt es in Naples. Zweitens direkt am Meer. Und drittens direkt neben dem Bungalow von Dan und Harper. Ethan parkt den Wagen in der Auffahrt, direkt neben Jacksons Auto. Da sich meines gerade in der Werkstatt befindet, ist der Platz noch frei. Sofort öffne ich die Tür, um Emily zu helfen, doch Ethan kommt herangeeilt.

»Ich mache das schon.«

Ich zucke mit den Schultern und gehe auf die Haustür zu. Als ich die Türklinke nach unten drücke, stelle ich fest, dass nicht abgesperrt ist. Mal wieder. Ich weiß nicht, wann Jacks endlich begreift, dass man Türen verriegelt, damit nicht jeder einfach in unser Haus spazieren kann, so wie früher in mein Zimmer. Vermutlich niemals.

»Mason?«, höre ich auch schon seine Stimme aus dem Wohnzimmer.

»Ja, ich bin's.«

Die Haustür lasse ich gleich offen. Falls Ethan und die watschelnde Emily es bis zum Eingang schaffen, ohne dass ihre Wehen einsetzen. Bevor ich das Wohnzimmer betrete, bleibe ich einen Augenblick im Türrahmen stehen, um den Anblick in mich aufzusaugen, der sich mir bietet. Jacks sitzt gemeinsam mit meinem Neffen Aiden auf der Couch und sie spielen Playstation. Na ja, eigentlich spielt nur Jackson, denn der kleine Zwerg hat nur einen Controller in der Hand, in dem sich keine Batterien befinden. Bisher hat er noch nicht gecheckt, dass er eigentlich gar nicht mitspielt.

Dennoch lasse ich mal den bösen Onkel raushängen und frage Aiden: »Meinst du nicht, du bist noch etwas zu jung dafür?« Der zuckt ohne den Hauch eines schlechten Gewissens mit den Schultern.

»Ich bin doch schon fast vier«, erinnert er mich. Wenn man sehr großzügig aufrundet, kommt das vielleicht hin. Ich verstrubbele ihm liebevoll seine blonden Haare.

»Dann rutsch mal und lass deinen Onkel mitspielen«, bitte ich ihn. Er macht mir Platz, indem er vom Sofa springt. Ich ahne bereits, auf was er hinauswill. Als ich mich neben Jackson setze, klettert Aiden sofort auf meinen Schoß. Ich lehne mich zu meiner großen Liebe und küsse ihn zärtlich auf die Lippen. »Hey Jacks.«

Genau diesen Moment suchen sich Emily und Ethan aus, um zu uns ins Wohnzimmer zu kommen. »Ich dachte, es gibt was zu essen?«, mault mein bester Freund. Er trägt Jeans und ein Trikot seiner Mannschaft.

Wer hätte es gedacht, aber nach dem College wollten doch tatsächlich mehrere Football-Teams, dass Ethan für sie spielt. Nachdem er zunächst einige Jahre weiter weg gewohnt hat, ist er nun endlich wieder hier. Weder Emily noch ihm hat es gefallen, eine Fernbeziehung zu führen. Ich glaube, ein bisschen hat Ethan es mir immer übel genommen, dass ich Em den Job in unserer Firma angeboten habe. Hätte ich es nicht getan, wäre sie ihm vermutlich einfach gefolgt, ohne sich um ihre eigene Karriere zu kümmern.

Jackson steht auf und nimmt Emily in den Arm. Danach hält er Ethan die Hand hin und dieser schlägt ein.

Damals, als die Sache mit Jacks und mir angefangen hat, hätte ich nie damit gerechnet, dass sich die beiden - oder eher die drei - jemals so gut verstehen würden, wie sie es heute tun. Ich bin verdammt erleichtert, dass es so gekommen ist.

»Gibt es auch«, beruhigt mein Freund ihn. »Wir können die Steaks gleich auf den Grill legen.«

Ich habe in der Zwischenzeit zu spielen begonnen und Aiden drückt ebenfalls fröhlich auf den Tasten herum.

»Lass deine Mutter nicht wissen, dass wir das hier tun«, flüstere ich ihm zu. Wobei das Autorennen noch harmlos gegen die Zombiespiele ist, die Jackson und ich immer noch gerne zocken. Harper würde uns trotzdem killen. Ich hätte es von ihr nie erwartet, aber sie ist eine richtige Löwenmama.

»Was darf ich nicht wissen?«, fragt sie. Mit verschränkten Armen steht sie im Türrahmen und betrachtet uns gespielt böse. Dan steht hinter ihr und hat seine Arme um ihre Taille geschlungen.

Jacks verschwindet sofort aus dem Raum. Natürlich. Er hat uns die Suppe eingebrockt und jetzt haut er einfach ab. Feigling.

»Ich wollte das gar nicht«, beteuert mein Neffe mit Unschuldsmiene. Aus großen Augen starre ich ihn an.

Harper und Dan müssen tierisch aufpassen, damit sie nicht zu lachen beginnen. Das erkenne ich an ihren zuckenden Mundwinkeln.

»Geh mal zu deinem Onkel«, bitte ich den Kleinen. Ich deute mit dem Kinn zur Küche. »Der braucht bestimmt Hilfe.«

Vermutlich liegt es nur an seinem schlechten Gewissen, dass er meinem Befehl nachkommt und in die Küche trottet.

Als er außer Hörweite ist, murmele ich: »Ich liebe den kleinen Scheißer.«

»Nenn ihn nicht so«, tadelt mich Harper. Sie zeigt mit dem Finger auf ihre beste Freundin. »Das kleine Mädchen in ihrem Bauch nennst du immer Prinzessin.« Sie verschränkt bockig ihre Arme vor der Brust. Ich hoffe, wir werden irgendwann nochmal alle richtig erwachsen. Derzeit stehen die Chancen nicht schlecht. Wir sind auf dem besten Weg dahin.

Ein belustigtes Schnauben lässt uns alle zur Tür sehen. Mia funkelt amüsiert in die Runde. »Es ist immer wieder schön zu sehen, dass sich seit unserer Highschool-Zeit nichts verändert hat.«

»Mia«, kreischen meine Schwester und Emily. Dass die beiden auf sie zustürmen und sie umarmen, war vorauszusehen, doch von Emilys Schnelligkeit bin ich beeindruckt. Immerhin schiebt sie diese riesige Kugel vor sich her.

In meinem letzten Jahr an der Highschool hätte ich nicht gedacht, dass sich die Wogen in unserer Clique jemals wieder glätten und wir irgendwann alle wieder Freunde sein könnten. Es hat eine Weile gedauert, doch wir haben es geschafft. Ich bin verdammt stolz darauf. Ein Lächeln schleicht sich auf mein Gesicht. Auch wenn es eine chaotische Zeit war, möchte ich sie nicht missen. Sie hat uns dahin gebracht, wo wir heute sind.

Da die Mädels nicht so aussehen, als würden sie sich bald loslassen, gehe ich auf Miles' ehemaligen Mitbewohner vom College zu.

»Wo habt ihr den großen Bruder gelassen?«, frage ich ihn.

»Frag nicht.« Er reibt sich über den Nacken. »Alter, manchmal denke ich, er nimmt es mir immer noch übel, dass ich mit Mia zusammen bin.« Das kann ich mir nur zu gut vorstellen.

Dan kommt grinsend auf mich zu. »Ja, die kleinen Schwestern sind eben tabu.«

Spielerisch nehme ich ihn in den Schwitzkasten, lasse ihn aber gleich wieder los, da er sich nicht wehrt. So macht es einfach keinen Spaß.

»Zumindest ich hätte mich daran halten sollen«, meine ich mit einem Seitenblick auf Emily.

»Das ist tausend Jahre her«, winkt Dan ab.

»Stimmt.« Ich recke meinen Kopf in Richtung der Küche. »Ich gehe mal nachsehen, ob ich Jacks helfen kann.«

Ich drehe mich nochmals zu meinen Freunden um, einfach weil sie die besten sind.

»Ich habe dich noch gar nicht richtig begrüßt«, sage ich zu Jackson, als ich endlich die Küche betrete.

Er lächelt mich an. »Das verkraftet mein Ego.«

»Meines aber nicht«, murre ich, als ich langsam auf ihn zugehe. Von hinten schlinge ich meine Arme um seinen Körper und hauche zarte Küsse auf seinen Nacken. »Ich habe dich vermisst«, murmele ich in sein Ohr.

»Bäh.« Mit hochgezogenen Augenbrauen sehe ich Aiden. »Küssen ist eklig.«

Ich wäre jetzt beleidigt, wenn ich nicht wüsste, dass er das zu seinen Eltern auch immer sagt.

Laut lache ich auf. »Warte noch elf oder zwölf Jahre, dann siehst du das anders.« Ich drücke ihm einen Ball in die Hand, der in der Küche herumrollt. Manchmal habe ich das Gefühl, Aiden platziert sein Spielzeug strategisch, damit ihm niemals langweilig wird. »Möchtest du eine Runde Ball spielen? Ich komme gleich nach.«

Bestimmt wäre es ihm lieber, ich würde gleich mit ihm nach draußen gehen, aber er kommt meiner Aufforderung ohne Murren nach. Wirklich gut erzogen, der kleine Kerl.

Sobald Aiden außer Sichtweite ist, drehe ich Jackson zu mir um und lege meine Lippen auf seine. Das Kribbeln in meinem Bauch hat über die ganzen Jahre nicht nachgelassen. Es hat sich sogar noch verstärkt.

Jacks schlingt seine Hände um meine Schultern und zieht mich näher an sich heran. Es dauert ewig, bis wir uns schwer atmend voneinander lösen.

»Mason?«, fragt er mich. Sein Atem geht immer noch schneller.

»Ja?«

»Heiratest du mich?«

Kurzzeitig friert mein gesamter Körper ein und ich schaffe es nicht mehr, mich zu bewegen. Als ich Jacksons panischen Blick sehe, schüttele ich kurz den Kopf, um wieder etwas klarer zu werden.

Wie kann er das jetzt einfach so fragen, wenn … ja … wenn ich das doch eigentlich heute machen wollte. Unsicher, vermutlich weil Jacks nicht weiß, wie er mein Verhalten interpretieren soll, kaut er auf seiner Unterlippe.

Ich stopfe meine Hände in die Hosentaschen meines Anzugs, eine links und eine rechts, da ich natürlich absolut nicht vorbereitet bin und keine Ahnung mehr habe, wohin ich den Ring gestopft habe, den ich schon eine Zeit lang mit mir herumtrage. Ich bin immer noch nicht besonders gut darin, den richtigen Zeitpunkt abzuwarten. Als ich ihn endlich finde, umschließe ich ihn mit meiner Faust und lasse mich auf die Knie fallen.

»Jackson Edwards, ich weiß, dass du, seit wir uns kennen, die Dinge zwischen uns am liebsten im Eiltempo vorantreiben möchtest.« Während ich die Worte ausspreche, greife ich nach seiner Hand. »Aber ich erinnere mich, dass wir uns irgendwann mal darauf geeinigt haben, die Dinge in meinem Tempo anzugehen.«

»D-doch nicht … für immer …«, stottert Jacks, wird aber durch das verhaltene Lachen unserer Freunde abgelenkt. Natürlich stehen sie aufeinandergestapelt im Türbogen und beobachten uns. Aber es stört mich nicht, denn es ist … perfekt.

»Seit ich dich kenne, bringst du mein Leben durcheinander.« Ich schenke ihm ein freches Zwinkern. »Und ich würde nicht einen Moment davon missen wollen«, füge ich eilig hinzu. Ich knie hier zwar vor ihm, aber wer weiß, ob er mich nicht missversteht. »Ich will den Rest meines Lebens mit dir verbringen.« Nun bekomme ich einen Kloß im Hals. Einige Male muss ich fest schlucken, damit die Worte, die bei ihm so einfach geklungen haben, meinen Mund verlassen. »Heirate mich.«

Ich weiß nicht, ob Jacks Knie nachgeben oder er einfach auf Augenhöhe mit mir sein muss, aber plötzlich lehnt er seine Stirn gegen meine und macht unser Nase-an-Nase-Ding, das ich so liebe.

»Ja.« Das ist alles, was er sagt.

Ich öffne meine verkrampfe Faust, mit der ich den Ring ungeschickt umklammere, und versuche ihm das Teil anzustecken. Ich zittere dabei so sehr, dass er mir helfen muss.

Und dann wird unsere Zweisamkeit gestört. Wir werden umarmt, geküsst und hören viele Glückwünsche. Doch nach einer Weile verziehen sich alle in den Garten, um endlich die Steaks auf den Grill zu legen. Nur mein Verlobter und ich bleiben in der Küche zurück.

»Ich liebe dich«, flüstert er mir zu, während er seine Stirn gegen meine lehnt. Das mag ich fast so gern wie das Nasereiben.

»Und ich liebe dich.«

Danksagung

Zuerst möchte ich mich bedanken, dass *Closer* bei Forever by Ullstein ein Zuhause gefunden hat.

Danke, Frau Pagel, für diese Möglichkeit und dass Sie Mason & Jackson bis zum Happy End begleitet haben.

Ein großer Dank geht an meine *Kosegruppa*: Jenny, Kerstin und Alex! Mit euch über Larry, Evak, Bücher, … (diese Liste könnte ich ewig fortsetzen) zu reden, hat mir nicht nur einmal den Tag gerettet.

Der größte Dank gebührt aber zwei ganz besonderen Menschen, die immer ein offenes Ohr für mich haben und auch noch die allerkleinste Änderung mit mir bequatschen, bis ich endlich zufrieden bin. Meine Mason-Fangirls der ersten Stunde:

Vivien Summer und Maya Prudent.

Ich wüsste nicht, was ich ohne euch tun würde!

Danke auch an Katrin, Bettina, Milena und Ingrid, meine Testleserinnen. Es hat mir viel Spaß gemacht, eure Anmerkungen zu lesen und in die Geschichte von Mason & Jackson einzubauen.

Und wie immer möchte ich auch meiner Familie danken. Ohne eure Unterstützung wäre es mir nicht möglich, Bücher zu schreiben. Danke!

Zuletzt danke ich noch dir: Dafür, dass du dieses Buch gekauft und es offensichtlich bis zur letzten Seite gelesen hast.